紅樓夢的兩個世界

余英時文集——02

余英時——著

余英時文集編輯序言

聯經出版公司編輯部

余英時先生是當代最重要的中國史學者，也是對於華人世界思想與文化影響深遠的知識人。

余先生一生著作無數，研究範圍縱橫三千年中國思想與文化史，對中國史學研究有極為開創性的貢獻，作品每每別開生面，引發廣泛的迴響與討論。除了學術論著外，他更撰寫大量文章，針對當代政治、社會與文化議題發表意見。

一九七六年九月，聯經出版了余先生的《歷史與思想》，這是余先生在台灣出版的第一本著作，也開啟了余先生與聯經此後深厚的關係。往後四十多年間，從《歷史與思想》到他的最後一本學術專書《論天人之際》，余先生在聯經一共出版了十二部作品。

余先生過世之後，聯經開始著手規劃「余英時文集」出版事宜，將余先生過去在台灣尚未集結出版的文章，編成十六種書目，再加上原本的十二部作品，總計共二十八種，總字數超過四百五十萬字。這個數字展現了余先生旺盛的創作力，從中也可看見余先生一生思想發展的軌跡，以及他開闊的視野、精深的學問，與多面向的關懷。

文集中的書目分為四大類。第一類是余先生的**學術論著**，除了過去在聯經出版的十二部作品外，此次新增兩冊《中國歷史研究的反思》古代史篇與現代史篇，收錄了余先生尚未集結出版之單篇論文，包括不同時期發表之中英文文章，以及應邀為辛亥革命、戊戌變法、五四運動等重要歷史議題撰寫的反思或訪談。《我的治學經驗》則是余先生畢生讀書、治學的經驗談。

其次，則是余先生的**社會關懷**，包括他多年來撰寫的時事評論（《時論集》），以及他擔任自由亞洲電台評論員期間，對於華人世界政治局勢所做的評析（《政論集》）。其中，他針對當代中國的政治及其領導人多有鍼砭，對於香港與台灣的情勢以及民主政治的未來，也提出其觀察與見解。

余先生除了是位知識淵博的學者，同時也是位溫暖而慷慨的友人和長者。文集中也反映余先生**生活交遊**的一面。如《書信選》與《詩存》呈現余先生與師長、友朋的魚雁往返、詩文唱和，從中既展現了他的人格本色，也可看出其思想脈絡。《序文集》是他應各方請託而完成的作品，《雜文集》則蒐羅不少余先生為同輩學人撰寫的追憶文章，也記錄他與文化和出版界的交往。

文集的另一重點，是收錄了余先生二十多歲，居住於**香港期間**的著作，包括六冊專書，以及發表於報章雜誌上的各類文章（《香港時代文集》）。這七冊文集的寫作年代集中於一九五〇年代前半，見證了一位自由主義者的青年時代，也是余先生一生澎湃思想的起點。

本次文集的編輯過程，獲得許多專家學者的協助，其中，中央研究院王汎森院士與中央警察大學李顯裕教授，分別提供手中蒐集的大量相關資料，為文集的成形奠定重要基礎。

最後，本次文集的出版，要特別感謝余夫人陳淑平女士的支持，她並慨然捐出余先生所有在聯經出版著作的版稅，委由聯經成立「余英時人文著作出版獎助基金」，用於獎助出版人文領域之學術論著，代表了余英時、陳淑平夫婦期勉下一代學人的美意，也期待能夠延續余先生對於人文學術研究的偉大貢獻。

增訂版序

本書再版，增入「曹雪芹的反傳統思想」一文，這是去年六月在美國威斯康辛大學舉行的「首屆國際『紅樓夢』研討會」上宣讀的。我在初版「自序」中雖已聲明不再寫紅學文字，但是終於經不起朋友們的熱情鼓勵，重理舊業。不過我當時在會場上曾說：這篇文字主要是關於思想史的研究，並非正宗的紅學論文，所以還勉強算是沒有破戒。當然，這種辯解其實祇是自我解嘲而已。

經過三四年的時間，本書的中心觀念似乎尚足聊備一說。但是由於這一段時期正是紅學史上最自由奔放，因而也最有成績的階段，細節方面自然有不少應該損益的地方。可惜我個人的本業工作太忙，不能對本書進行細緻而深入的修訂。除了在第一篇的兩個附註中增添了一些新資料之外，其餘只好一仍舊貫。這是必須請讀者原諒的。

我個人最感覺欣慰的是本書曾得到俞平伯先生的謬許。一九七八年十一月我曾有機會和俞先生當面討論過本書中的某些觀點，他事先已看過本書，認爲我所採取的文學考證的路向大體上是不錯的。最使我驚詫的是他對自傳說的深刻懷疑。他說他自一九二〇年代以後便不相信紅樓夢是曹雪芹的自傳了。但是由於自傳說因脂硯齋評語的發現而大爲流行，他已無力遏止這一股狂潮了。因此他一直是以沉默來表示他的異議的。這件事最可以使我們省悟到治學必須實事求是，萬萬不能盲目地追趨風氣。

這幾年來，海內外從文學觀點研究紅樓夢的著作已愈來愈多。我在七八年前對於新「典範」的期待竟已成爲事實了。今後我最大的願望便是在這個新「典範」的時代裏做一個紅學的忠實讀者！

余英時

一九八一年九月一日

於美國康州之橋鄉

自序

這本「紅樓夢的兩個世界」的出版，在我個人的治學途程中，完全是一個偶然的事件。「紅樓夢」是一部人人愛讀的書，我自然也不是例外；考證是我的本行，因此近代有關紅學的考證文字，我大體上也都看過。對於讀過、看過的東西，多少總有一些個人的見解，然而我却從來沒有念頭要寫任何關於紅樓夢的文字，更無意要做所謂「紅學家」。

一九七三年的秋天，我回到香港中文大學新亞書院工作，適逢中文大學舉辦十週年學術講座。中文大學是一個紅學氣氛很濃厚的環境，我無形中受了感染，便選擇了「紅樓夢的兩個世界」爲講題。講演之後中文大學學報的編輯同仁向我索稿，所以不得不更認眞地去作些研究工作，結果是把原講詞的引論部份擴展爲「近代紅學的發展與紅學革命」，又在講詞的主題部份作了較詳細的分析並加强了論證，而仍以「紅樓夢的兩個世界」爲題，獨立發表。由於這兩篇文字是刋在學報上的，所以不得不採取學術論文的形式。事實上，用這種方式來寫紅學文字並不是十分適宜的。現在也祇好一仍舊貫了。

這兩篇論文的大意是遠在十七、八年前就早已蓄之於胸了，並且還不止一次地向少數朋友們談論過。但是騰之於口和筆之於書大不相同，後者要求更緊湊的組織和更嚴謹的邏輯。從前的人開口就談紅樓夢，正是因爲談言微中，足以自喜，而聽者也覺得津津有味。偶然寫幾條「筆記」、「索隱」之類的談紅文字，也依然不失其輕鬆。但是一旦把紅樓夢拉進學術研究的範圍，如王國維的「紅樓夢評論」或胡適的「紅樓夢考證」，那就不免要板起面孔，作一本正經狀，毫無輕鬆趣味可言了。我自己讀紅樓夢本是從趣味的觀點出發，現在莫名其妙地寫起嚴肅的紅學論文來，實在覺得可笑。所以當我決定把三篇有關紅學的文字收入「歷史與思想」的時候，我已不打算再寫這類東西了。

但是紅學不比其他的學術問題，它對一般讀者的吸引力是很大的，因而所激起的反響也往往是比較熱烈的。反響引生了新的問題，逼使我不得不對「兩個世界論」作更進一步的闡發。我在這裏特別要對我的朋友趙岡兄表示最深的感謝。主要是由於他的質難，才使我有機會寫「眼前無路想回頭」那篇專論，把我原來想說而沒有說的一些話儘情地吐露出來了。從我們的論辯中，我眞實地體驗到友朋切磋之樂。

本書取其中一篇「紅樓夢的兩個世界」爲全書之名，實涵有兩重意思。第一是「兩個世界論」爲全書的中心理論，其他諸篇多少都是環繞着這一中心而產生的。第二是我曾指出，不但紅樓夢本身具有兩個世界，紅學研究中也同樣存在着兩個世界：一個是曹雪芹所經歷過的歷史世界，一個則是他所虛構的藝術世界。前者一向是紅學考證的對象，後者則是本書特別關注之所在。紅樓夢中的兩個世界是分不開的，紅學研究中的兩個世界也同樣無法截然劃分。所以本書中有幾篇討論曹雪芹生平和所謂「脂批」的文字正是屬於傳統紅學考證的範圍。這些考證文字都是爲「兩個世界論」服務的，因爲它們同樣具有摧破「自傳說」的作用。「自傳」派的紅學考證從來就不是純粹客觀的東西；它是在「自傳說」的大前提的指導之下搜羅所謂「證據」。因此有時不免曲解證據，甚至把完全不相干的歷史資料當作「證據」來運用。在「自傳說」深入人心的情況下，以考證破考證是一個必要的步驟。但是我並不是故意要和自傳派爲難，我祇是想指出，曹雪芹雖然廣泛地使用了他的歷史世界爲紅樓夢的創作素材，然而他的整個藝術構想却已遠遠地超越了具體的歷史世界。我可以大膽地說，不把握住這一重要關鍵，我們是不可能進入紅樓夢的藝術世界的。

談到藝術世界，有人不免會想到這完全是主觀評論的問題，與紅學考證風馬牛不相及，未嘗不可以道不同不相爲謀。其實則大謬不然。紅樓夢究竟是曹雪芹的自傳，還是他根據某種藝術構想而寫的文學創作？這首先就是一個認知的問題。如果曹雪芹確有一種藝術構想，這個構想又是什麼？這同樣是一個認知的問題。要講紅學考證，沒有比這個問題更值得考證、更需要考證的了。這是有關紅樓夢的最大的考證。不先解決這個大問題，一切瑣碎的考證都將無所附麗。以前在自傳說被普遍地接受的情況下，這樣的問題根本就不存在，天下當然是太平的。但現在自傳派的考證已到了「技術崩潰」的境地，本來不成問題的問題就變成最成問題的問題了。有問題就離不開考證。

當然有人會說，藝術構想太玄了，不是考證所能解決的。這又大謬不然。自傳派的歷史考證誠然無能力單獨解決這個問題，然而文學的考證則大有可能承擔起解決這個問題的任務。考證需要材料；材料則愈原始愈可靠。試問還有什麼材料比紅樓夢本文更原始、更可靠的？何況我們還擁有大量的所謂「脂批」，可以作爲考證的第二手材料呢？我的「紅樓夢的兩個世界」和「眼前無路想回頭」，無論成績是否令人滿意，其實也還是考證之作。換句話說，我所從事的仍是認知的工作，而不是主觀的評論。所不同者，我用的是考證學上所謂的「本證」、「內證」，而不是一般自傳派所恃的「旁證」、「外證」罷了。我不是專治文學的人，不敢亂用西方文學批評的新說來解剖紅樓夢，雖則我的取徑有點像西方的「結構的分析」。我的一些粗淺的見解主要是早年讀紅樓夢本文而逐漸發展出來的，那時我根本不曾夢想到有什麼「結構的分析」。我想一個在中國文化傳統中長大的人談紅樓夢，倒也不一定非得借西方的理論來壯膽色不可吧。

這部「紅樓夢的兩個世界」的刊行，是我的紅學生涯的終點，而不是始點。我應該做的事情多得很，不能再在這一方面糾纏下去了。「行乎其所當行，止乎其所當止」，我願意借用這兩句老話來結束這篇短序。

余英時

一九七七年十一月十七日
於美國康州之橋鄉

目錄

近代紅學的發展與紅學革命

——一個學術史的分析

在二十世紀的中國，紅樓夢可以說是最受重視的一部文學作品。近五、六十年來，研究和評論紅樓夢的文字，如果全部收集在一起，恐怕會使「汗牛充棟」這個古老的陳語失去它的誇張意味。我們知道，遠在清代晚期，北京的文士便已嗜好紅樓夢到了一種「開口必談」的地步㈠。大約就是在這個時期，「紅學」一詞也開始流行起來了㈡。如果說清末的「紅學」還祇是一種開玩笑式的渾號，一九二一年以後「紅學」（亦稱「新紅學」）則確實已成爲一種嚴肅的專門之學。由於胡適的提倡，紅樓夢的考證工作已和近代中國學術的主流——從乾、嘉考據學到「五四」以後的國故整理——滙合了。因此，從學術史的觀點來看，紅學無疑地可以和其他當代的顯學如「甲骨學」或「敦煌學」等並駕齊驅，而毫無愧色。

但考證的紅學發展到今天已顯然面臨到重大的危機。如所週知，近代新紅學的最中心的理論是以紅樓夢爲作者曹雪芹的自敍傳。自傳說雖遠在十八世紀卽已由袁枚（一七一六——一七九八）道破㊂，但事實上直到胡適的考證文字問世以後，才逐漸地得到文獻上的證實㊃。所以魯迅認爲紅樓夢乃作者自敍，「其說之出實最先，而確定反最後㊄。」可是就今天海外——尤其是香港——所能見到的紅學討論而言，魯迅在一九二三年所謂「確定」者，似乎又變成不甚確定了。近二十年來，我們很清楚地看到，自傳說至少已受到三種不同的挑戰：第一種是出乎索隱派的復活；第二種起於「封建社會的階級鬥爭論」；第三種則來自對於紅樓夢本身所包涵的「理想性」的新認識。關於這三種挑戰，我們在下文將會分別地有所說明。而目前最使我們困惑的問題則是紅學考證何以發生如此嚴重的危機？難道說五十年來許多第一流學者的考證功夫都白費了嗎？難道乾、嘉以來號稱實事求是的考據完全沒有任何客觀的基礎嗎？

爲了解答這些問題，我們有必要從學術史的觀點來檢討一下近代紅學發展的歷程。依我個人的看法，目前紅學的危機主要是來自它的內部，祇有先弄清楚這個危機的性質，我們才能爲紅學研究尋找出一條可能的新路向。

我必須先解釋一下所謂「學術史觀點」究竟是什麼意義。我在上面用了「危機」(crisis)

一詞。這個名詞並不是泛指的，它來自孔恩（Thomas S. Kuhn）的「科學革命的結構」㈥那部名著。孔恩在該書中還提出了一個更重要的中心觀念，即所謂「典範」（paradigm）。（按："paradigm" 的觀念是孔恩從維根什坦 Wittgenstein 那裏借來的。）由於「典範」和「危機」這兩個觀念可以幫助我們分析近代紅學的發展，我願意簡略地講一講孔恩的方法論。

以前我們一般的看法是把科學當作和文學、藝術等性質截然不同的東西：文學、藝術等興衰無常，不是直線進步的；科學則如積薪，總是後來者居上。這個看法當然並不是沒有受到懷疑，如人類學家克羅伯（A. L. Kroeber）就曾提出異議㈦。但直到孔恩的研究發表之後，我們才眞正對科學發展的歷程獲得一番嶄新的認識。根據孔恩的提示，我們知道科學的成長並不必然是直線積累的，相反地，它大體上是循着傳統與突破的方式在進行着。喜歡講辯證法的人也許不妨稱之爲「從量變到質變」。所謂「傳統」是指一門科學的研究工作，在常態情形下，具有共同遵守的基本假定、價值系統、以及解決問題的程序。而所謂「突破」，則指着一種科學傳統積之既久，內部發生困難，尤其是對於新的事實無法作適當的處理。當這種困難達到了一定的程度時，這一門科學的傳統便不可避免地要發生基本性的變化，換言之，即「科學革命」。科學革命一方面突破了舊傳統，另一方面又導向新傳統的建立，使研究工作進入一個全新的階段。

根據孔恩的理論，一切科學革命都必然要基本上牽涉到所謂「典範」的改變。那麼，「典範」（paradigm）究竟是什麼意思？孔恩在科學革命的結構中對「典範」這個中心觀念有極詳細而複雜的討論。但簡單地說，「典範」可以有廣狹二義：廣義的「典範」指一門科學研究中的全套信仰、價值、和技術（entire constellation of beliefs, values, and techniques），因此又可稱爲「學科的型範」（disciplinary matrix）。狹義的「典範」則指一門科學在常態情形下所共同遵奉的楷模（examplars or shared examples）。這個狹義的「典範」也是「學科的型範」中的一個組成部份，但却是最重要、最中心的部份。

孔恩的研究充份顯示一切「常態科學」（normal science）都是在一定的「典範」的指引之下發展的。科學家學習他的本門學科的過程，通常並不是從研究抽象的理論和規則入手。相反地，他總是以當時最高的具體的科學成就爲楷模而逐漸學習得來的。這種具體的科學成就在今天是以教科書的方式出現的；在以往則見之於科學史上所謂經典的作品，如亞里斯多德的物理學（Aristotle's *Physica*）、牛頓的原理（Newton's *Principia*）等等。這正是狹義的「典範」一詞之所指。「典範」不但指示科學家以解決疑難的具體方式，並且在很大的程度上提供科學家以選擇問題的標準。從科學史上看，可以說一切科學研究的傳統都是由於「典範」的出現而形成的。科學研究的傳統既經形成之後，大多數科學家都在一特定的「典範」的籠罩之下從事「解決難題」（puzzle-solving）的常態工作。他們的志趣決不在基本性的新發現，並且對於叛離「典範」的異端往往採取一種抗拒的態度。換句話說，孔恩的「典範」頗近乎懷德海（A. N. Whitehead）所說的「基本假定」（fundamental assumptions）㈧或柯靈烏（R. G. Collingwood）所說的「絕對前提」（absolute presuppositions）㈨。它們都是在某一個時代中被視為天經地義，而無從置疑的。而且離開了這些「假定」或「前提」，當時的人甚至不知道如何去進行思考或研究。

從上面的討論可以知道，科學史上樹立「典範」的巨人一般地說必須具備兩種特徵：第一、他不但在具體研究方面具有空前的成就，並且這種成就還起着示範的作用，使同行的人都得踏着他的足跡前進。第二、他在本門學術中的成就雖大，但並沒有解決其中的一切問題。恰恰相反，他一方面開啓了無窮的法門；而另一方面又留下了無數的新問題，讓後來的人可以繼續研究下去（即所謂「掃蕩工作」mop-up work），因而形成一個新的科學研究的傳統。在科學史上我們說「哥白尼的天文學」（Copernican astronomy）或「佛洛伊德心理學」（Freudian psychology），就是因為哥白尼或佛洛伊德是建立「典範」的開山宗師。他們在天文學或心理學方面所創樹的楷模使得他們的後學不得不在長時期內埋首於「解決難題」的掃蕩工作。

但是科學史上的「典範」並不能永遠維持其「典範」的地位。新的科學事實之不斷出現必有一天會使一個特定「典範」下解決難題的方法失靈，而終至發生「技術上的崩潰」

(technical breakdown)。這就是前面所提到的「危機」一詞的確切涵義。科學史上「危機」的成因很複雜，有外在的，也有內在的。就外在因素言，如以哥白尼的天文學革命爲例，則十六世紀要求曆法改革的社會壓力便曾加深了舊天文學傳統的危機。但就內在因素言，「技術上的崩潰」是一切科學危機的核心。危機導向革命；新的「典範」這時就要應運而生，代替舊的「典範」而成爲下一階段科學研究的楷模了。當然，新舊「典範」的交替，其間並沒有一道清楚的界限。有時候，早在舊「典範」如日中天之際，新「典範」卽已萌芽，不過當時不受注意罷了。另一方面，新「典範」當令之後，舊「典範」也並不必然完全失去其效用。舉例來說，哥白尼天文學並沒有完全取代托勒密的系統 (Ptolemaic system)。一直到今天，在推定星位的變化方面，托氏天文學仍在被廣泛的應用着。

必須說明，上面這一大段關於孔恩的科學史方法論的陳述決不够全面。孔恩結構一書中的理論系統極盡精嚴與複雜之能事，而我的選擇則是有重點的，卽以其中可說明近代紅學發展的部份爲斷限。我特別覺得孔恩的「典範」說和「危機」說最和我們的論旨相關⑩。

從晚清算起，紅學研究史上先後出現過兩個佔主導地位而又互相競爭的「典範」。第一個「典範」可以蔡元培的石頭記索隱爲代表。索隱寫於一九一五年，但晚清時已有不少人持相似的看法⑪。這個「典範」的中心理論是以紅樓夢爲清初政治小說，旨在宣揚民族主義(案：確切地說，卽反滿主義)，弔明之亡，揭清之失。作爲一種常態學術，索隱派紅學是有其「解決難題」(puzzle-solving) 的具體方法的，即胡適所謂之「猜謎」。但「猜謎」一詞顯然有貶義，對索隱派並不公允。據蔡元培自己的說法，他推求書中人物和清初歷史上的人物的關係，共用三法：一、品性相類者；二、軼事有徵者；三、姓名相關者⑫。廣義地說，這也是歷史考證，簡單地稱之爲「猜謎」，似有未妥。但是，蔡元培實際上乃是索隱派「典範」的總結者，而不是開創者，因此在索隱一書出版的時候，這個「典範」下的紅學研究已是危機重重。索隱的方法雖然可以解決紅樓夢中的一小部份難題，而絕大部份的難題並不能依照蔡先生的三法來求得解決。蔡先生說：

> 右所證明，雖不及百之一二，然石頭記之爲政治小說，決非牽强附會，已可概見。觸類旁通，以意逆志，一切怡紅快綠之文，春恨秋悲之迹，皆作二百年前因話錄、舊聞記讀可也。⑬

這話未免說得太樂觀了些。事實上，紅樓夢全書此後並未能在索隱派的「典範」下觸類旁通。正如胡適所指出的，蔡先生以鳳姐給劉姥姥二十兩和八兩銀子的事是影射湯斌的生平，可是另外王夫人贈給劉姥姥一百兩銀子的事卻在湯斌一生的事跡中找不到影子。因此這一次份量最重的餽贈反而在石頭記索隱中沒有交代⑭。像這一類的困難最足以顯示索隱派紅學的內在危機。

另一方面，新材料的不斷出現也動搖了索隱派紅學的基本假定。這些新材料都好像指向一個共同的結論，即紅樓夢是作者曹雪芹寫他自己所親見親聞的曹家的繁華舊夢。這個說法早在乾、嘉時代卽已出現，但直到胡適的「紅樓夢考證」（一九二一年）問世以後才成爲一種有系統、有方法的理論。所以胡適可以說是紅學史上一個新「典範」的建立者。這個新「典範」，簡單地說，便是以紅樓夢爲曹雪芹的自敍傳。而其具體解決難題的途徑則是從考證曹雪芹的身世來說明紅樓夢的主題和情節。胡適的自傳說的新「典範」支配了紅樓夢研究達半個世紀之久，而且餘波至今未息。這個新紅學的傳統至周汝昌的紅樓夢新證（一九五三年）的出版而登峯造極。在新證裏，我們很淸楚地看到周汝昌是把歷史上的曹家和紅樓夢小說中的賈家完全地等同起來了。其中「人物考」和「雪芹生卒與紅樓年表」兩章尤其具體地說明了新紅學的最後歸趨。換句話說，考證派紅學實質上已蛻變爲曹學了。新證以後雖然仍有大量的考證文字出版，並且在個別難題的解決上也多少有所推進，但從紅學的全面發展來看，自傳說的「典範」已經陷入僵局，這個「典範」所能解決的問題遠比它所不能解決的問題爲少。這就表示自傳說的效用已發揮得極邊盡限，可以說到了功成身退的時候了㊄。

一九五三年周汝昌新證的出版，一方面固然是總結了考證派新紅學的發展，而另一方面則也暴露了紅學的內在危機。五十年代中大陸上對自傳說的開始懷疑和海外索隱派紅學的復活，從學術發展史的觀點來看，其實都不是偶然的。它們祇是紅學危機的一些可靠的信號而已，這些信號表示紅學發展需要有另一個新「典範」的出現。我在前面曾指出自傳說近來受到三種不同的挑戰，現在讓我略說一說這三種挑戰在現階段紅樓夢研究上的意義。

先說索隱派的復活。索隱派之所以能重振旗鼓，主要原因之一是由於考證派紅學對於幾個基本問題尚沒有確切的答案。舉例言之，紅樓夢的作者究竟是不是曹雪芹？前八十回和後四十回之間的關係到底如何？脂硯齋又是誰？他（或她）和原作者有什麼特殊淵源？這類基本性的問題在考證派紅學中雖有種種的解答，但由於材料不足始終不能定於一是。僅就作者問題來說。俞平伯直要到讀過了影印的胡藏甲戌本以後才敢肯定地說紅樓夢的作者是曹雪芹⑯。作者問題尚且如此遲遲不能斷案，其餘的問題就更可想而知了。但是從「解決難題」的觀點來評判，復活了的索隱派較之蔡元培、鄧狂言、壽鵬飛、景梅九諸人所論尚未見有重大的突破⑰。錢靜方「紅樓夢考」中對於索隱派的批評，甚爲持平。他說：

> 此說旁徵曲引，似亦可通，不可謂非讀書得間。所病者舉一漏百。寥寥釵、黛數人外，若者爲某，無從確指。雖較明珠（案：此指俞曲園謂紅樓夢係爲納蘭明珠之子容若而作。）之說，似爲新穎。而欲求其顯豁呈露，則不及也。要之紅樓一書，空中樓閣。作者第由其興會所至，隨手拈來，初無成意。卽或有心影射，亦不過若卽若離，輕描淡寫。如畫師所繪之百像圖，類似者固多，苟細按之，終覺貌是而神非也。⑱

不過公平一點說，復活後的索隱派也自有其進步之處。最顯明的一點卽不再堅持書中某人影射歷史上某人，而强調全書旨在反淸復明或仇淸悼明㊈。然而由於索隱派的解釋仍限於書中極少數的主角或故事，因此其說服力終嫌微弱。我們祇要更改一個字，就可以照舊援引錢靜方的批評：「所病者舉一漏百。寥寥叙、黛數人外，若者爲何，無從確指。」

照我個人的推測，索隱派諸人，自淸末以迄今日，都是先有了明、淸之際一段遺民的血淚史互於胸中，然後才在紅樓夢中看出種種反滿的跡象。自乾隆以來，紅樓夢的讀者不計其數，而必待淸季反滿風氣旣興之後而「民族主義」之論始大行其道，這其間的因果關係是値得追究的。而且，如果紅樓夢作者的用意眞是在保存漢人的亡國之恨的話，那麼我們必須說，紅樓夢是一部相當失敗的小說。因爲根據我們現有的材料來判斷，在這部書流傳之初，它似乎並不曾激起過任何一個漢人讀者的民族情感。更費解的是早期欣賞紅樓夢的讀者中反而以滿人或漢軍旗人爲多，如永忠、明義、裕瑞、高鶚等皆是顯例。所以，淸代末葉以前，譽之者或稱紅樓夢爲「艶情」之作，毁之者則或斥其爲「淫書」。滿人中之最深文周內者，亦不過謂其「誣蔑滿人」或「蹧蹋旗人」而已。但却未見有人說它是「反淸復明」的政治小說㊉。所以從社會效果來說，「民族主義」的說法恐不能不打一個很大的折扣。再就考證派和索隱派雙方的硏究成績來看，我們也得承認，紅樓夢作者斷歸曹雪芹是一個到目前爲止最能使人心安理得（卽矛盾最少）的結論。換句話說，索隱派儘管復活了，但是却不足以構成對考證派的直接威脅，更不足以解救考證派的內在危機。

對考證派紅學的第二種挑戰是來自「封建社會階級鬪爭論」（以下簡稱「鬪爭論」）。「鬪爭論」的大張旗鼓始於一九五四年圍剿兪平伯之役，而目前已取了大陸上紅學研究的正統地位。一九七三年十月出版的李希凡「曹雪芹和他的紅樓夢」一書是這一派的代表作品㈢。「鬪爭論」和考證派紅學的關係是十分微妙的。從一方面說，它是以胡適、兪平伯諸人的考證成果爲全部理論的起點。因此它對索隱派採取了全部拒斥的不妥協態度，但却肯定紅樓夢是曹雪芹據曹家衰敗的歷史背景所撰寫的小說。甚至考證派尚有爭論的斷案（如後四十回是否高鶚所續），在鬪爭論中也迫不及待地被接受了下來。然而從另一方面說，鬪爭論又是乘考證派自傳說之隙而起的。李希凡說得很明白：

依照胡適的這種對紅樓夢的反動觀點，就只能把這部小說僅僅看成是作家曹雪芹個人和家庭生活的實錄，完全抹殺了它所反映的巨大的社會內容，取消了這部小說暴露和批判封建制度的歷史價值，因而，也徹底否定了它的藝術典型的概括意義，……兪平伯把胡適所考證的那些結論加以擴充和吹脹，本末倒置地把小說紅樓夢的內容變成事實考證的對象，又把史實上的曹家和小說中的賈家互相比附，把分析和研究藝術形象的工作變成了剔骨拔刺，以瑣細的考證淩遲了人物和情節，使紅樓夢的完整藝術形象從社會現象中孤立出來，成爲偶然的事實碎片。㈢

這一段對於自傳說的批評可以說相當能擊中要害。但鬪爭論對於紅樓夢研究而言畢竟是外加的，是根據政治的需要而產生的。它不是被紅學發展的內在邏輯（inner logic）所逼出來的結論。而且嚴格地說，鬪爭論屬於歷史學——社會史——的範疇，而不在文學研究的領域之內。在這一點上它不但沒有矯正胡適的歷史考證的偏向，並且還把胡適的偏向推進了一步。李希凡說：

紅樓夢之所以具有深廣的社會歷史意義，是因爲這部小說用典型的藝術形象，很深刻地反映了封建社會的階級鬪爭，揭露了貴族統治階級和封建制度的黑暗、腐朽、以及它必然滅亡的趨勢。幾千年來的封建社會，在這部小說裏，留下了眞實而完整的形象，給我們以豐富的社會歷史的感性知識。因而可以說，讀一讀紅樓夢，我們就能更清楚地了解中國的封建社會。㈢

這個看法的本身並沒有什麼特別不合理的地方。因爲一切小說都是在一定的空間和時間中產生的，因此也都不可避免地打上了作者所處的社會背景的烙印。把紅樓夢當作反映中國傳統社會的一個歷史文件來看待，從史學的觀點說，更是十分重要的。遠在淸末、民初之際，不少紅樓夢的讀者就已經用這種眼光來對待這部巨著。季新的「紅樓夢新評」便是最顯著的一個先例㈣。但是紅樓夢在客觀效用上反映了舊社會的病態是一回事，而曹雪芹在主觀願望上是否主要爲了暴露這些病態才撰寫一部紅樓夢則是另外一回事。這是兩個完全不同層次上的問題。卽使作者在一定的程度上表現了對他的時代和社會的憤恨和控訴，這種憤恨和控訴究竟是不是紅樓夢中的最中心的主題，也仍然是一個需要研究的問題。其實鬪爭論者對這一點也並非毫無所知，否則他們就不必花那麼大的氣力去批判作者的「世界觀的歷史的、階級的局限」了。

我們必須承認，在摧破自傳說方面，鬪爭論是有其積極意義的。但鬪爭論雖可稱之爲革命的紅學，却不能構成紅學的革命。（第二個「革命」取孔恩之義。）其所以不能構成紅學的革命，是因爲它在「解決難題」的常態學術工作方面無法起示範的作用。（按：這是指鬪爭論所示之「範」乃唯物史觀應用於文學作品的一般「典範」，而不是爲了解決紅學本身特有的難題而建立起來的。）更確切地說，它只是馬克斯主義的一般歷史理論在紅樓夢研究上的引申。換言之，這是一種借題發揮式的紅學。既是借題發揮，則它的結論是否有效便不能單獨取決於所借之題——即紅學的內在標準，而必須取決於歷史唯物論在清初社會史研究方面的整個成績。這一層自然越出了我們的討論範圍之外。正由於鬪爭論者是在借題發揮，因此他們對於紅樓夢的興趣並不在於瞭解曹雪芹在作品裏企求些什麼？又創造了些什麼？以及這些企求和創造爲什麼要通過那樣特殊的藝術形式表現出來？所以鬪爭論者對曹雪芹最苦心建構出來的「太虛幻境」和「大觀園」也就最缺乏同情的瞭解。二十世紀下葉的讀者自不難在大觀園中發現種種階級鬪爭的痕跡。但若說曹雪芹創造大觀園的主旨便是在描繪十八世紀中國的階級鬪爭，恐怕作者地下有知是難以首肯的。我們今天誠然有權利用批判的態度來接受紅樓夢的思想內容和藝術形式，可是這種批判仍必須建築在客觀認知的堅固基礎之上。早期的考證派紅學在客觀認知方面曾有過突破性的貢獻。它使我們在很大的程度上「囘到曹雪芹的意思」㊲。到了五十年代，由於自傳說「典範」本身的局限性，考證派實已成强弩之末。大陸上鬪爭論之適於此時崛起，正如海外索隱派的復活一樣，是紅學發展將要進入新的突破階段的一種明確表示。但是不幸得很，也像海外的索隱派一樣，鬪爭論在認知層次上並不能指引紅學走出危機，並導向紅樓夢研究的「科學革命」。必須指出，鬪爭論之不能承擔起紅學革命的任務，在性質上却和索隱派無法解除紅學的困境頗不相同。索隱派是要用亞里斯多德物理學來解決牛頓物理學所遭遇到的困難；而鬪爭論則顯然是想憑藉着李森柯（Trofim Denisovitch Lysenko）的遺傳學來推翻整個生物學的研究傳統。眞正的紅學革命還得要另覓新徑。

最後我們要討論對「自傳說」的第三種挑戰。第三種挑戰到現在爲止還沒有受到普遍的注意，並且挑戰者本身也沒有把他們革命性的新見解在理論和方法上提倡到自覺的階段。但是依我個人的看法，這一派的作品裏確包含了不少新典範的種子。這些種子如果加以系統化的整理，似乎可以引出紅學史上一個嶄新的「典範」。在這種新「典範」的指導下，我們有理由相信，紅學研究可以從「山窮水盡疑無路」的困途，轉到「柳暗花明又一村」的豁然開朗的境界。

這個可能建立的新典範是把紅學研究的重心放在紅樓夢這部小說的創造意圖和內在結構的有機關係上。這個說法驟聽起來，似乎了無新意。因爲無論是自傳說、索隱派，或鬪爭論都宣稱是要發掘紅樓夢的本旨，並且也都或多或少地要涉及紅樓夢的情節和人物。但進一步的分析可以使我們看出新典範的兩個特點：第一、它强調紅樓夢是一部小說，因此特別重視其中所包涵的理想性與虛構性。這句話的涵義也需要加以分疏。不然大家會問：難道有誰否認過紅樓夢是一部小說麼？但是這裏確有一個奇異的矛盾現象：卽紅樓夢在普通讀者的心目中誠然不折不扣地是一部小說，然而在百餘年來紅學研究的主流裏却從來沒有眞正取得小說的地位。相反地，它一直是被當作一個歷史文件來處理的。這一通則可以一般地適用於索隱派、自傳說、和鬪爭論。在新典範之下，紅樓夢將要從嚴肅的紅學研究者的筆下爭回它原有的小說的身份。第二、新典範假定作者的本意基本上隱藏在小說的內在結構之中，而尤其强調二者之間的有機性。所謂有機性者，是說作者的意思必須貫穿全書而求之。古人論文曾有「常山之蛇，擊其首則尾應，擊其尾則首應，擊其中則首尾俱應」之說。這當是文學誇張的比喻，但却可以借來表示我們所謂有機性的意思。以前研究紅學的人當然也多少都看到了這一點。清末評點紅樓夢的傳統文人，由於受了金聖歎的影響，尤其喜歡說這一類的話㊱。但他們的話往往是針對著書中個別的情節而發的，他們並不更進一步根據這些線索去試求把握全書的中心構想。在後來的紅學家手裏，紅樓夢的有機性反而更少發揮的餘地。原因很簡單：無論是把紅樓夢當作那一種歷史文件來處理（索隱派的政治史、自傳說的家族史、或鬪爭論的社會史），以往的紅學家都在很大的程度上仰賴於「外援」——卽紅樓夢以外的歷史材料。不過這種向外面找材料的傾向在考證派紅學中尤爲突出。但新材料的發現是具有高度偶然性的，而且不可避免地有其極限。一旦新材料不復出現，則整個研究工作勢必陷於停頓。考證派紅學的危機——技術的崩潰，其一部份原因卽在於是。我必須加一句，這個流弊並不限於紅學，而應該說是近代中國考證學的通病。本來材料是任何學問的必要條件，無人能加以忽視。但相對於研究題旨而言，材料的價值並不是平等的。其間有主客、輕重之別。就考證派紅學而論，對材料的處理就常常有反客爲主或輕重倒置的情況。試看紅樓夢新證中「史料編年」一章，功力不可謂不深，搜羅也不可謂不富。可是到底有幾條資料直接涉及了紅樓夢旨趣的本身呢？這正是我所謂曹學代替了紅學的顯例㉗。其更爲極端者則橫逸斜出，考證敦敏、敦誠，乃至松齋、高鶚。我並不是說這一類的考證與紅樓夢毫無關係。我只是想指出：考證派這樣過份地追求外證，必然要流於不能驅遣材料而反爲材料所驅遣的地步，結果是讓邊緣問題佔據了中心問題的位置㉘。極其所至，我們甚至可以不必通讀一部紅樓夢而成爲紅學考證專家。這正是乾、嘉末流經學考證的舊陷阱㉙。紅學的材料狂還帶來另外一種危險：有時在眞材料缺席的情況下，僞材料竟會塡補它所留下的空隙。十年前盛傳一時的香山健銳營張永海老人關於曹雪芹的傳說便是永遠值得紅學家警惕的一個例子㉚。新典範所强調的有機說在材料問題上則恰可以解救考證派的危機。八十回的紅樓夢和無數條脂評至少可以使紅學家在相當長的時期內不必爲材料的匱乏而擔憂。隨著對待材料的態度之由外馳轉爲內斂，紅學研究的重點也必然將逐漸從邊緣問題回向中心問題。這正是新典範的一個基本立足點。

從各方面的條件來看，俞平伯應該是最有資格發展紅學史上新典範的人。而且事實上他早期的若干作品如「論秦可卿之死」和「壽怡紅羣芳開夜宴圖說」便已具有孔恩所謂「示範」的意義。但俞平伯畢竟是自傳說的主將。儘管他的看法中含有新典範的種子，這些種子不幸都淹沒在考證的洪流裏，其意義因此始終未能彰顯。幾乎就在俞平伯建立自傳說的同時，他已經清楚地感覺到自傳說在紅學研究上所發生的窒礙。在討論大觀園的地點問題時，他發現其中有南北混雜的嚴重矛盾現象。他痛苦地說：

> 這應當有一個解釋。若然沒有，則矛盾的情景永遠不能消滅，而結論永遠不能求得。我勉强地爲他下一個解釋，只是總覺得理由不十分充足；但除此以外，更沒有別的解釋可以想像，除非推翻一切的立論點，承認紅樓夢是架空之談。果然能够推翻，也未始不好，無奈現在又推翻不了這個根本觀念。我的解釋是：
>
> 「這些自相矛盾之處如何解法，眞是我們一個難題。……我想，有許多困難現在不能解決的原故，或者是因爲我們歷史眼光太濃厚了，不免拘儒之見。要知雪芹

此書雖記實事，却也不全是信史。他明明說『眞事隱去』，『假語村言』，『荒唐言』，可見添飾點綴處是有的。從前人都是凌空猜謎，我們却反其道而行之，或者竟矯枉有些過正也未可知。」㊁

這些話大致是在一九二一——二二年間說的。過了三十年，俞平伯對同一問題的解答却表現了顯著的改變。在「讀紅樓夢隨筆」裏他肯定地認爲紅樓夢中的大觀園有三種構成因素，即回憶、理想與現實。這三種因素其實可以約化爲理想與現實兩種，因爲回憶不過是作者早年的現實而已。關於大觀園的理想成分，他這樣寫道：

以理想而論，空中樓閣，亦卽無所謂南北。當然不完全是空的，我不過說包含相當的理想成分罷了。如十八回賈元春詩云，「天上人間諸景備，芳園應錫大觀名。」顯然表示想像的境界；否則園子縱好，何能備天上人間的諸景呢。㊂

三十年前百般地不願意承認紅樓夢中有什麼「架空之談」，三十年後則確定地指出其中有相當大的「理想成分」。這個轉變是值得注意的。但是俞平伯在大觀園地點問題上的轉變不是孤立的和個別的轉變。這是他對以前持之甚堅的自傳說發生了根本的懷疑並加以深切的反省後所獲得的一個邏輯的結論。因此他又說：

近年考證紅樓夢的改從作者的生平家世等等客觀方面來研究，自比以前所謂紅學（按：指索隱派）著實得多，無奈又犯了一點過於拘滯的毛病，我從前也犯過的。

他們把假的賈府跟眞的曹氏併了家，把書中主角和作者合爲一人；這樣，賈氏的世系等於曹氏的家譜，而石頭記便等於雪芹的自傳了。這很明顯有三種的不妥當。第一、失却小說所以爲小說的意義。第二、像這樣處處粘合眞人眞事，小說恐怕不好寫，更不能寫得這樣好。第三、作者明說眞事隱去，若處處都是眞的，卽無所謂「眞事隱」，不過把眞事搬了個家而把眞人給換上姓名罷了。[33]

>

我非常重視兪平伯這一對自傳說的自我批判和反省。有兩層理由特別應該提出來說一說。第一、他的修正論不是外鑠的，而是從紅學研究的內部逼出來的。這很符合學術發展本身的規律，也就是說，它是紅學因技術崩潰而產生危機以後的一個必然歸趨。我們說它是一種內在的發展，因爲我們可以從他三十年前的話裏邏輯地引申出三十年後的結論。他在紅樓夢辨中處處提到自傳說的「困難」或「難題」便是「讀紅樓夢隨筆」中若干新論點的伏線。第二，「讀紅樓夢隨筆」的寫作年代最遲也應該在一九五三年年底以前[34]。換句話說，兪平伯對自傳說的自我批判是自發的，決非因爲受了李希凡和藍翎的攻擊纔改變了觀點。我在前面所說的對自傳說的第三種挑戰便是由兪平伯首先發難的。相反地，從時間上推斷，李、藍兩人對自傳說的尖銳批評倒反而可能是受了兪平伯文字的暗示。

在學術發展的正常狀態下，兪平伯「隨筆」中所蘊藏的基本理論成分應該會受到較爲廣泛的注意，並得到更進一步的發展。但不幸的是，就在「隨筆」剛剛問世之後，兪平伯自已的研究就被批判的風暴打亂了步驟，以致他無法或不敢再在原有的思路上繼續走下去。換言之，俞平伯的新「典範」尚在萌芽階段便已被批判的風暴逼得改變了方向，終於和「鬪爭論」中的反封建說滙流了。請看俞平伯在一九五八年對於同一問題的說法：

> 這裏我們應該揭破「自傳」之說。所謂「自傳說」，是把曹雪芹和賈寶玉看作一人，而把曹家跟賈家處處比附起來，此說始作俑者爲胡適。筆者過去也曾在此錯誤影響下寫了一些論紅樓夢的文章。這種說法的實質便是否定本書的高度的概括性和典型性，從而抹煞它所包涵的巨大社會內容。我們知道，作者從自己的生活經驗取材，加以虛構，創作出作品來，這跟自傳說是兩回事，不能混爲一談。……紅樓夢繼承古代文學中的現實主義和人民性的傳統，並且大大的發揚這個優良的傳統。這書不先不後出現於十八世紀的初期，在封建統治最嚴厲的時候，決不是偶然的。偉大的作品每跟它的時代密切地聯系著。紅樓夢正多方面地來反映了那個時代的社會。[35]

這一大段話有三點值得分析：一、在否定自傳說方面，俞平伯比寫「隨筆」時顯然來得斬截。這是因爲「鬪爭論」也正是以否定自傳說爲其全部理論的起點。俞平伯得此强有力的支援，當有「吾道不孤」之感，所以語氣也就隨之變爲十分肯定。二、但在放棄了自傳說之後，俞平伯不再談什麼「理想性」問題，而立刻把重點放在所謂「巨大的社會內容」上面。這就表示他已被牽引到「鬪爭論」所堅持的路向上去了。因爲他如果繼續發揮所謂「理想性」

的說法，在當時的文藝空氣裏，便無可避免地要被打爲極端的唯心論者。三、後一部份討論到紅樓夢的思想和藝術的來源問題，在今天看來，很明顯地反映出俞平伯在當時兩條不同文藝路線夾攻下的左右爲難。當時俞平伯所屬的古典文學研究所的所長何其芳主張紅樓夢中的人民性或民主性是「古已有之」的，曹雪芹主要是繼承了這一傳統。這個說法和俞平伯自己的看法正若合符節。因此他在「隨筆」中一開始就強調紅樓夢的「傳統性」。但是李希凡和藍翎則主張紅樓夢主要是反映了十八世紀的社會現實：即封建制度的崩潰和所謂新的「市民」階級的興起[36]。俞平伯處在兩大之間，只好左右敷衍。因此他先說紅樓夢繼承了古代傳統的優良部份，緊接著就加一句，說紅樓夢不先不後出現在十八世紀決非偶然，乃是當時社會的反映。所以，仔細分析起來，這段話的上半截透露了他自己和何其芳的共同意見，而下半截則是敷衍李希凡和藍翎的。其實這裏面有輕重、主客之分，俞平伯的兼收並蓄並不能掩飾其內在的矛盾。就是在這種情形之下，俞平伯在「隨筆」中所燃起的一點紅學革命的火苗完全熄滅了。

紅學革命在大陸上雖然一時無法順利進行，但在海外則仍有發展的餘地。凡是從小說的觀點，根據紅樓夢本文及脂批來發掘作者的創作企圖的論述都可以歸之於紅學革命的旗幟之下。我的「紅樓夢的兩個世界」也是在這個基本理論的指引之下所作的一種嘗試。這個紅學革命的成敗主要便繫於它的具體研究成績能否眞正幫助考證派的紅學脫離「技術崩潰」的危機，並建立起自己的新研究傳統。所以目前要想預測它的前途，實嫌言之過早。但在新的研究工作大規模的進行之前，我們必須把我們所要提倡的革命性的新「典範」在理論上加以系統化。本文的主要目的便是要從近代紅學的發展史上找出新「典範」的內在根據。

現在我們應該檢討一下新「典範」和其他幾派紅學研究的關係了。

讓我們先從索隱派開始。索隱派和自傳說是處在直接對立的地位，因爲索隱派必須否定紅樓夢的作者是曹雪芹。所以這兩種理論可以說是「互相競爭的典範」(competing paradigms)。但索隱派是否和新「典範」直接衝突則要看索隱派是否堅持紅樓夢除了「仇清悼明」之外，更無其他涵義。如果索隱派認爲紅樓夢是愛情小說加上「民族主義」，則索隱派必須作到下列兩點之一：一、對新「典範」派從內在結構中發掘出來的種種線索加以「民族主義」的解釋，而融會於「仇清悼明」的整個理論之中。或二、否認新「典範」派所獲得的研究結論。但是如果索隱派認定紅樓夢僅是一部宣揚「民族主義」的政治作品，而其中所寫的種種愛情故事不過是掩飾主題的烟幕而已，則索隱派的立場便和新「典範」發生了正面的抵觸。在這種情形下，雙方的是非曲直便祇好靠彼此具體的研究業蹟來決定了。

其次當說到「鬪爭論」。在反對紅樓夢爲曹雪芹自傳這一點上，「鬪爭論」可以說是新「典範」的友軍。我們在上面已經指出，「鬪爭論」之反自傳說，其最初的靈感極可能來自兪平伯的「讀紅樓夢隨筆」。所以雙方在消極方面的出發點是一致的。然而在正面對待紅樓夢時，雙方的態度則頗有距離。新「典範」注重紅樓夢作者在藝術創作上的企圖，並且要通過全書的內在結構來發掘這種企圖。而「鬪爭論」則偏重於作者在政治、社會方面的意圖，特別是在暴露「封建社會的階級鬪爭」方面。至於作者用全力虛構出來的精神世界——「太虛幻境」和「大觀園」，「鬪爭論者」則不願意去認眞地、全面地加以瞭解。因爲在他們的眼中，這些正是紅樓夢的「封建性糟粕」。從新「典範」的觀點看來，這種根據自己目前的特殊需要而對紅樓夢所作的主觀取捨，至少對原作者是十分不公道的。後世的讀者有權利不接受、甚至批判前代作家的世界觀，但是並沒有權利去歪曲以至閹割前代作家的創作企圖。認眞地而批判也必須建築在客觀的認知的基礎之上，不能跳過認知的階段而逕下判決書的。認眞地說，「鬪爭論」祇看見紅樓夢的現實世界，而無視於他的理想世界；新「典範」則同時注目於紅樓夢的兩個世界，尤其是兩個世界之間的交涉。所以，分析到最後，新「典範」和「鬪爭論」之間並非必然是全面競爭的關係。因爲「鬪爭論」和新「典範」如有分歧，也僅限於在對紅樓夢中骯髒的現實世界的解釋方面。但由於「鬪爭論」主要是借紅樓夢爲題來說明清代中葉的社會狀況，它又與新「典範」之力求根據原文而回到作者原意的作法，在取徑上確有內外之別。

我們屢次提到作者「原意」或「本意」的問題，這裏也必須順便加以說明。本來在文學作品中追尋作者本意（intentions）是一個極爲困難的問題。有時甚至作者自己的供證也未必能使讀者滿意。詩人事後追述寫詩的原意往往也不免有失。因為創作時的經驗早已一去不返，詩人本人與一般讀者之間的區別也不過百步與五十步而已。傳說十九世紀英國大詩人布朗寧（Robert Browning）就承認不懂自己所寫的詩，這不是沒有道理的。那末，文學作品的本意是不是永遠無法推求了呢？是又不然。作者的本意大體仍可從作品本身中去尋找，這是最可靠的根據。因此所謂對於「本意」的研究，卽在研究整個的作品（integral work of art）以通向作品的「全部意義」（total meaning）[37]。新「典範」所謂發掘紅樓夢作者的本意，其確切的涵義便是如此。

最後，同時也是最重要的，是新「典範」和自傳說的關係。新「典範」直接承「自傳說」之弊而起，是對「自傳說」的一種紅學革命，但卻並不需要完全否定「自傳說」。相反地，在「自傳說」支配下所獲得的考證成績，對於新「典範」而言，仍是很有助於理解的。在這裏，新「典範」無可諱言地是偏袒「自傳說」而遠於「索隱派」。本來，「自傳說」和「索隱派」各有其立足點：前者認為紅樓夢的背後隱藏著「家恨」，而後者則以為它的眞實背景是「國仇」。新「典範」旣就小說而論小說，則原不必在「國仇」與「家恨」之間有所軒輊。但問題在於紅樓夢的作者究竟是誰，最早的評者脂硯齋是誰，作者和評者之間的關係又如何。研究小說的人總希望對作者及其時代背景有所認識，這對於確定書中的主題（不必限於一個主題）至少具有重大的參考價值。關於這些問題的解答，近幾十年來的新材料和研究成績都傾向於支持「自傳說」。最要緊的，「自傳說」考出紅樓夢的前八十回和後四十回不出一手，對於這部小說的內在結構的分析是極爲重要的。至少就新「典範」到現在爲止的研究結果來看，這前後兩部份之間是有著嚴重的內在矛盾的。表面上，前八十回中的人物和故事在後四十回中都有交待。但深一層分析，前八十回的「全部意義」在後四十回中却無法貫通，或遭到扭曲。在這一方面，「自傳說」的工作還不够深入，新「典範」仍大有發揮之餘地。

「自傳說」當然沒有解決所有的問題。例如脂硯齋的問題到現在還是一個謎。我們最多祇能說脂硯齋是和曹雪芹十分熟識的人，並且深知曹家上代的舊事。那麼，曹雪芹是不是紅樓夢的眞正作者呢？從最嚴格的考證觀點說，這問題當然也不能說已百分之百的解決了。但甲戌本第一回在「東魯孔梅溪則題曰風月寶鑑」句上眉批曰：

雪芹舊有風月寶鑑之書，乃其弟棠村序也。今棠村已逝，余覩新懷舊，故仍因之。

同回又有一眉批曰：

若云雪芹披閱增删，然則開卷至此這一篇楔子又係誰撰？足見作者之筆狡猾之甚。後文如此者不少，這正是作者用畫家烟雲模糊處，觀者萬不可被作者瞞弊（蔽）了去，方是巨眼[26]。

則至少脂硯齋已點明作者確是曹雪芹。何況原書第一回又明說「後因曹雪芹於悼紅軒中披閱十載，增刪五次，纂成目錄，分出章回」呢㊴？而「自傳說」的考證大體上也都能從側面支持作者爲曹雪芹這個說法。所以作者的問題，除非有驚人的新材料發現，是很難再翻案的。相反地，如果我們採用「索隱派」的說法，認爲紅樓夢的原作者是明淸之際一位不知姓名的遺民，那麼紅樓夢的作者問題可以說至今仍沒有一絲線索。有之，則僅是一種推測，而這種推測又沒有正面的、積極的證據作後盾，這是難以令人置信的㊵。今天仍不免有人懷疑莎士比亞其人之有無，但這種懷疑終不足以動搖莎翁在英國文學史上的地位。東海、西海，有此遙遙相對，足成佳話。

最近「廢藝齋集稿」及其它材料的發現使我們對曹雪芹的生活情形又得到進一步的認識。最重要的是下面這一首詩：

愛此一拳石，玲瓏出自然。溯源應太古，墮世又何年。有志歸完璞，無才去補天。
不求邀衆賞，瀟洒做頑仙。㊶

這塊「無才去補天」的「墮世」的「拳石」和紅樓夢開卷第一段那個「無材可去補蒼天」的「頑石」恐怕都來自「大荒山」「無稽崖」罷！在我個人看來，如果此詩眞出自曹雪芹之手，那麼它的確有力地證明了前引甲戌本的眉批，卽所謂「若云雪芹披閱增刪，然則開卷至此這一篇楔子又係誰撰？足見作者之筆狡猾之甚。」這篇楔子是「索隱派」和「自傳說」雙方所必爭的重要陣地，它的撰者是誰，和曹雪芹的關係如何，將會嚴重地影響到我們對於紅樓夢主題的認識。而這一次新材料的發現無疑是加强了、而不是削弱了曹雪芹和紅樓夢的關係。

新「典範」之所以在某種程度上傾向於支持「自傳說」，是因爲一般地說文學作品，特別是小說和戲劇，確包涵著不少作者的「自傳」成分。這是文學史上的常識。但新「典範」同時又必須强調，紅樓夢作者的生活經驗在創作過程中祇不過是原料而已。曹雪芹的創作企圖——卽他的理想或「夢」——才是決定紅樓夢的整個格局和內在結構的眞正動力。「自傳說」之陷於困境而無由自拔者，卽由於完全用原料來代替創作，想把紅樓夢中的人物、故事，以至一言一語都還原到曹雪芹的實際生活經驗中去。周汝昌紅樓夢新證中「人物考」、「地點問題」和「雪芹生卒和紅樓年表」三章，尤其是「自傳說」發展的最高峯。在英國文學批評史上 Virginia Moore (著 *The Life and Eager Death of Emily Brontë*, 1936) 和 Edith E. Kinsley (著 *Pattern or Genius*, 1939) 諸人研究 Brontë 姊妹和她們的家世，簡直就把她們所寫的小說 *Jane Eyre*, *Villette* 或 *Wuthering Heights* 看作傳記材料，逕將小說中的假名字改成眞名字，使小說和傳記完全合而爲一。這和「自傳說」的紅學研究眞可謂如出一轍。這種單純從傳記觀點研究小說的辦法，在西方已引起嚴厲的批評[四]。而「自傳說」的紅學，如我們在上文的分析所顯示的，也早到了途窮將變的時候了。

但紅學研究的轉變不能是回到「索隱派」，到目前爲止「索隱派」所能解決的問題遠比它所不能解決的問題爲少，而它在研究上所遭遇到的困難也遠比「自傳說」爲多。紅學的轉變也不應該歧入「鬪爭論」，因爲「鬪爭論」是用外在的政治標準來代替內在的藝術標準。從學術史發展的觀點看，新「典範」是從「自傳說」紅學內部孕育出來的一個最合理的革命性的出路。一方面，新「典範」認爲我們對紅樓夢作者及其家世背景、撰述情況所知愈多，則愈能把握作品的「全部意義」；因此它十分尊重「自傳說」的考證成績。另一方面，新「典範」復力求突破「自傳說」的牢籠而進入作者的精神天地或理想世界；因此它又超越了歷史考證的紅學傳統。由此可見，不但紅樓夢中有現實世界和理想世界之分（見另文），紅學研究中也同樣有兩個不同的世界。「自傳說」所處理的祇是作者生活過、經歷過的現實世界或歷史世界，而新「典範」則要踏著這個世界而攀躋到作者所虛構的理想世界或藝術世界。所以，新「典範」比「自傳說」整整地多出了一個世界。這恰好說明，爲什麼在「自傳說」已經是到了「山窮水盡」的困途，而新「典範」竟可以把紅樓夢研究引到「柳暗花明」的新境界中去。這樣一種轉變才合乎近代紅學發展的內在理路；用孔恩的說法，這就是所謂紅學革命。

新的紅學革命不但在繼往的一方面使研究的方向由外馳轉爲內斂，而且在開來的一方面更可以使考證工作和文學評論合流。前面已說過，新「典範」與其他幾派紅學最大的分歧之一便在於它把紅樓夢看作一部小說，而不是一種歷史文件。所以在新「典範」引導之下的紅樓夢研究是屬於廣義的文學批評的範圍，而不復爲史學的界限所囿。其中縱有近似考證式的工作，但這類工作仍是文學的考證，而非歷史的考證。這個分別是很重要的。

從文學的觀點研究紅樓夢的，王國維是最早而又最深刻的一個人。但「紅樓夢評論」是二十世紀初年的作品，並沒有經過「自傳派」紅學的洗禮，故立論頗多雜採八十回以後者。此後考證派紅學既興，王國維的「評論」遂成絕響，此尤爲紅學史上極值得惋惜的事。近幾年來，從文學批評或比較文學的觀點治紅學的人在海外逐漸多了起來㊃。這自是研究紅樓夢的正途。但是，這種文學性的研究，無論其所採取的觀點爲何，必然要以近代紅學的歷史考證爲始點。否則將不免於捕風捉影之譏。而新「典範」適足以在紅學從歷史轉變到文學的過程中起著最重要的橋樑作用，這是斷然不容懷疑的！

㊀楊懋建，京塵雜錄卷四「夢華瑣簿」引「京師竹枝詞」曰：「開談不說紅樓夢，縱讀詩書也枉然。」（見一粟，紅樓夢卷，第二冊，頁三六四）周汝昌，紅樓夢新證說是同、光年代流行過的話。（頁四）但據嘉慶二十二年刊本得輿「京都竹枝詞」「時尚門」，全詩如下：「做瀾全憑鴉片煙，何妨作鬼且神仙。開談不說紅樓夢（原註：此書膾炙人口），讀盡詩書是枉然。」又同書「飲食門」竹枝詞有「西韻悲秋書可聽」（原註曰：「悲秋卽紅樓中黛玉故事。」）」（見紅樓夢卷，第二冊，頁三五四）按得輿當卽得碩亭，著有草珠一串，內載此「竹枝詞」。（見吳恩裕，「考稗小記」，有關曹雪芹十種，中華書局，一九六三，頁一二二～一二三）郝懿行（一七五七——一八二五）曬書堂筆錄卷三「談諧」云：「余以乾隆、嘉慶間入都，見人家案頭內有一本紅樓夢。」（引自紅樓夢卷，第二冊，頁三五五）可見這首「竹枝詞」的流行，遠比周汝昌

所說的爲早。又同治年間夢癡學人的夢癡說夢亦引「京師竹枝詞」云：「開口不談紅樓夢，此公缺典正糊塗。」（紅樓夢卷，第一冊，頁二一九）所引竹枝詞之韻脚不同。頗疑當時有關紅樓夢之竹枝詞不止一首，而第三句皆作「開談不說紅樓夢」或「開口不談紅樓夢」也。

㈡蔣瑞藻，小說考證拾遺頁五六引清稗類鈔云：「紅樓夢一書，風行久矣。士大夫有習之者，稱爲紅學，而嘉、道兩朝則以講求經學爲風尚，朱子美嘗訕笑之，謂其穿鑿附會，曲學阿世也；獨嗜說部書，曾寓目者幾九百種，而以精熟紅樓夢，與朋輩閒話，輒及之。一日，有友過訪，語之曰：君何不治經？朱曰：予亦考經學；第與世人所治之經不同耳！友大詫。曰：予之經學，所少於人者，一畫三曲也。友瞠目。朱曰：紅學耳！蓋經字少巛，即爲紅也。朱名昌鼎，華亭人。」（轉引自周汝昌，紅樓夢新證，頁五二三～五二四）按：據此文則紅學一名之成立應在嘉、道時代。朱子美並不必然是「紅學」這個名詞的創始者。但他至少是最早把「紅學」和「經學」相提並論的一個人。

㈢乾隆五十七年刊本隨園詩話卷二謂雪芹撰紅樓夢，備記風月繁華之盛。（紅樓夢卷，第一冊，頁十二～十三）此當是以紅樓夢爲曹雪芹「自敍傳」的最早說法。

㈣胡適，「紅樓夢考證」（改定稿）見胡適文存第一集，臺北，遠東圖書公司，一九七一年五月三版，頁五七五～六二〇；「考證紅樓夢的新材料」，文存第三集，頁三七三～四〇三；「跋乾隆庚辰本脂硯齋重評石頭記鈔本」，文存第四集，頁三九六～四〇七。胡適考證紅樓夢最重要者即此三篇文字，在「自傳說」典範（paradigm）下，實可稱之爲開山之作。在我看來，若沒有「紅樓夢考證」這篇發難文字，不但近代紅學的發展會是另外一個樣子，甚至有沒有所謂考證派的「新紅學」興起也還大有疑問。所以，無論胡適的考證中存在着什麽缺點，它們的「示範」價值在紅學史上是無法抹殺的。周汝昌在紅樓夢新證裏對胡適略有微詞，謂胡適考證不過「拾前人之牙慧而已。」（見新證，頁三九）以周君當時寫作和出版的環境言，這話是可以瞭解的。而且就考證曹雪芹家世而言，周君確是後來居上，在「自傳說」典範之下，新證足可以當集大成的稱譽而無愧。但是從學術發展的觀點看，新證則顯然衹是胡適考證的擴大與加深，沒有任何基本理論上的突破可言。這也是讀者所有目共睹的。

吳世昌在英文紅樓夢探源中把胡適和周汝昌劃爲紅學史上同一階段中的人物，是十分正確的Shih-ch'ang, *On the Red Chamber Dream*, Oxford, 1961, p. 5）但吳世昌對胡適的考證好像懷有很大的偏見。他不但在書中處處和胡適爲難，並且認爲關於作者問題和版本問題的考證旣乏新見，復多謬誤。胡適最大的貢獻不過是宣傳前人已知的事實而已。（同上，pp. 5-8）這種評論似欠公允。吳世昌似乎完全看不出胡適考證在紅學史上作爲「典範」的意義。事實上，以王國維的博雅，在寫「紅樓夢評論」時，尚說「徧考各書，未見曹雪芹何名。」（紅樓夢卷，第一冊，頁二六三）則胡適的考證在當時自有震動一世視聽的作用。而後來許多有關曹雪芹的舊材料之所以不斷的被發現，正是由於「自傳說」的號召所致。治考證學者多謂有材料然後有理論，這固然不錯。但理論亦可以引出材料，此義則知者尚少，故特表而出之，以質之世之治紅學考證者。

㊄魯迅，中國小說史略，人民文學出版社，北京，一九七三，頁二〇六。

㊅Thomas S. Kuhn. *The Structure of Scientific Revolutions*, 2nd ed. enlarged, Chicago, 1970.

㊆A. L. Kroeber, *Configurations of Culture Growth*, 2nd printing, California, 1963, p. 97.

㊇Alfred North Whitehead, *Science and the Modern World*, The Free Press, 1967, p. 48.

㊈R. G. Collingwood, *An Essay on Metaphysics*, A Gateway Edition, 1972, esp. pp. 21-57.

㊉也許有人會問，孔恩的理論是解釋科學革命的過程的，它怎麼可以應用到紅學研究上來呢？其實這個問題孔恩自己有明確的答案。一九六九年孔恩爲該書的日譯本寫了一篇長跋（postscript）。他在「跋」中指出，他的理論本來就是從其他學科中輾轉借來的，不過他把這個理論應用到科學史上的時候，更加以系統化和精確化而已。他特別指出，在文學史、音樂史、藝術史以及政治制度史上，我們都可以看到從傳統——經過革命性的突破——再回到新傳統這樣的發展歷程。因此，文學史、藝術史的分期也常常是以風格上的革命性的突破爲其里程碑。孔恩不但不反對其他學科的人把他的理論作多方面的推廣應用，並且認爲這種推廣根本是順理成章的事。由此可知，我們運用孔恩的理論來分析近代紅學發展，決不是什麼牽强附會。（見 *The Structure of Scientific Revolutions*, pp. 208-209, 並可參看孔恩的 "Comment," *Comparative*

Studies in Philosophy and History, XI (1969), pp. 403-412.)

復當指出者，孔恩的理論發表以來，已引起各學科的廣泛注意。人文學與行爲科學各方面都在試着推廣孔恩的理論，特別是他所提出的「典範」(paradigm) 的觀念。請參看 David Hackett Fischer, *Historians' Fallacies, Toward a Logic of Historical Thought*, New York and Evanston, 1970, pp. 161-162 及 Robert F. Berkhofer, Jr., *A Behavioral Approach to Historical Analysis*, The Free Press, 1971, p. 6.

⑪據茅盾說，蔡元培的索隱實成於一九一一年以前，（見陳炳良，「近年的紅學述評」，中華月刊，一九七四年元月號，頁五）但清末類似的說法已不少，故蔡孑民先生索隱開始就提到陳康祺筆記中所引徐柳泉之說及乘光舍筆記之論。（見索隱，頁二。按這兩條清代筆記現在都已收入紅樓夢卷第二冊，見頁三八六及四一二）此外，據我所知，光緒十三年刊本夢癡說夢謂「紅樓夢演南北一家、滿漢一理之氣。」這已是把紅樓夢當作一部政治小說來看了。（紅樓夢卷，第一冊，頁二二六）而孫渠甫的石頭記微言尤開索隱派之先河。他認爲書中「寶天王」、「寶皇帝」之稱涵有深意，又注意到「真真國女子」及「小騷達子」的稱呼。更有趣的是他說寶玉有二義：一爲天子，一爲傳國璽；而釵、黛之爭卽是爭天下。（均見同上，頁二六五～二六八）孫氏的說法，有些在今天還有人襲用。

⑫見「對於胡適之先生之紅樓夢考證之商榷」，石頭記索隱，香港太平書局重印本，一九六三，頁一。

⑬同上，頁六三。

⑭胡適，「紅樓夢考證」，胡適文存，第一集，頁五八二。

⑮「自傳說」的危機曾引出一種新的修正論。這就是吳世昌的脂硯齋爲曹雪芹之叔曹竹磵（吳氏假定其名爲「碩」之說。（見 *On the Red Chamber Dream*, Chapter VIII, "The Identity ef Chih-Yen Chai," pp. 86-102）吳世昌並進一步指出，紅樓夢中的「寶玉」並不是雪芹自己，而是以其叔竹磵爲模特兒所創造出來的人物。這個說法也曾得到大陸上一部份紅學家的支持。（見吳恩裕，「考稗小記」，有關曹雪芹十種，頁一六五～一六六）

吳世昌的說法是從裕瑞（一七七一——一八三八）的棗窗閒筆中推衍出來的。裕瑞說：「曾見抄本卷額，本本有其叔脂硯齋之批語，引其當年事甚確，易其名曰紅樓夢。」（見紅樓夢卷，第一冊，頁一一三）又云：「聞其所謂『寶玉』者，尚係指其叔輩某人，非自己寫照也。」（同上，頁一一四）合此兩條卽可得到「寶玉」是脂硯齋的結論。姑無論吳世昌的理論是否可以成立，從紅學發展的觀點來看，這個修正論的出現正表示「自傳說」遭遇到了技術崩潰的危機，所以才需要用「他傳說」來修補原有理論的漏洞。但是「他傳說」的困難也不比「自傳說」爲少，而且還帶來一個無法克服的先天毛病，卽必然要重視「脂評」過於紅樓夢本文。理由很簡單，修正論的中心論點——脂硯齋是曹竹磵，曹竹磵卽寶玉——是完全建築在「脂評」的基礎之上的。這樣一來，不但紅學仍舊是曹學，而且它的基本材料又縮小到「脂評」的範圍之內了。

⑯見俞平伯，「影印脂硯齋重評石頭記十六回後記」，中華文史論叢，第一輯，一九六二年八月，頁三〇八～三一〇。

⑰陳炳良先生在「近年的紅學述評」（頁六～八）中曾舉潘重規和杜世傑（著有紅樓夢悲金悼玉實考，臺中，自印本，一九七一）兩位先生爲當今的「索隱派」的代表人物。杜書我尚未寓目。潘先生曾贈我兩部著作，卽紅樓夢新解（臺北，文史哲出版社再版，一九七三年）和紅學五十年（香港，一九六六年）。潘先生關於紅樓夢作者的理論，我略有一些異同之見，已別草短文討論，此不詳及。就紅樓夢新解而言，潘先生的確屬於蔡孑民先生的「索隱」一派。但是，正如潘先生自己所指出的，他的研紅工作涉及索隱、考證和評論三方面。他「既不曾想歸屬任何宗派，也不想發明任何學說。」（見潘重規，「『近年的紅學述評』商榷」，中華月報，一九七四年三月號，頁十四）因此，我在本文中所說的「索隱派」祇是就研究的作品而言，不特指某些個人。

⑱見「紅樓夢考」，收入紅樓夢卷，第一冊，頁三二六。

⑲例如潘重規紅樓夢新解以寶玉代表傳國璽，林黛玉代表明朝，薛寶釵代表清朝。（見頁九、一七二、一九九）杜世傑的實考則以書中人物有真有假或陰陽兩面。陳炳良先生說：「由於書中人物可代表男或女，漢人或滿人，又可代表一組人，所以減少了不少的比附上的困難。」（見「近年的紅學述評」頁六）這些都可見索隱

派立說上的改變。

⑳張問陶，船山詩草卷十六「贈高蘭墅同年」有「艷情人自說紅樓」之句，近人皆知之。（見紅樓夢卷，第一冊，頁廿一）其實更早的永忠「弔雪芹」三首及明義的「題紅樓夢」二十首也是以紅樓夢爲愛情小說的。（見同上，頁十～十二）斥紅樓夢爲淫書者，清代亦甚多。梁恭辰北東園筆錄四編（同治五年刊本）卷四云：「紅樓夢一書，誨淫之甚者也。……滿洲玉研農先生（麟），家大人座主也，嘗語家大人曰：紅樓夢一書，我滿洲無識者流每以爲奇寶，往往向人誇耀，以爲助我舖張。……其稍有識者無不以此書爲詆蔑我滿人，可恥可恨。……那繹堂先生亦極言，紅樓夢一書爲邪說詖行之尤，無非蹧蹋旗人，實堪痛恨。」（見紅樓夢卷，第二冊，頁三六六～三六七）可見早期滿人中痛恨紅樓夢者，其着眼點實在此書暴露滿人或旗人生活之荒淫腐敗的方面。他們並不覺得此書有什麼政治上的危害性。按：梁恭辰乃梁章鉅（一七七五——一八四九）之第三子，故文中之「家大人」卽章鉅也。這條筆記反映了十九世紀上半葉滿人對紅樓夢的兩種極端相異的態度。

㉑李希凡這篇文字最初是作爲一九七三年八月人民文學出版社的紅樓夢的「前言」而出現的。十月間又由香港中華書局發行單行本。但單行本與「前言」略有出入，是經過修改的。本文所引李文，悉從單行本。在大陸上，誰給人民文學出版社出版的紅樓夢寫「前言」或「代序」，誰就是紅學研究方面的「當權派」。所以一九五九年版的紅樓夢是用何其芳的「論紅樓夢」一文，加以節要壓縮，作爲「代序」的。（關於這一點，李希凡在今天回顧起來，似猶有餘恨。見他和藍翎合著的紅樓夢評論集，人民文學出版社，北京，一九七三，三版後記，頁三〇六～三〇八）現在李希凡既取得寫「前言」的地位，他當然就是大陸上紅學研究的正統了。例如徐緝熙的「評紅樓夢」，發表在一九七三年十月十六日上海人民出版社出版的學習與批判上面（頁二四～三六），就是完全根據李希凡的觀點而寫的。

㉒曹雪芹和他的紅樓夢，頁七二～七三。

㉓曹雪芹和他的紅樓夢，頁十。

㉔見紅樓夢卷，第一冊，頁三〇一～三一九。按李新是汪精衛的筆名。李希凡也未嘗不感到他的論點和李新有

相似之處，因此在紅樓夢評論集的新版「代序」中特別提出「紅樓夢新評」來加以指摘。（見頁五）李希凡認爲季新沒有看到紅樓夢的主題是「暴露了貴族統治階級和封建制度的即將崩潰的歷史命運。」其實這個批評並不太公允。季新明明說曹雪芹寫家庭專制之流毒，（紅樓夢卷，第一冊，頁三〇二）又謂書中諸人無不「相傾相軋，相讒相竊。」（頁三〇九）雖名詞不同，激烈的程度有別，似其意亦在指出禮教之流入極端虛僞之後，其勢不得不變也。

㉕俞平伯，紅樓夢辨，香港文心書店重版，一九七二，「引論」，頁三。

㉖紅樓夢六十三回引范成大詩：縱有千年鐵門檻，終須一個土饅頭。光緒間金玉緣本改「檻」字爲「限」字，復註云：「此范石湖自答壽藏詩也，實爲本書財色二字下大勸語，故爲十五回對待題目，特用秦、寶、熙鳳演之，遂爲衆妙集大成也。一寺一庵名義到此方出，可見當日謀篇不是枝枝節節爲之。」（見俞平伯「讀紅樓夢隨筆」所引，新亞書院紅樓夢研究小組，紅樓夢研究專刊，第二輯，一九六七年十月，頁一二八）改字之是非，此可不論，但註者確是很細心地看到了全書結構方面的有機性。

㉗Jonathan D. Spence 的 *Ts'ao Yin and the K'ang-hsi Emperor, Bondservant and Master*, Yale University Press, 1966, 是寫得相當生動的一部史學作品。這部書便正是以近代紅學研究爲基礎而撰成的。其中尤以周汝昌的紅樓夢新證所提供的有關曹寅的史料最爲豐富。這是紅學轉化爲曹學的一個最顯著而成功的例子。

㉘所謂「邊緣問題」即友人傅漢思先生所謂 "marginal problems"。見 Hans H. Frankel, "The Chinese Novel: A Confrontation of Critical Approaches to Chinese and Western Novels," *Literature East and West*, 8:1 (1964), pp. 2-5.（我手頭現無傳文，此乃從陳炳良先生前引文轉錄，見陳文註卅七）

㉙陳澧嘗云：「近人治經，每有浮燥之病，隨手翻閱，零碎解說。有號爲經生而未讀一部註疏者。」（見東塾讀書記卷九，萬有文庫本，上冊，頁一四二）

㉚這一個訪問曹雪芹故居及其生平傳說的趣事發生在一九六三年三月。全部經過可看吳恩裕「記關於曹雪芹的傳說」。（見有關曹雪芹十種，中華書局，一九六三年十月，頁一〇六～一一六）這位張永海老人其實是一

個業餘紅學家，把近代的考證結果幾乎已融會貫通。而同時又編造了一些當時尚無從證實、也無法否證的小故事，居然把吳恩裕等人騙得個不亦樂乎。最妙的是連兩百年前曹雪芹的心思也都在這個傳說中保留了下來。例如「他心想：你們瞧不起我，我還瞧不起你們呢！」「又想：紅樓夢已經寫出了一些，還不如不教這書，到鄉下一心寫紅樓夢去哩。」（均見頁一〇八）稍有方法論訓練的人應該立刻可以察覺到這完全是迎合訪問者的心理而硬編出來的。據吳恩裕的記錄，有關曹雪芹的生平，張永海有以下幾項具體報導：一、雪芹的父親早死了。二、當過內廷侍衛。三、在右翼宗學當過教師。四、前妻尚在，很漂亮，聽說和林黛玉有關。五、死在乾隆二十八年癸未除夕。六、雪芹有一張畫像，上面有竹林。這幾點「消息」都是大有來頭的。第一點是以雪芹爲曹頫之子。此說起於李玄伯，又經王利器於一九五五年加以論列。最重要的是一九五八年俞平伯在紅樓夢八十回校本序言中復予以支持。第二點內廷侍衛之說，吳恩裕以爲文獻無徵。其實這是周汝昌在新證再版的增補條中，根據「虎門」一詞推測出來的（見十種，頁十四）。第三點則是吳恩裕自己在一九五七年考證「虎門」所獲得的新結論。二、三兩點本是互相矛盾的。但張永海畢竟是業餘紅學家，不能分辨得那麼細微。第四點的附會是盡人皆知的，更不必去說了，不過張永海在這裏表現得很聰明，他故意不說薛寶釵或史湘雲，免得太着痕跡。第五點正是周汝昌、吳恩裕諸人和俞平伯爭論得最激烈的一點，卽雪芹是死在壬午除夕（據甲戌「脂批」）抑次年癸未除夕（據懋齋詩鈔並參用甲戌本除夕之說）。張永海則採取了癸未說。第六點所指畫像卽王岡所繪者，背景有小溪叢竹。吳恩裕最初卽在有關曹雪芹八種中斷定是雪芹之像。

如果我們對張永海所說的六點略加分析，就可以發現一個極爲有趣的情形，卽其中一半都恰好符合吳恩裕的主張。（右翼宗學、癸未除夕、和雪芹畫像。）我不敢說張永海一定事先做過研究，但這情形實在頗耐人尋味。其實這個「傳說」之來完全不能怪張永海多事。這是吳恩裕自從一九五四年聽趙常恂說雪芹居處在北京西郊健銳營以後，一步步地逼出這位張永海來的。吳恩裕自己先後已查訪過兩三次，後來又在一九六一年秋，由北京文化部門專門從事調查。（見十種，頁一三三、一三七、一六二）在這種情況下。縱使沒有張永海，也遲早會有其他健銳營老人出現的。

現在由於敦敏的「瓶湖懋齋記盛」殘文的發現，我們知道乾隆二十三年（一七五八）曹雪芹遷至白家疃新居。無論在這以前雪芹是否住在香山健銳營，至少張永海的彌天大謊總應該算是戳穿了。張永海所說雪芹及其子之死與葬，都必須假定他沒有離開健銳營才能成立。張永海又斬釘截鐵地說：「他（指雪芹）是旗人，必得住在旗裏頭。……出了健銳營的範圍，他就不能住。」（十種，頁一〇八）這些話都已被新材料否定了。吳恩裕是整理「記盛」這篇文字的人，我們且看他對雪芹居處的問題怎樣說。他道：「雪芹大約于乾隆十五年左右，從北京城裏遷至西郊香山健銳營。……根據傳說，他初住香山四王府和峒峪村中間一帶地方，後來不知那年又遷到香山脚下鑲黃旗營的北上坡。」（見「曹雪芹的佚著和傳記材料的發現」的文物，一九七三年第二期，頁十一）這個「傳說」仍然是張永海的那一套。我真奇怪吳恩裕何以絲毫不覺得這個「傳說」和新材料之間有矛盾。考證固然是「實事求是」的事，但一旦有了先入之見，這四個字恐怕就不免要大打折扣了。更妙的是吳恩裕從前認為敦敏、張宜泉所題關於雪芹「日望西山餐暮霞」，「廬結西郊別樣幽」，「門外山川供繪畫」等等詩句頗符合香山健銳營一帶的景緻，而現在則都一古腦兒地搬到白家疃來了。（十種，頁一三三、一六二及「佚著」文，頁十二）其實這一類的詩句擺在任何有山有水的地方都是可以得到「印證」的。

我寫這一條長註的用意並不是要責備任何人。我只是想提醒搞紅學考證的人要隨時隨地有方法論的自覺。

㉛紅樓夢辨，卷中，頁六九～七〇。

㉜「讀紅樓夢隨筆」，紅樓夢研究專刊，第一輯，頁一一一。

㉝同上，頁一〇五。

㉞「讀紅樓夢隨筆」初載於香港大公報一九五四年一月份至四月份。國內新建設一九五四年三月號所載俞平伯的「紅樓夢簡論」是「隨筆」的一部份。李希凡和藍翎的發難文章——「關於紅樓夢簡論及其他」——所攻擊的主要是俞平伯對於紅樓夢的傳統性和獨創性的一些理解。由於俞平伯在「簡論」中已首先對「自傳說」表示懷疑，李、藍兩人在文章中並未涉及這個問題。直到第二篇文章批判紅樓夢研究時，他們才正面向俞平

伯以前的「自傳說」開火。（李、藍的「評紅樓夢研究」最初發表在一九五四年十月十日光明日報的「文學遺產」第二十四期上。兩文均收入紅樓夢評論集，見一九七三年新版，頁一～三六）所以從時間推斷，兪平伯對「自傳說」的自我否定決非受李、藍的評論而被動改變的。一九七八年十一月我曾當面向兪平伯先生請教過這一問題，他的答覆證實了我的推測。（一九八一、九、一英時補誌。）

㉟紅樓夢八十四回校本序言，頁三～四。

㊱關於李希凡和何其芳之間在這個問題上面的尖銳對立，請看紅樓夢評論集的三版後記，特別是頁三一二～三二八。值得注意的是何其芳一直到今天為止還不肯放棄他自己的看法。（見頁三三七）

㊲參看 Rene Wellek and Austin Warren, *Theory of Literature*, PP.135–137.

㊳見兪平伯輯，脂硯齋紅樓夢輯評，頁四〇。

㊴見紅樓夢八十回校本，第一册，頁五。

㊵紅樓夢第一回的楔子上明說是「親自經歷的一段陳跡故事」（同上，頁三）及「不過實錄其事」（頁五）。如果「索隱派」堅持書中所記是明清之際的民族血淚史，那麼他們必須證明書中一大部份的人物和事件的歷史真實性。所以從這一點說，復活後的「索隱派」儘管內在困難較少，却反而不及舊「索隱派」如蔡子民先生之所為者具有說服力。最近收到杜世傑先生寄贈紅樓夢原理一書（臺北，一九七二）。其中第六篇「吳梅村與紅樓夢」，謂紅樓夢作者卽吳梅村，因為就吳玉峯，孔梅溪，賈雨村三人之名字，論序各就本數取一字便是「吳梅村」三字。（頁七一）此說雖有趣，但距離證實之境尚遠。不過可以看到「索隱派」現在也在積極地要想解決作者問題了。

㊶見吳恩裕「曹雪芹的佚著和傳記材料的發現」，頁五。關於此詩的來源及其對於曹雪芹思想的說明，可看吳恩裕的分析，頁十三～十四。但是就我們目前的知識來說，這首詩的史料價值尚不能毫無保留地予以肯定。英時按：據最近陳毓羆和劉世德兩位專家的研究，所謂曹雪芹佚著「廢藝齋集稿」是一部僞書，絕不可信。而這首所謂曹雪芹「自題畫石詩」則已證明是滿洲人富竹泉在一九二五年所寫的，原詩見抄本「考槃室詩草」（吳曉鈴先生藏本）。詳見陳、劉合著「曹雪芹佚著辨僞」，（收在陳毓羆、劉世德、鄧紹基合著「紅

樓夢論叢」，上海，一九七九年，頁六四——一一四）吳恩裕先生去世之前雖有長文反駁，但似無說服力，（見吳氏「論『廢藝齋集稿』的真偽，「中華文史論叢」，一九七九年第四輯。）其他有關辨偽文字尚多，不具引，一九八一、九、一。

(四二)參看 Wellek and Warren, *Theory of Literature*, PP. 66–68 & note 9 on P. 273.

(四三)陳炳良先生有擇要介紹，見前引文，頁九～十一。

紅樓夢的兩個世界

曹雪芹在紅樓夢裏創造了兩個鮮明而對比的世界。這兩個世界，我想分別叫它們作烏托邦的世界和現實的世界。這兩個世界，落實到紅樓夢這部書中，便是大觀園的世界和大觀園以外的世界。作者曾用各種不同的象徵，告訴我們這兩個世界的分別何在。譬如說，「清」與「濁」，「情」與「淫」，「假」與「眞」，以及風月寶鑑的反面與正面。我們可以說，這兩個世界是貫穿全書的一條最主要的線索。把握到這條線索，我們就等於抓住了作者在創作企圖方面的中心意義。

當然，由於曹雪芹所創造的兩個世界是如此的鮮明，而它們的對比又是如此的强烈，從來的讀者也都或多或少、或深或淺地意識到它們的存在。但在最近五十年中，紅樓夢研究基本上乃是一種史學的研究。而所謂紅學家也多數是史學家；或雖非史學家，但所作的仍是史學的工作。史學家的興趣自然地集中在紅樓夢的現象世界上。他們根本不大理會作者「十年辛苦」所建造起來的空中樓閣——紅樓夢中的理想世界。相反地，他們的主要工作正是要拆除這個空中樓閣，把它還原爲現實世界的一磚一石。在「自傳說」的支配之下，這種還原的工作更進一步地從小說中的現實世界轉到了作者所生活過的眞實世界。因此半個世紀以來的所謂「紅學」其實衹是「曹學」，是研究曹雪芹和他的家世的學問。用曹學來代替紅學，是要付出代價的。最大的代價之一，在我看來便是模糊了紅樓夢中兩個世界的界線。一九六一至六三年之間，大陸上的紅學家曾熱烈地尋找「京華何處大觀園」。這可以說是歷史還原工作的最高峯。這就給人一種明確的印象，曹雪芹的大觀園本在人間，是現實世界的一部分。紅樓夢裏的理想世界被取消了，正像作者說的，「落了片白茫茫大地眞乾淨！」

但是在過去幾十年中，也並不是沒有人特別注意到紅樓夢中的理想世界。早在一九五三或五四年，俞平伯就强調了大觀園的理想成分。以想像的境界而論，大觀園可以是空中樓閣。他並且根據第十八回賈元春「天上人間諸景備」的詩句，說明大觀園只是作者用筆墨渲染而幻出的一個蜃樓樂園。俞平伯的說法在紅學史上具有 Thomas S. Kuhn 所謂「典範」(paradigm) 的意義。可惜他所處的環境使他不能對他這個革命性的新觀點加以充分的發揮。一九七二年宋淇發表了「論大觀園」，這可以說是第一篇鄭重討論紅樓夢的理想世界的文字。他强調大觀園決不存在於現實世界之中，而是作者爲了遷就他的創造企圖虛構出來的空中樓閣。宋淇更進一步說：

> 大觀園是一個把女兒們和外面世界隔絕的一所園子，希望女兒們在裏面，過無憂無慮的逍遙日子，以免染上男子的齷齪氣味。最好女兒們永遠保持她們的青春，不要嫁出去。大觀園在這一意義上說來，可以說是保護女兒們的堡壘，只存在於理想中，並沒有現實的依據。㈠

這番話說得既平實又中肯，我願意把這一段話做爲我討論紅樓夢的兩個世界的起點。關於五十多年來紅學發展的內在邏輯及其可能發生的革命性的變化，我已在「近代紅學的發展與紅學革命——一個學術史的分析」一文中作了初步的檢討。所以詳細的論證和根據，這裏一概從略。

說大觀園是曹雪芹虛構的一個理想世界，會無可避免地引起讀者一個重要的疑問：如果大觀園是一個「未許凡人到此來」的「仙境」，那麼作者在全書總綱的第五回裏所創造的「太虛幻境」在紅樓夢全書中究竟應該佔據一個什麼位置呢？我們當然可以說「太虛幻境」是夢中之夢、幻中之幻。但這樣一來，我們豈不應該說紅樓夢裏一共有三個世界了嗎？庚辰本脂批有這樣一條：

大觀園係玉兄與十二釵之太虛玄境，豈可草率？㈡

這裏「玄境」的「玄」字其實就是「幻」字，一定是抄者的筆誤，因爲這一條裏還有好幾字寫錯了。所以根據脂硯齋的看法，大觀園便是太虛幻境的人間投影。這兩個世界本來是疊合的。我們現在還不知道脂硯齋到底是誰。但他和作者有密切的關係，並且相當了解作者的創作意向，大概是不成什麼問題的。我們雖然不能過於相信脂批，可是在內證充分的情況下，脂批却是最有力的旁證。讓我們現在看看紅樓夢本文裏面的直接證據。第五回寶玉隨秦可卿「至一所在。但見朱欄白石，綠樹清溪，眞是人跡希逢，飛塵不到。寶玉在夢中歡喜，想道：『這個去處有趣。我就在這裏過一生，縱然失了家，也願意。』㈢」這個所在其實就是後來的大觀園。怎樣證明呢？就風景而言，第十七回寶玉隨賈政入大觀園，行至沁芳亭一帶，書中所描寫的恰恰就是「朱欄白石，綠樹清溪」這八個字的加詳和放大㈣。就心情而言，我們應該記得第二十三回寶玉初住進大觀園時，作者寫道：「且說寶玉自進園來，心滿意足，再無別項可生貪求之心。㈤」細心的讀者祇要把前後的文字加以比較，就不難看出太虛幻境和大觀園是一種什麼關係了。

如果說這條證據還嫌曲折了一點，那麼讓我再擧一條更直接、更顯豁的證據，以堅讀者之信。故事還是出在第十七回，寶玉和賈政一行人離了蘅蕪苑，來到了一座玉石牌坊之前。「賈政道：『此處書以何文？』衆人道：『必是「蓬萊仙境」方妙。』賈政搖頭不語。寶玉見了這個所在，心中忽有所動，尋思起來倒像那裏曾見過的一般，却一時想不起那年月日的事了。賈政又命他作題，寶玉只顧細思前景，全無心於此了。」賈政還特別補上一句：「這是要緊一處，更要好生作來。⑥」寶玉以前在什麼地方見過石牌坊的呢？寶玉自己也許忘了。可是讀者一定還記得，第五回寶玉夢遊太虛幻境「隨了仙姑至一所在。有石牌坊橫建，上書『太虛幻境』四個大字。⑦」寶玉在記憶中追尋的豈不明明就是這個地方嗎？所以脂硯齋特別在此點醒讀者曰：「仍歸於葫蘆一夢之太虛玄境。⑧」賈政說：「這是要緊一處。」是的，紅樓夢中還有比太虛幻境更要緊的所在嗎？這個石牌坊，寶玉事後是補題了；題的是「天仙寶鏡」四字⑨。也就是這座牌坊，後來劉姥姥又誤認作是「玉皇寶殿」，而大磕其頭⑩。總而言之，「蓬萊仙境」也好，「天仙寶鏡」也好，「玉皇寶殿」也好，作者是一而再，再而三地在點醒我們，大觀園不在人間，而在天上；不是現實，而是理想。更準確地說，大觀園就是太虛幻境⑪。

大觀園既是寶玉和一羣女孩子的太虛幻境，所以在現實世界上，它的建造必須要用元春省親這樣一個鄭重的大題目。庚辰本第十六回有一段畸笏的眉批說：

> 大觀園用省親事出題，是大關鍵事，方見大手筆行文之立意。⑫

作者安排的苦心尚不止此。第十七回開頭一段敍事便很值得玩味。園內工程告竣後，賈珍請賈政進去瞧瞧，有什麼要更改的地方，並說賈赦已先瞧過了。這好像是說，賈赦是第一個入園子的人。其實這段話是故意誤引讀者入歧途的。因爲後文又說，「可巧近日寶玉因思念秦鐘，憂戚不盡，賈母常命人帶他到園中來戲耍。」緊接下去，便是寶玉避之不及，和賈政劈面相逢，終於被逼著一齊再進園子去題聯額㊂。這段敍事的後半截至少暗涵著兩層深意：一、寶玉是最早進大觀園去賞玩景緻的人。賈赦、賈政等都是在園子完工後才進去勘察的，而寶玉早在這以前已去過不止一次了。二、大觀園既是寶玉和諸姐妹的烏托邦、乾淨土，則園中亭臺樓閣之類，自然非要他們自己命名不可。大觀園這個「未許凡人到此來」的仙境是決不能容許外人來汚染的。所以庚辰本十七回的總批說：

> 寶玉係諸艷之冠，故大觀園對額必得玉兄題跋。㊃

同本又有一條批語說：

> 如此偶然方妙，若特特喚來題額，眞不成文矣。㊄

這些地方，脂評都可以幫助讀者了解作者的原意。紅樓夢之絕少閒筆，我們有時也要通過脂評，才能體會得更深刻。

我們知道，寶玉當日並沒有題遍大觀園中所有的聯額。事實上園中建築物太多，命名之事也不是寶玉一個人能够包辦得了的。那麼，還有誰題過聯額呢？這個謎直到第七十六回才解開。在這一回裏黛玉和湘雲中秋夜賞月聯句。湘雲稱讚凸碧堂和凹晶館兩個名字用得新鮮。黛玉對湘雲說：

實和你說罷，這兩個字還是我擬的呢。因那年試寶玉，因他擬了幾處，也有存的，也有刪改的，也有尚未擬的。這是後來我們大家把這沒有名色的，也都擬出來了，註了出處，寫了這房屋的坐落，一併帶進去與大姐姐瞧了。他又帶出來命給舅舅瞧過。誰知舅舅倒喜歡起來，又說：「早知這樣，那日就該叫他姐妹一併擬了，豈不有趣。」所以凡我擬的一字不改，都用了。㊅

這段話才把當日大觀園初題聯額的情節完全補出。可見園內各處的命名，除寶玉外，其餘也都出自諸姊妹，尤其是黛玉之手。第七十六回和第十七回，相去六十回之遙，且就曹雪芹已完成的原稿來說，則已幾幾乎婁尾餘香，而前後呼應，如常山之蛇。紅樓夢的創作，作者時時有全局在胸，是非常明顯的。

大觀園是紅樓夢中的理想世界，自然也是作者苦心經營的虛構世界。在書中主角賈寶玉的心中，它更可以說是唯一有意義的世界。對寶玉和他周圍的一羣女孩子來說，大觀園外面的世界是等於不存在的，或卽使偶然存在，也祇有負面的意義。因爲大觀園以外的世界祇代表骯髒和墮落。甚至一般紅樓夢讀者的眼光也往往過分爲大觀園這個突出的烏托邦所吸引，而不免忽略了大觀園以外的現實世界。但是曹雪芹自己却同樣地非常重視這個骯髒和墮落的現實世界。他對現實世界的刻劃也一樣的費盡了心機的。這裏可以清楚地看出作者、主角、和讀者之間，是存在著不同的觀點的。「自傳說」之混曹雪芹和賈寶玉爲一人，其最根本的困難便在於無法解決這個重要的觀點的問題。

曹雪芹雖然創造了一片理想中的淨土，但他深刻地意識到這片淨土其實並不能眞正和骯髒的現實世界脫離關係。不但不能脫離關係，這兩個世界並且是永遠密切地糾纏在一起的。任何企圖把這兩個世界截然分開並對它們作個別的、孤立的瞭解，都無法把握到紅樓夢的內在完整性。爲了具體地說明這一點，讓我們檢討一下大觀園的現實基礎。

第十六回對於大觀園的建造有很清楚的敍述。園子的基址是「從東邊一帶借著東府花園起，轉至北邊，一共丈量準了，三里半大。㈦」下面還有一段更詳細的報導：「先令匠人拆寧府會芳園墻垣樓閣，直接入榮府東大院中。……會芳園本是從北拐角墻下引來一段活水，今亦無煩再引。其山石樹木雖不敷用，賈赦住的乃是榮府舊園，其中竹樹山石以及亭榭欄杆等物，皆可挪就前來。㈧」這些話裏大有文章，可惜自來紅學家在「自傳說」支配之下，根本未作進一步的分析㈨。上面我們已看到，大觀園的出現是紅樓夢中第一大事，作者和批者都一再鄭重其事地加以點明。那麼，作者在這裏細說大觀園的現實來歷，決不會是沒有用意的。如果「自傳說」可以解答問題，確切地考出大觀園是由曹家舊宅改建而成的，那當然再好沒有。而事實上此路確是不通，我們祇好另闢途徑。

照上面的敍述，大觀園的現實基址主要是由兩處舊園子合成的：卽寧府的會芳園和賈赦住的榮府舊園。庚辰本第十七回在「上面苔蘚成斑，藤蘿掩映」句下有一條批語說：

曾用兩處舊有之園所改，故如此寫方可。細極。[20]

可見作者和批者，一暗一明，都特別提醒我們，這兩所舊園子裏面是藏著重要消息的。什麼消息呢？讓我們先從賈赦說起。賈赦這個人在紅樓夢裏可算得是最骯髒的人物之一。紅樓夢裏有一條無形的章法，即凡是比寶玉長一輩的人，對他的不堪之處，描寫時多少都有相當的保留，這也可以說是「爲尊者諱」吧！所以書中極力渲染的髒事情，大都集中在賈珍、賈璉、薛蟠等幾個寶玉的平輩身上。這些地方，也確露出「自傳」的痕跡[21]。但是儘管如此，作者對賈赦還是不肯輕易放過。所以第四十六回特立專章聲討，詳寫他要强納鴛鴦爲妾的醜事。作者曾借襲人之口寫出他的史家定論：「眞眞——這話理論不該我們說——這個大老爺太好色了。略平頭正臉的他就不放手了。[22]」紅樓夢中對賈璉的淫行最多特寫鏡頭，恐怕就是要曲達「有其父必有其子」這句古諺吧。所以，賈赦住過的園子和接觸過的竹樹山石以及亭樹欄杆等物，自然也都是天下極髒的東西了。

再說東府園子，那就更是齷齪不堪之至了。正如柳湘蓮的名言所說的，「你們東府裏，除了那兩個石頭獅子乾淨，只怕連貓兒、狗兒都不乾淨。[23]」這還是一般性的說法。我們得更深一層分析一下會芳園這個地方。在第十六回以前，大觀園尚未出現，紅樓夢裏的許多重大事故都是在會芳園這個舞臺上上演的。會芳園中的樓閣，現尙可考的有天香樓、凝曦軒、登仙閣等處。天香樓自然是最有名的髒地方，因爲原本第十三回回目就叫做「秦可卿淫喪天香樓」。其他兩處也一樣地不乾淨。凝曦軒是爺兒們吃酒取樂之處，鳳姐所謂「背地裏又不知幹什麼去了」的一個所在[24]。這只要看看後來第七十五回賈珍諸人在天香樓聚賭，說髒話，和玩孌童的情形，就可以知道了[25]。至於登仙閣，則是秦可卿自縊和瑞珠觸柱後停靈的地方[26]。會芳園還發生過一件穢事，便是第十一回「見熙鳳賈瑞起淫心」。鳳姐遇到賈瑞便恰恰是在這個園子裏面[27]。

所以，總而言之，賈赦住的舊園和東府的會芳園都是現實世界上最骯髒的所在，而却為後來大觀園這個最清淨的理想世界提供了建造原料和基址。這樣的安排難道會是偶然的嗎？甚至大觀園中最乾淨的東西——水，也是從會芳園裏流出來的。甲戌、庚辰兩本在這裏都有同一條脂評，說：

> 園中諸景最要緊是水，亦必寫明為妙。[28]

可見作者處處要告訴我們，紅樓夢中乾淨的理想世界是建築在最骯髒的現實世界的基礎之上。他讓我們不要忘記，最乾淨的其實也是在骯髒的裏面出來的。而且，如果全書完成了或完整地保全了下來，我們一定還會知道，最乾淨的最後仍舊要回到最骯髒的地方去的。「欲潔何曾潔，云空未必空[29]」這兩句詩不但是妙玉的歸宿，同時也是整個大觀園的歸宿。妙玉不是大觀園中最有潔癖的人嗎？曹雪芹一方面全力創造了一個理想世界，在主觀企求上，他是想要這個世界長駐人間。而另一方面，他又無情地寫出了一個與此對比的現實世界。而現實世界的一切力量則不斷地在摧殘這個理想的世界，直到它完全毀滅爲止。紅樓夢的兩個世界不但是有密不可分的關係，並且這種關係是動態的，卽採取一種確定的方向的。當這種動態關係發展到它的盡頭，紅樓夢的悲劇意識也就昇進到最高點了。

前面我們曾指出，紅樓夢的兩個世界是乾淨與骯髒的强烈對比。現在我們應該進一步探討一下，大觀園裏面的人物對這兩個世界的看法是否可以證實我們的觀察。在這個關聯上，我們要檢討「黛玉葬花」的意義。黛玉葬花發生在第二十三回；寶玉和諸釵剛剛在大觀園中開始他們的理想生活。所以作者對這個故事的安排，不用說，是涵有深意的。由於這個故事太重要了，我們不得不把最有關係的一段文字全引在這裏：

那一日正當三月中浣，早飯後，寶玉攜了一套會眞記，走到沁芳閘橋邊桃花底下一塊石上坐着。展開會眞記，從頭細玩。正看到落紅成陣，只見一陣風過，把樹上桃花吹下一大半來，落的滿書滿地皆是。寶玉要抖將下來，恐怕脚步踐踏了，只得兜了那花瓣，來至池邊，抖在池內。那花瓣浮在水面，飄飄蕩蕩，竟流出沁芳閘去了。回來只見地下還有許多。寶玉正躊躇間，只聽背後有人說道：「你在這裏作什麽？」寶玉一回頭，却是林黛玉來了，肩上擔着花鋤，上掛着紗囊，手內拿着花帚。寶玉笑道：「好，好，來把這個花掃起來，撂在那水裏。我纔撂了好些在那裏呢。」林黛玉道：「撂在水裏不好。你看這裏的水乾淨，只一流出去，有人家的地方髒的臭的混倒，仍舊把花蹧蹋了。那畸角上我有一個花塚。如今把他掃了，裝在這絹袋裏，拿土埋上，日久不過隨土化了，豈不乾淨。」[30]

「黛玉葬花」早在清末便上過京劇的舞臺。民國初年經過梅蘭芳和歐陽予倩這兩位名演員重新編演之後，這個故事在中國已幾乎是家喻戶曉了。但大家的注意力都集中在寶、黛兩人的愛情發展方面，尤其是第二十七回「埋香塚飛燕泣殘紅」那一段哀感動人的情節[31]。而紅學家所注意的又往往在「葬花」一詞的出處[32]。至於黛玉爲什麼要葬花這個問題，似乎還沒有認眞地被提出來過。

我願意鄭重地指出，黛玉葬花一節正是作者開宗明義地點明紅樓夢中兩個世界的分野。我說「開宗明義」，因爲「葬花」是寶玉等入住以後，大觀園中發生的第一件事故。黛玉的意思很明顯，大觀園裏面是乾淨的，但是出了園子就是髒的臭的了。把落花葬在園子裏，讓它們日久隨土而化，這纔能永遠保持清潔。「花」在這裏自然就是園中女孩子們的象徵。怎見得？有詩爲證。黛玉「葬花詞」說：

未若錦囊收豔骨，一堆淨土掩風流。質本潔來還潔去，強於汚淖陷渠溝。[33]

所以第六十三回羣芳夜宴，每個女孩子都分配一種花。而第四十二回鳳姐更明明告訴讀者：「園子裏頭可不是花神！」[34]第七十八回晴雯死後成花神的故事也得在這個意義上去求了解[35]。花既象徵園中的人物，那麼人物若想保持乾淨、純潔，唯一的途徑便是永駐理想之域而不到外面的現實世界去。我在前面曾說，對於寶玉和大觀園中的女孩子們來說，外面的世界是等於不存在的。但這話祇是要指出，在主觀願望上，他們所企求的是理想世界的永恆，是精神生命的清澈；而不是說，他們在客觀認識上，對外在世界茫無所知。園中女孩子們，誠如作者所說，是「天眞爛漫」的㊱，可是他們並非幼稚胡塗。事實上，她們一方面把兩個世界區別得涇渭分明，而另一方面又深刻地意識到現實世界對理想世界的高度危害性。「黛玉葬花」正是通過形象化的方式把這兩層意思巧妙地表達了出來。

曹雪芹有時也用明確而尖銳的語言點出外面世界的險惡。第四十九回是大觀園的盛世的始點，許多重要的人物如薛寶琴、邢岫烟、李紋、李綺等都住進了園子。也就是在這一回，史湘雲警告寶琴道：「你除在老太太跟前，就在園子裏，來這兩處，只管頑笑吃喝。到了太太屋裏，若太太在屋裏，只管和太太說笑，多坐一會無妨；若太太不在屋裏，你別進去，那屋裏人多心壞，都是要害咱們的。」接著寶釵笑道：「說你沒心，却又有心；雖然有心，到底嘴太直了。㊲」湘雲這番話眞是說得直率，明眼讀者自會看出，她事實上對王夫人也頗有貶詞。所以除了大觀園這個烏托邦以外，便祇有史太君跟前尙屬安全。其餘外面的人都是要害園子裏面的人的。爲什麼史太君會是個例外呢？因爲她是從前枕霞閣十二釵中的人物，在大觀園中人的眼裏，尙不失爲「我輩中人」也㊳。這種强烈的「咱們」「他們」的分別正是相應於兩個世界而起的㊴。

但是大觀園中的「咱們」也不都是一律平等的，理想世界依然有它自己的秩序。「桃花源」是中國文學史上最早的一個烏托邦。照王安石說，它是「但有父子無君臣」。換言之，桃花源中雖無政治秩序，却仍有倫理秩序。大觀園的秩序則可以說是以「情」為主，所以全書以情榜結尾。但由於情榜已不可見，今天要想完全了解作者心目中的秩序，可以說已無可能。大體上說，作者決定情榜名次的標準是多重的；故除了「情」字外，我們還得考慮到其他標準如容貌、才學、品行、以至身份等等[四〇]。這裏我祇想提出一個比較被忽略了的重要線索，即羣芳與寶玉的關係。庚辰本第四十六回有一條批語說：

> 通部情案，皆必從「石兄」挂號，然各有各稿，穿插神妙。[四一]

這一條評語我覺得特別重要。「情案」之「情」即是「情榜」之「情」。這樣看來，書中諸人與寶玉之間關係的深淺、密疏，必然會在很大的程度上決定著他們在情榜上的地位[四二]。而了解大觀園世界的內在結構，也就必須個別地察看書中諸人如何在「石兄」處掛號了。

談到大觀園世界的內在結構，我們便不能不稍稍注意一下園中房屋的配置。這種配置，在我看來，也正是內在結構的一個清晰的反映。宋淇曾指出，大觀園中的庭園佈置和室內裝設都是為了配合幾位主角的性格而創造出來的[四三]。這一點很正確。而且這也符合西方文學批評的原理。主角住處的佈景往往是他的性格的表現。「一個人的房子即是他自己的一種伸延。[四四]」但是曹雪芹對於佈景的運用更有進於此者。他利用園中院落的大小、精粗，以及遠近來表現理想世界的秩序。這裏祇舉幾個最緊要的例子作爲初步的說明。我們記得，第十七回寶玉題大觀園聯額，作者主要祇寫了四所院宇。這四所院宇依次爲瀟湘館、稻香村、蘅蕪苑、和怡紅院。這裏面的評論都是有寓意的。先說瀟湘館。衆人一見，都道：「好個所在。」而寶玉更認爲這是「第一處行幸之處，必須頌聖方可。」所以題作「有鳳來儀」[45]。這已可以看出作者對瀟湘館的特致鄭重之意了。庚辰本在「好個所在」之下則批道：「此方可爲顰兒之居。[46]」這還不算。下文第二十三回寶玉和黛玉商量住處時，黛玉說：「我心裏想著瀟湘館好。」寶玉拍手笑道：「正和我的主意一樣。我也要叫你住這裏呢。我就住怡紅院。咱們兩個又近，又都清幽。[47]」後文第六十三回羣芳夜宴，寶玉說：「林妹妹怕冷，過這邊靠板壁坐。」正可與此同觀[48]。這正是用距離和環境來表現寶、黛之間的特殊關係的最好例證。

再看稻香村。賈政問寶玉「此處如何？」寶玉應聲說：「不及『有鳳來儀』多矣。」接著便發了一大篇議論，說此處是人力强爲，沒有「天然」意味。結果惹得賈政大爲氣惱[49]。不但如此，後文寶玉奉元春之命寫四首詩，而單單稻香村一首寫不出來，終由黛玉代筆，才算交卷[50]。這都表現寶玉對李紈的微詞。李紈在大觀園中是唯一嫁過人的女子；而我們當然都知道寶玉對已婚女子的評價。但李紈畢竟是寶玉的嫂嫂，並且人品又極好，因此這種微詞便祇好如此曲曲折折地顯露出來。其中「天然」「人力」的分別尤堪玩味。李紈在正册中居倒數第二位，僅在秦可卿之上，是不爲無因的。

那麼蘅蕪苑又如何？賈政道：「此處這所房子無味的很。㉛」豈非又是作者之微詞乎？可是妙在從賈政口中說出來，仍給寶玉留了地步。這就避開了兪平伯所謂「分高下」的問題㉜。這裏有一條脂批，頗得作者之心：「先故頓此一筆，使後文愈覺生色，未揚先抑之法。蓋釵顰對峙，有甚難寫者。㉝」更妙的是後來在第五十六回探春又補上一句：「可惜蘅蕪苑和怡紅院這兩處大地方竟沒有出利息之物。㉞」閑閑一語透露了蘅蕪苑和怡紅院並爲大觀園中最大的兩所住處。木石雖近而金玉齊大，正是脂硯齋所謂「釵顰對峙」也。

最後說到怡紅院。這一段的描寫最爲詳細，要分析起來，可說的話太多。現在姑舉三點：寶玉要題「紅香綠玉」，兩全其妙，是章法之一。這在後來元春命寶玉賦詩一節中尚有照應。怡紅院中特設大鏡子，別處皆無，是章法之二，卽所謂「風月寶鑑」也。園中的水「共總流到這裏，仍舊合在一處，從那墻下出去。」是章法之三㉟。而尤以最後一點最值得注意。脂評說：

> 於怡紅總一園之看（？），是書中大立意。㊱

這正證實我們上面所說的，作者是藉著院宇的佈置來表示諸釵和寶玉之間的關係，因而間接地說明理想世界的內在結構。脂評所謂「通部情案皆必從石兄掛號」，便要在這些地方去認識。而園中之水流於怡紅院之後，仍從墻下出去，又正關合葬花時黛玉所說的，這裏的水乾淨，只一流出去，就是髒的臭的了。

我們一直强調，紅樓夢的兩個世界是乾淨和骯髒的强烈對照。上面無數例證都可以在概念上支持我們關於這個基本分別的看法。但是最後我還必須要解答一個具體的經驗性的問題：卽大觀園中的生活是不是眞的乾淨？如果大觀園跟外面的現實世界同樣的骯髒，那麼我們所强調的兩個世界的對照，依然難免捕風捉影之譏。

關於這個問題的解答，我們當然不能採用上面擧例證明的方式。因爲不存在的東西——骯髒——是不會有證據的。我們可以這樣說，原則上曹雪芹在大觀園中是祇寫情而不寫淫的，而且他把外面世界的淫穢濆染得特別淋漓盡致，便正是爲了和園內淨化的情感生活作一個鮮明的對照。

我們知道，大觀園基本上是一個女孩子的世界。除了寶玉一個人之外，更無其他男人住在裏面[57]。因此，祇要我們能證明寶玉園中生活是乾淨的，紅樓夢的理想世界的純潔性也就有了起碼的保障。關於這一層，作者曾有意地給我們留下了一個重要的線索。第三十一回，寶玉要晴雯和他一起洗澡。晴雯笑說：「還記得碧痕打發你洗澡，足有兩、三個時辰，也不知道作什麼呢，我們也不好進去的。後來洗完了，進去瞧瞧，地下的水淹牀腿，連席子上都汪著水，也不知是怎麼洗了。[58]」這番話初看起來好像頗有文章。其實，這只是作者的狡猾，故用險筆來引人入歧路的。原來寶玉進大觀園後，襲人因爲得到王夫人賞識，所以特別自尊自重，和寶玉反而疏遠了。夜間同房照應寶玉的乃是晴雯[59]，如果寶玉有什麼越軌行爲，那麼晴雯的嫌疑可以說是最大。晴雯之終被放逐，也正坐此。可是事實上我們知道寶玉和晴雯一直乾乾淨淨的。所以晴雯臨死才有「擔了虛名」之說。作者爲了證明二人的淸白，特別找一個書中最淫蕩不堪的燈姑娘出來作見證。燈姑娘說：「我進來一會在窗外細聽，屋裏只你二人，若有偷鷄盜狗的事，豈有不談及的，誰知道兩個竟還是各不相擾。可知天下委屈事也不少。」[60]正像解盦居士所說的：

> 窗外潛聽，正所以表晴雯之貞潔也。不然，虛名二字，誰其信之？[61]

其實燈姑娘的話豈止洗刷了寶玉和晴雯的罪名，而且也根本澄清了園內生活的眞相。寶玉和最親密而又涉嫌最深的晴雯之間，尚且是「各不相擾」，則其他更不難推想了[62]。

最後還有一個棘手的問題需要交代，即七十三回傻大姐誤拾繡春囊的故事。這個故事表面上和我們所謂大觀園是淸淨的烏托邦說最爲矛盾，但細加分析，則正合乎我們的兩個世界的理論。這個繡春囊當然是第七十一回司棋和她表弟潘又安在園中偷情時失落的[63]。可是在七十二回開始時，作者明說二人被鴛鴦驚散，並未成雙[64]。可見大觀園這個清淨世界雖已到了墮落的邊緣，尚未完全幻滅。更值得注意的是在第七十四回查明有犯姦嫌疑的人是司棋之後，司棋只是低頭不語，卻毫無畏懼慚愧之意[65]。那麼司棋的勇氣是從什麼地方來的呢？這就要歸結到我們在註[62]中所分析的「情」與「淫」的分別上去了。司棋顯然是深深地愛戀着她的表弟的[66]。根據作者「知情更淫」和「情既相逢必主淫」的說法，這種世俗所不諒的「姦情」未必一定是什麼罪惡。而且和外面世界的「髒唐臭漢」[67]比起來，更談不上什麼骯髒。

再換一個角度來看，如果作者是要把這件公案作爲一個骯髒事件來處理，那麼我們必須說，這正是紅樓夢的悲劇中所必有的一個內在發展。我們在前面已指出，紅樓夢的理想世界最後是要在現實世界的各種力量的不斷衝擊下歸於幻滅的。繡春囊之出現在大觀園正是外面力量入侵的結果。但外面力量之所以能夠打進園子，又顯然有內在的因素，即由理想世界中的「情」招惹出來的。理想世界的「情」誠然是乾淨的，但它也像大觀園中的水一樣的，而且無可避免地要流到外面世界去的。從這個意義上說，紅樓夢的悲劇性格是一開始就被決定了的。我們曾說，曹雪芹所創造的兩個世界之間存在著一種動態的關係。我們現在可以加上一句，這個動態的關係正是建築在「情既相逢必主淫」的基礎之上。

許多跡象顯示，曹雪芹從紅樓夢的七十一回到八十回之間，已在積極地佈置大觀園理想世界的幻滅。最明顯的是第七十六回黛玉和湘雲中秋夜聯詩，黛玉最後的警句竟是：

冷月葬花魂。

所以妙玉特地來打斷她們，並說：「只是方纔我聽見這一首中，句雖好，只是過於頹敗淒楚，此亦關人之氣數而有，所以我出來止住。[68]」我們知道，花本是園中女孩子的象徵，現在由黛玉口中唱出「葬花魂」的輓歌，可見大觀園的氣數是眞的要盡了。這樣看來，繡春囊之適在此際出現於紅樓夢的清淨世界之中，當非偶然。夏志清把這件事比之於伊甸園中蛇的出現，因爲蛇一出現，亞當和夏娃就從天堂墮落到人間。宋淇引之，許爲「一針見血之言」，這是不錯的[六九]。

紅樓夢今本一百二十回不出一手，至少在目前的研究階段上已成定論。在公認爲曹雪芹所寫的八十回中，大觀園表面上依然是一個「花柳繁華之地」，因此我們無從知道作者究竟如何刻劃大觀園的破滅。略可推測者，作者大概運用强烈的對照來襯托結局之悲慘。所以第四十二回靖應鵾藏本脂批有「此后文字，不忍卒讀」之說[七〇]。據周汝昌的判斷，「后半部中所有人物的原來身份地位都發生『大顚倒』的現象。[七一]」這一層，所有研究紅樓夢的人大致都可以首肯。這種顚倒恐怕並不限於人物，大觀園這個清淨的理想世界也不免要隨著而遭到一番顚倒，比如說從繁華到破落[七二]。而且人物的前後顚倒也不止於身份地位方面；從我們的兩個世界說來看，其中還必然在一定的程度上涉及乾淨和骯髒的顚倒。

大觀園中的人物都愛乾淨，這是人所共知的。但是越是有潔癖的人往往也就越招來骯髒。最顯著例子出在第四十回和四十一回。賈母帶著劉姥姥一羣在探春屋裏參觀。賈母笑道：「咱們走罷。他們姊妹們都不大喜歡人來坐著，怕髒了屋子。」探春笑留衆人之後，賈母又笑著補上一句道：「我的這三丫頭却好。只有兩個玉兒可惡，回來吃醉了，咱們偏往他們屋裏鬧去。」㉓這裏的「兩個玉兒」當然是指寶玉和黛玉。但作者忽然添寫此一段文字是有重要作用的，就是爲次一回「劉姥姥醉臥怡紅院」作伏筆。寶玉最嫌傢了漢子的老女人骯髒，而作者就偏偏安排了劉姥姥之醉臥在他的牀上，而且弄得滿屋子「酒屁臭氣」㉔。這明明是有意用現實世界的醜惡和骯髒來點汚理想世界的美好和清潔。同回劉姥姥在櫳翠庵吃茶，也同樣是爲了襯出妙玉潔癖的特筆㉕。所以八十回後的妙玉，結局最爲不堪。她的册子上說：

> 欲潔何曾潔，云空未必空。可憐金玉質，終陷淖泥中。

而「紅樓夢曲子」上又說她「到頭來依舊是風塵骯髒違心願，好一似無瑕白玉遭泥陷，又何須王孫公子歎無緣。㉖」這是作者在八十回後寫妙玉淪落風塵，備歷骯髒之確證，斷無可疑㉗。妙玉是紅樓夢的理想世界中第一個乾淨人物，而在理想世界破滅以後竟流入現實世界中最骯髒角落上去。僅此一端卽可推想作者對兩個世界的處理是採用了多麼强烈對照的筆法！

總結地說，紅樓夢這部小說主要是描寫一個理想世界的興起、發展及其最後的幻滅。但這個理想世界自始就和現實世界是分不開的：大觀園的乾淨本來就建築在會芳園的骯髒基礎之上。並且在大觀園的整個發展和破敗的過程之中，它也無時不在承受著園外一切骯髒力量的衝擊。乾淨既從骯髒而來，最後又無可奈何地要回到骯髒去。在我看來，這是紅樓夢的悲劇的中心意義，也是曹雪芹所見到的人間世的最大的悲劇！

㈠宋淇，「論大觀園」，明報月刊，八十一期，一九七二年九月，頁四。

㈡俞平伯輯，脂硯齋紅樓夢輯評（以下簡稱輯評），頁二四八。

㈢俞平伯校訂，王惜時參校，八十回紅樓夢校本（以下簡稱八十回校本），北京，一九五八，冊一，頁四七。

㈣同上，頁一六三。按：甲戌本在太虛幻境中有一條批語說：「已爲省親別墅畫下圖式矣。」（俞平伯，輯評，頁一二〇）可見脂硯齋已點明太虛幻境便是後來的大觀園了。尚有他證詳後。

㈤同上，頁二三二。

㈥八十回校本，冊一，頁一七〇。

㈦同上，頁四八。

㈧俞平伯，輯評，頁二七〇。

㈨八十回校本，冊一，頁一七八。這四個字後來元春改題作「省親別墅」。又按人民文學出版社一九七三年本，「境」字改爲「鏡」字（頁二〇四），未知何據。「境」字固亦可通，但此處「寳鏡」實關合「風月寳鑑」。故仍當以「鏡」字爲正。

㈩八十回校本，冊二，頁四四〇。

⑪此文已寫就，重翻俞平伯「讀紅樓夢隨筆」中「記嘉慶本子評語」一節，發現大觀園即太虛幻境之說早已爲嘉慶本評者道破。原評者在「玉石牌坊」一段下批曰：「可見太虛幻境牌坊，即大觀園省親別墅。」俞先生接着下一轉語曰：「其實倒過來說更有意義，大觀園即太虛幻境。」（紅樓夢研究專刊，第四輯，頁五六）俞先生最後一句話和我的說法一字不差。足見客觀的研究，結論真能不謀而合。「隨筆」我曾看過不止一次，但注意力都集中在前面俞先生自己心得的幾節，居然漏掉了這條呑舟之魚。本文既已寫就，改動不便，特補記於此，以誌讀書粗心之過。

⑫俞平伯，輯評，頁二四三。關於這個問題，宋淇先生已先我而發，他還引了其他幾條脂評，可以參看。「論大觀園」，頁四～五。

⑬八十回校本，頁一六一～一六二。

㊹俞平伯，輯評，頁二五六。按「冠」字原作「貫」。有正本則作「冠」，於義較長。詳細的討論，見宋淇，「論賈寶玉爲諸艷之冠」，明報月刊，第五十四期（一九七〇年六月），頁七～十二；第五十五期（一九七〇年七月），頁二二～二六；第五十六期（一九七〇年八月），頁五三～五七。

㊺俞平伯，輯評，頁二五七。

㊻八十回校本，冊二，頁八六〇。按：脂批亦早見到此點，庚辰本第十八回「後來亦曾補擬。」句下有注云：「一句補前文之不暇，啓（後）之苗裔。至後文凹晶溪館，黛玉口中又一補，所謂一聲空谷，八方皆應。」（見俞平伯，輯評，頁二八三～二八四）

㊼同上，冊一，頁一五七。

㊽八十回校本，冊一，頁一五八。

㊾周汝昌在紅樓夢新證裏曾引了拆會芳園那一段話（頁一五六），但他的目的是在尋找大觀園究在北京何處。俞平伯的「讀紅樓夢隨筆」有一節討論「大觀園地點問題」也注意到寧府花園併入了大觀園這一事實。俞先生的論點主要在說明地點問題無法考證，只能認作是「荒唐言」。可惜他沒有進一層追問：爲什麼作者寫這樣的「荒唐言」？（轉載於新亞書院紅樓夢研究專刊第一輯，頁一一二）

㊿俞平伯，輯評，頁二五八。此外尚有兩條脂批與此有關的可以參看，見頁二四七～二四八，茲不多引。

(51)我並沒有完全否定「自傳說」，不過反對以「自傳」代替小說罷了。請看我的「近代紅學的發展與紅學革命」。

(52)八十回校本，冊二，頁四九一。關於賈赦之齷齪不堪，野鶴「讀紅樓劄記」中已有嚴厲的指摘。見一粟編，紅樓夢卷，北京，一九六三年，第一冊，頁二七七～二八八。而俞平伯「讀紅樓夢隨筆」更有專文討論。見紅樓夢研究專刊第二輯，頁一三三～一三四。

(53)八十回校本，冊二，頁七四一。

(54)同上，冊一，頁一一六。

(55)同上，冊二，頁八四七～八五〇。按天香樓的再出現，在今本紅樓夢中確是一個沒有交待的矛盾。俞平伯已指出了這一點。見「讀紅樓夢隨筆」，紅樓夢研究專刊第一輯，頁一一二。但是由於靖本的發現，我們現在知道，「天香樓」本作「西帆樓」，後來作者接受了批者的意見改爲「天香樓」的。所以我猜想是作者忘了在七十五回作相應的修正，才留下這個漏洞的。見周汝昌「『紅樓夢』及曹雪芹有關文物敍錄一束」，文物，一九七三年第二期，頁廿三。

㉖八十回校本，冊一，頁一二八及一三六。

㉗同上，頁一一四～一一五。

㉘兪平伯，輯評，頁二五〇。

㉙八十回校本，冊一，頁五一。

㉚八十回校本，冊一，頁二三三～二三四。

㉛梅蘭芳舞臺生活四十年，第二集，香港戲劇出版社重印本，頁八九～一〇一。

㉜如王國維指出「葬花」兩字始見於納蘭性德的飲水集，見「紅樓夢評論」，紅樓夢卷，第一冊，頁二六三。

㉝八十回校本，冊一，頁二八三。

㉞八十回校本，冊二，頁四四四。

㉟不但園中女孩子是花神，而且寶玉自己也是花神。我願意在這裏稍稍講一下我對於寶玉爲「諸艷之冠」的看法。第七十八回寶玉對小丫頭說：「不但花有一個神，一樣花一位神之外還有總花神。」（八十回校本，冊二，頁八九〇）這話亦大有深意。我們知道第六十三回羣芳夜宴，除了晴雯未抽籤外，還有寶玉也沒有抽。晴雯不抽，是因爲她跟黛玉一樣是芙蓉，所以無籤可抽。這一點兪平伯的「『壽怡紅羣芳開夜宴』圖說」（見紅樓夢研究，上海，一九五二，頁二四一～二四三）已交待清楚了。但寶玉何以不抽籤，則兪先生沒有說明。兪先生也許以爲寶玉是男人，所以不能抽，其實不然。照七十八回來看，寶玉應是「總花神」，所以才不能抽。因爲籤上決不可能有一種「總花」啊！寶玉是總花神，這就是所謂「諸艷之冠」也。也許有人會提出疑問，寶釵的籤上不明明寫着「艷冠羣芳」麽？（八十回校本，冊二，頁六九八）要知道寶釵雖然艷冠羣「芳」，但畢竟祇是司牡丹花的花神。唯有寶玉主不單管任何一樣的花，才有資格做總花神。倒過來說，正

因爲寶玉不是女人，他才不能單管任何一樣花，而祇有做總花神。情榜六十名女子，而以寶玉爲首，可以說是「事有必至，理有固然」，絲毫不必奇怪。我們應該記得寶玉小時候的舊號本是「絳洞花王」啊！（見八十回校本，冊一，頁三八五）而且「艷冠羣芳」與「諸艷之冠」也大有不同，因爲「艷」在這裏是比「芳」高一級的概念。所以我深信根據七十八回總花神之說，可以徹底地解決寶玉爲「諸艷之冠」及在情榜上總領諸女子這兩個問題。胡適說情榜大似水滸傳的石碣，（見胡適文存第四集，臺北遠東圖書公司，一九七一年，頁四〇五）是有道理的，曹雪芹也許受了水滸的暗示，而把寶玉安排了一種近乎托塔天王晁蓋的地位

㊱八十回校本，冊一，頁二三三。

㊲八十回校本，冊二，頁五二五。

㊳看兪平伯的輯評，頁四九二。

㊴第四十五回李紈等邀鳳姐入詩社。鳳姐笑道：「我不入社花幾個錢，不成了大觀園的反叛了。」（八十回校本，冊二，頁四七七）這也是湘雲的「咱們」兩字的具體說明。

㊵見宋淇，「論大觀園」頁六～七。

㊶兪平伯，輯評，頁五一七。

㊷這個問題尚待進一步分析。所謂「情」至少可分兩類：一是愛情之情，一是骨肉之情。金陵正十二釵之名次今仍清楚可考。林、薛以後卽數元春、探春、而迎春、惜春反在妙玉之後。凡此皆可由正文中得其確解。因爲寶玉平時認爲弟兄之間不過盡其大概情理而已（見八十回校本，頁二〇四）。此亦可移用之於姐妹之間。但元春、探春和寶玉之間，除了天倫關係之外，尚有自然發生的友情，故名次遠高於迎春、惜春也。這裏不過略示一端而已，詳論且俟將來。又周春「閱紅樓夢隨筆」中有一個怪見解，認爲元春之下是史太君，並非探春。（見紅樓夢卷，第一冊，頁六九）他的話很不可信。

㊸見「論大觀園」，頁三。

㊹見 Rene Wellek and Austin Warren, *Theory of Literature*, A Harvest Book, 1956. pp. 210-211.

㊺八十回校本，冊一，一六四～一六五。

(四六)俞平伯，輯評，頁二六一。

(四七)八十回校本，冊一，頁二三二。

(四八)同上，頁六九七。參看俞平伯，紅樓夢研究，頁二三三及二三八頁引金玉緣本評語。

(四九)八十回校本，冊一，頁一六六～一六七。

(五〇)同上，頁一八三，按即「杏帘在望」。

(五一)同上，頁一六八。

(五二)紅樓夢研究，頁二三五～二三七。

(五三)俞平伯，輯評，頁二六七。

(五四)八十回校本，冊二，頁六一三。

(五五)並見同上，冊一，頁一七〇～一七二。

(五六)俞平伯，輯評，頁二七四。按「看」字我初疑當作「水」字。後與宋淇先生討論，他說「看」字可能係「首」字訛成。宋先生的說法就字形說，比我的更近理。（後來我忽然悟到「水」字的草書與「看」字極近似，因此我還是傾向於「水」字。）此條宜與註三三論總花神一條合看。

(五七)宋淇先生認爲前八十回中，除賈蘭這個孩子外，其餘男人都不能入大觀園。另有幾個例外如賈芸之類，宋先生也有很合理的解說。（見「論大觀園」，頁五～六）在原則上大觀園確有這樣一條不成文法，但在實踐中，紅樓夢的兩個世界又是糾纏在一起的，不可能全無交涉。宋先生說前八十回中賈政、賈璉都沒進過大觀園。這一點尚與書中事實有出入。第十七回試才題對額可以不算，因爲這時大觀園尚沒有人居住。但第七十五回賈母在凸碧山莊的敞廳上中秋賞月，所有榮、寧二府的男人則確都進了大觀園。（八十回校本，冊二，頁八五一～八五五）所以我們不必一定說，八十回以前除了寶玉之外，沒有男人進過園子。不過作者儘可能地不寫男人入園而已。宋先生的說法基本上是符合作者原意的。

(五八)八十回校本，冊一，頁三二七。

(五九)同上，冊二，頁八八一。

(六〇)同上，頁八八〇。

(六一)「石頭臆說」，見紅樓夢卷，第一冊，頁一九六。

(六二)這裏有必要討論一下曹雪芹對「情」與「淫」之分際的看法。我們一再强調，紅樓夢的兩個世界一方面是涇渭分明的，而另一方面又是互相交涉的。情與淫的關係也正是如此。曹雪芹並非禁欲論者，因此他從不把欲無條件地看作罪惡。他也不是二元論者，所以又不把情和欲截然分開。在第五回中，他開宗明義地說明「好色卽淫，知情更淫」，而反對「好色不淫」，「情而不淫」之類的矯飾論調。大體說來，他認爲情可以，甚至必然包括淫；由情而淫則雖淫亦情。故情又可叫做「意淫」。但另一方面，淫決不能包括情；這種狹義的「淫」，他又稱之爲「皮膚濫淫」。（均見八十回校本，冊一，頁五七）寶玉之所以爲平兒惋惜，正因「賈璉惟知以淫樂悅己」（同上，冊二，頁四七一）換言之，卽有淫而無情。他對香菱的同情也基於相同的理由。（見同上，頁六九三）試想連賈璉都認爲薛蟠玷辱了香菱，（見同上，冊一，頁一五三）何況寶玉？

曹雪芹旣持「知情更淫」之見，則他所謂「情」決不能與西方所謂純情(Platonic love)等量齊觀。此所以秦可卿的冊子上有「情旣相逢必主淫」之語也。（同上，頁五二）認識到這一點，我們就可以恍然何以警幻要秘授寶玉以雲雨之事，以及寶玉又何以要與襲人重演一番了。那就是說，曹雪芹有意要告訴我們，寶玉其實是一個有情有欲的人；所不同者，他的欲永遠是爲情服務的，是結果而不是原因。有正本在「便秘授以雲雨之事」句下評曰：「這是情之末了一著，不得不說破。」（兪平伯，輯評，頁一二八）此評不知是否出自脂硯齋之手，但無論如何，可說頗得作者之心：所以，從這個觀點來看，我們也不必一定要說，寶玉和他屋裏的女孩子更別無兒女之事。甲戌本第五回「是以巫山之會，雲雨之歡，皆由旣悅其色，復戀其情之所致也。」句上有眉批曰：「絳芸軒中諸事情景，由此而生。」（兪平伯，輯評，頁一二七）可見脂硯齋也不諱言這個。寶玉因情生淫，究與一般現實世界上之「皮膚濫淫」大有區別。寶玉夢遊太虛幻境必由秦可卿引入者，卽在借「秦」與「情」之諧音。（按：情讀爲秦是南方音，紅學家已多指出，茲不贅。）自來紅學家頗有疑寶玉與秦氏有染者，實因不深解作者「情」「淫」之別而致。蓋作者喜用險筆，讀者稍不經意，卽爲所惑。高明如兪平伯先生亦有不免。（見「論秦可卿之死」一文，紅樓夢研究，頁一七八～一八二）在舊紅學家中，唯野鶴獨持異議。「讀紅樓劄記」在此處評曰：「人亦有言警幻仙子即可卿，故後來視疾如萬箭攢心。野鶴曰，此却是全書關鍵，不可隨意穿鑿，存而不論爲是。」（紅樓夢卷，册一，頁二八八）其見解甚爲通明。

總之，曹雪芹寫寶玉情淫具備，清濁兼資，正是爲了配合他所創造的兩個世界。因爲祇有這樣的寶玉才可以構成這兩個世界之間的接筍。而寶玉與數人偷演警幻所訓之事出現在第六回，在作者而言，也必有深意。依我個人的推測，這正是要表明此後寶玉在大觀園中和那些清淨的女孩們「各不相擾」，乃由於不爲，而非不能。倘若沒有第六回的點破，則讀者恐怕反而要疑惑到別處去了。「清靜無爲」，斯老氏所謂「知我者希，則我者貴。」若「清時有味是無能」，則豈非如李宮裁之燈謎「親音未有世家傳——雖善無徵」乎？

(63) 有正本第七十四回總批已證明了這一點。批云：「司棋一事在七十一回敍明，暗用山石伏線，七十三回用繡春囊在山石一逗便住。」（兪平伯，輯評，頁五七六）

(64) 八十回校本，册二，頁八〇四。

(65) 同上，頁八三九。

(66) 見八十回校本，册二，頁八〇四～八〇五。

(67) 同上，頁七一〇。

(68) 同上，頁八六六。「花魂」亦有作「詩魂」者，蓋由輾轉抄改致誤。見新亞書院中文系紅樓夢研究小組，「紅樓夢詩輯校」，紅樓夢研究專刊，第二輯，頁六八。人民文學出版社新版紅樓夢第三册，頁九八七，仍誤「花」爲「詩」，殊爲可怪。編者似乎並未參考八十回校本或乾隆抄本百廿回紅樓夢稿。關於此一問題的討論，請看宋淇，「冷月葬花魂」，明報月刊第四卷，第四期（一九六九年四月號），頁九～十六。

(69) 見宋淇，「論大觀園」，頁九。按：外面世界之侵入大觀園亦有用暗筆寫者。第七十三回「金星玻璃（按即芳官）從後房門跑進來，口內喊說：『不好了，一個人從牆上跳下來了。』衆人聽說忙問在那裏，即喝起人來各處尋找。」（見八十回校本，頁八一七）黃夜越墻入園，當然非姦即盜。這也是作者暗中佈置大觀園毀滅的一種手段。

(七〇)見周汝昌，「『紅樓夢』及曹雪芹有關文物敍錄一束」，文物，一九七三年，第二期，頁廿二。又此條已收入陳慶浩，新編紅樓夢脂硯齋評語輯校，香港，一九七二，頁四二一。

(七一)周汝昌，前引文，頁廿五。

(七二)庚辰本第二十六回脂批在寫瀟湘館「鳳尾森森，龍吟細細」句下有云：「與後文『落葉蕭蕭，寒煙漠漠』一對，可傷可嘆。」（俞平伯，輯評，頁四三二）這八個字是八十回後描寫大觀園的極少數的佚文之一，已可見作者運用强烈手法之一斑。又按：如果作者寫繡春囊事件是爲了表示大觀園這塊淨土也終不能永保，那麼，八十回以後或者還有更露骨的描寫，也未可知。鴛鴦在撞破了司棋和潘又安的「姦情」之後，「從此晚間便不太往園中來。因思園中尚有這樣奇事，何況別處。」（見八十回校本，冊二，頁八〇四）這也可以看出作者是有意要點出：這園子本是天下最乾淨的地方，但也終不免要變髒的。

(七三)八十回校本，冊一，頁四二七～四二八。

(七四)同上，冊二，頁四四一～四四二。關於寶玉對嫁了漢子的老女人的看法，見第五十九回，同上，頁六五〇。

(七五)同上，頁四三七～四三九。按庚辰本第四十一回總批云：「此回櫳翠品茶，怡紅遇劫，蓋妙玉雖以清淨無爲自守，而怪潔之癖未免有過，老嫗只汚得一盃，見而勿用。豈似玉兄日享洪福，竟至無以復加而不自知。故老嫗眠其床，臥其蓆，酒屁燻其屋，却被襲人遮過，則仍用其床、其蓆、其屋，亦作者特爲轉眠不知身後事寫來作戒，紈袴公子可不慎哉。」（俞平伯，輯評，頁五〇一）此評尚未十分中肯，因妙玉之遭汚事在八十回後，此不過特寫其「過潔世同嫌」，以爲後文强烈對照之張本耳。

(七六)同上，分見冊一，頁五一及五五。

(七七)近日周汝昌根據靖本一條錯亂難讀的評語，想爲妙玉翻案。他認爲「骯髒」不是「腌臢」，乃「婞直」之貌，意爲不屈不阿。「骯髒」縱在以前文學作品中有此解，但在紅樓夢妙玉一曲中恐不能別生他說，而只得解爲「腌臢」之同義語也。此讀全曲與冊子上的五言詩可定。靖本批語有「勸懲」兩字，故周君以爲非對妙玉而言，因妙玉處境已極堪惋惜，何得更「懲」其「惡」。其實這條批語前半段明說「妙玉偏僻處，此所謂『過潔世同嫌』也。」故下文言「懲」卽指她這種過於好潔的毛病而言。換句話說，卽妙玉如此愛乾淨，嫌別人髒，結果就偏得到「骯髒」的懲罰。周君此處實在太嫌執着，而且也過於迷信脂批了。其實註㉕所引庚辰本四十一回總批一段即可爲「勸懲」兩字之最好註解，不知周君何以未加考慮。高鶚補寫妙玉結局，大體自不誤，不過對照遠不夠鮮明耳。今周君反責高鶚「精神世界的低下」，殊難令人心服。（見周汝昌，前引文，頁廿一～廿二及頁三〇註③）又「骯髒」一詞最早似見於後漢趙壹的「刺世疾邪賦」，原文作「抗髒倚門邊」。見後漢書卷八十下「文苑傳」。周君亦未能溯其源。

眼前無路想回頭

——再論紅樓夢的兩個世界兼答趙岡兄

小引

紅樓夢簡直是一個碰不得的題目，祇要一碰到它就不可避免地要惹出筆墨官司。一九七四年我偶然在香港的「中華月報」（六月號）上發表了一篇短文（「關於紅樓夢的作者和思想問題」），立刻就引起了不少的反響。其中最使我感動的便是友人趙岡兄在病榻上寫了一篇「曹雪芹的民族主義思想」（「中華月報」一九七四年十月號），駁我所提出的曹雪芹可能有「漢族認同感」之論。（這個問題可看本書所收「曹雪芹的漢族認同感補論」。）稍後我在「香港中文大學學報」第二期（一九七四年六月）上刊布了兩篇正式論文，「近代紅學的發展與紅學革命——一個學術史的分析」和「紅樓夢的兩個世界」。其中「近代紅學的發展與紅學革命」一文，曾由香港「明報月刊」於一九七五年六月號加以轉載，略有刪節。這篇轉載的文字也曾在香港引起了一位「四近樓主」先生的抗議。「紅樓夢的兩個世界」則轉載在臺北的「幼獅月刊」（第四二卷第四期）上，趙岡兄讀後又寫了「假作眞時眞亦假」一文，（見「明報月刊」第一二六期，一九七六年六月號），有所鍼砭。這次趙岡兄的態度尤其誠懇，他表示是站在爲朋友効忠的反對者立場上，來檢討「理想世界論」的體系。

我是向來不喜歡捲入任何文墨是非的漩渦的。這並不是因爲我不相信所謂「眞理越辯越明」，而是因爲我所看到的許多辯論最後往往竟流於意氣之爭，不但不能辨明眞理，有時甚至使得原來爭論的題旨更爲混亂。尤其是在爭論雙方沒有共同的前提的情形下，文字的往復常常得不到具體的結果，而只是以韓非所謂「後息者爲勝」的方式來收場。誰發表最後一篇文章，誰就是在爭辯中佔得上風。現在我破例來答復趙岡兄的質難則是基於兩重考慮：第一，我覺得我不應該對趙岡兄一再誠懇指教的好意完全置之不理；第二，我所提出的「兩個世界論」既引起了紅學考證專家如趙岡兄的疑難，則一般讀者對我的說法或不免存有更多不盡瞭然之處，因此我也有責任對「兩個世界論」作進一步的闡釋。趙岡兄在「假作眞時眞亦假」一文中所提出的幾個問題恰好給予我一個補充論點的適當機會。

一　「自傳說」與「兩個世界論」

首先必須指出的是趙岡兄在「假作眞時眞亦假」大文中是把我的「紅樓夢的兩個世界」和宋淇兄的「論大觀園」（「明報月刊」第八十一期，一九七二年九月）放在一起討論的。因此他把自傳說（包括合傳說）簡稱爲「盛衰論」，而把我們的新說叫做「理想世界論」。在這個基礎上，他再進一步把新舊兩種理論作了一番簡單的對比。我不知道其他「盛衰論」者是否同意他對於舊說所作的提要，我也不知道宋淇兄是否接受他對於「理想世界論」所作的說明。就我自己的感受言，趙岡兄是把我的理論閹割了。他說：

> 新的理論對書中眞假兩部份的看法不同，認爲「假」是主，「眞」是從，小說的主旨是要描寫一個理想世界，而以現實世界來烘托陪襯，以「濁」顯「清」，以「醜」顯「美」。

眞假主從的問題暫且不談，我的兩個世界論和趙岡兄這裏所說的幾乎毫無共同之處。趙岡兄曾引了我一段原文，其中有云：

> 但這個理想世界自始就和現實世界是分不開的：大觀園的乾淨本來就建築在會芳園的骯髒基礎之上。並且在大觀園的整個發展和破敗的過程之中，它也無時不在承受著園外一切骯髒力量的衝擊。

我所說的兩個世界之間的關係怎會變成了「烘托陪襯」的關係呢？何況我在原文中更曾著重地指出：

> 大觀園是紅樓夢中的理想世界，自然也是作者苦心經營的虛構世界。……但是曹雪芹自己却同樣地非常重視這個骯髒和墮落的現實世界。他對現實世界的刻劃也一樣是費盡了心機的。

我又强調：

> 曹雪芹雖創造了一片理想中的淨土，但他深刻地意識到這片淨土其實並不能眞正和骯髒的現實世界脫離關係。不但不能脫離關係，這兩個世界並且是永遠密切地糾纏在一起的。任何企圖把這兩個世界截然分開並對它們作個別的孤立的瞭解，都無法把握到紅樓夢的內在完整性。

任何讀者都可以看到，我的主要論旨是討論紅樓夢的兩個世界之間的動態的關係，而趙岡兄則用「理想世界論」的名稱把我所提出的兩個世界輕輕地抹去其一。這是很令人費解的事。所以就我的理論而言，趙岡兄的批評可以說是落了空的。

趙岡兄之所以把我和宋淇兄的說法合併討論，當然是因爲我的原文曾引了宋淇兄「論大觀園」中的一段話作爲討論的起點。但是我必須說明，我當時只是在大觀園的問題上引宋淇兄爲同道，至於宋淇兄對紅樓夢的全面看法是否與我的「兩個世界論」相同，則我並不清楚。無論如何，宋淇兄似乎也並不曾否認紅樓夢這部小說裏面包含了作者的生活經驗。在趙岡兄根據自己的邏輯硬把新舊兩種說法（所謂「盛衰論」和「理想世界論」）轉化成一種勢不兩立，有此無彼的對抗性的矛盾，未免使問題的討論橫添了一層不必要的糾結。趙岡兄的誤會大概是因爲他沒有讀到我的「近代紅學的發展與紅學革命」一文。我在該文中對「自傳說」與「兩個世界論」的關係曾有明確的交待。我說：

> 新「典範」（按：指通過小說的內在結構來研究紅樓夢的創作意圖而言，包括我的「兩個世界論」）直接承「自傳說」之弊而起，是對「自傳說」的一種紅學革命，但卻並不需要完全否定「自傳說」。相反地，在「自傳說」支配下所獲得的考證成績，對於新「典範」而言，仍是很有助於理解的。……研究小說的人總希望對作者及其時代背景有所認識，這對於確定書中的主題（不必限於一個主題）至少具有重大的參考價值。關於這些問題的解答，近幾十年來的新材料和研究成績都傾向於支持「自傳說」。

我又進一步指出：

> 從學術史發展的觀點看，新「典範」是從「自傳說」紅學內部孕育出來的一個最合理的革命性的出路。一方面新「典範」認爲我們對紅樓夢作者及其家世背景、撰述情況所知愈多，則愈能把握作品的「全部意義」；因此它十分尊重「自傳說」的考

證成績。另一方面，新「典範」復力求突破「自傳說」的牢籠而進入作者的精神天地或理想世界，因此它又超越了歷史考證的紅學傳統。由此可見，不但紅樓夢中有現實世界和理想世界之分，紅學研究中也同樣有兩個不同的世界。「自傳說」所處理的只是作者生活過、經歷過的現實世界或歷史世界，而新「典範」則要踏著這個世界而攀躋到作者所虛構理想世界或藝術世界。所以，新「典範」比「自傳說」整整地多出了一個世界。

我的「兩個世界論」之不可能和「自傳說」處在對立的地位，是顯而易見的。但是趙岡兄必然不能同意我這種說法。他因爲我不曾完全否定自傳說，而說：「這種惻隱之心引來的麻煩可不小。我們先談談一個一般性的問題：雪芹拿了這些材料如何使用？」這個問得好，正是我要接著討論的

趙岡兄最注重所謂眞假主從的問題，讓我從這裏說起。依照「盛衰說」，則曹雪芹主要是寫他自己家族的眞實歷史，而書中之所以有一個假的世界，用趙岡兄的話說，是「一來是要發揮他自己的戀愛觀與人生觀，二來也是爲了襯托這個眞的部份，使之前後的盛衰之變顯得更爲尖銳化。」這裏我們立刻就看到，趙岡兄解釋紅樓夢中理想世界之存在首先就犯了不分主從之病。究竟曹雪芹所創造的假世界是以表現他的人生觀、戀愛觀爲主呢？還是以襯托眞的部份爲主呢？其實趙岡兄提出人生觀、戀愛觀之說完全是爲了敷衍「理想世界論」而來

的。他的眞正想法是認定「假」祇有襯托作用、烟幕作用。這一點他在「紅樓夢新探」中說得很清楚。「新探」說：

> 自從胡適「紅樓夢考證」認爲此書是寫曹家眞實事跡以來，此一原則性的斷定已是堅立不移。……雖說是寫曹家眞實事跡，但眞實到甚麼程度，研究紅樓夢的學者看法不一。有人認爲此書是百分之百的寫實。有人則認爲紅樓夢是以曹家史實及雪芹個人經驗爲骨幹和藍本，然後加以穿揷、拆合。我們是相信後一說法。（上冊頁一八〇——一）

換句話說，紅樓夢基本上是曹雪芹的「自傳」或「合傳」，不過出之以隱蔽的方式而已。如果「自傳說」（包括「合傳」）可以成立，我們當然得同意「眞」是「主」而「假」是「從」。但是從五十年代之初起，紅學研究中的各種困難便已逼使俞平伯不能不放棄他以前持之最堅的「自傳說」了。俞平伯說得好：

> 作者從自己的生活經驗取材，加以虛構創作出作品來，這跟自傳說是兩回事，不能混爲一談。（「紅樓夢八十回校本」序言，頁三。）

事實上，經過了五、六十年的考證，紅樓夢中的人物在曹家及其親戚中有痕跡可尋的恐怕最多不過百分之一、二，而且紅學家之間對書中某人相當於歷史上某人意見仍極爲紛歧，更何況書中極少數最重要的主角之一林黛玉，趙岡兄便承認是虛構的呢？至於書中的事跡，今天能考證爲確有所本者，更是少之又少。所以從一般的(而不是嚴格的)考證標準看，我們實在沒有理由說紅樓夢是「曹家的眞實事跡」。但是這並不是關鍵所在。儘管證實的部份很少，我依然承認曹雪芹的創作確有其家世及個人的生活經驗作背景。現在我要回到趙岡兄所提出的問題，卽曹雪芹掌握了他親見親聞以及親自經歷過的許多材料之後，怎麼去使用它們？

讓我從另一個基本假定開始；我假定紅樓夢是一部小說。小說，特別是像紅樓夢這樣一部精心創造出來的小說，自然不能沒有整體的構想、通盤的佈局；因此我們不談作者的創造意圖（creative intention）則已，要談便祇能通過全書的內在結構來談。我在「紅樓夢的兩個世界」所作的便正是這樣的分析。我所討論到的大觀園與太虛幻境的關係，大觀園和會芳園的關係，黛玉爲什麼葬花，怡紅院等四所主要屋宇的安排等等，都顯示出作者的匠心獨運及其貫串全書的「全部意義」（total meaning）。我可以承認作者在個別人物和事件方面曾經取材於他的生活經驗，但是當他在寫作的過程中，他究竟是以眞實的生活材料爲「主」呢？還是以他自己虛構的創造意圖爲「主」呢？毫無可疑的，這時他的材料必須爲他的創意服務，是爲創意的需要所驅遣。換句話說，許多眞實的材料在紅樓夢中都經過了一番虛構化然後才能派得上用場。兪平伯說的不錯，如果紅樓夢是曹家的眞實事跡，至少有三種的不妥當：

> 第一、失却小說所以爲小說的意義。第二、像這樣處處粘合眞人眞事，小說恐怕不

好寫，更不能寫得這樣好。第三、作者明說眞事隱去，若處處都是眞的，卽無所謂「眞事隱」，不過把眞事搬了個家而把眞人給換上姓名罷了。（「讀紅樓夢隨筆」，轉載於「紅樓夢研究專刊」第一輯，頁一〇五。）

事實上，誰能考證出曹雪芹生活過的現實世界，從人物的一言一行到屋宇的佈置都恰好是像紅樓夢中一樣，表現出一套完整的意義並具備著共同的發展方向呢？胡適之的「趕上繁華」說和周汝昌的「中興」說都是想把曹雪芹安排一段「溫柔富貴」的生活。然而由於文獻不足，兩說各有其困難。其實無論我們對曹雪芹的家世和經歷知道得多詳細，我們最多仍祇能肯定紅樓夢是大量地取材於作者生活背景的小說，而不能說它是曹家眞實事跡的小說化。這一分別在字面上看來很細微，但實質上則極其緊要，因爲這裏確實涉及了主從的問題。在曹雪芹的創作世界裏，他的藝術構想才是主，而一切建造的材料，無論其來源如何，都是處在從屬的地位。這就是永忠在「因墨香得觀紅樓夢小說弔雪芹」第三首詩所說的——「都來眼底復心頭，辛苦才人用意搜，混沌一時七竅鑿，爭教天不賦窮愁。」鑿開混沌，這纔是曹雪芹的開天闢地的創造性成就，材料的搜集乃是次要的。而且我已說過，眞實的事跡還必須經過各種程度不同的虛構化才能成爲紅樓夢這部小說中的有機部份。（因爲不然的話，小說將不復是小說，而不過是一部無結構、無組織的回憶錄或筆記而已。）這樣我們就看到一個極有趣的現象：以眞假主從而論，曹雪芹所經歷過的現實世界和他所創造的藝術世界恰好是顚倒的。現實世界的「眞」在藝術世界中都轉化爲「假」；而現實世界的眼光中所謂的「假」（虛構）在藝術世界中則是最眞實的。這正是趙岡兄所引「假作眞時眞亦假」一語的主要涵義。紅樓夢一書由於種種原因引起了我們的歷史考證的强烈興趣，這是完全可以理解的，並且也是相當必要的。但是曹雪芹寫紅樓夢却決不是爲了要保存他的家世盛衰的一段實錄。曹家的盛衰祇是給紅樓夢的故事發展提供了一個時間架構，文學的烏托邦往往需要一個歷史的背景以爲寄身之所。「桃花源記」所避之「秦」，根據史學家的考證，是「苻秦」而非「嬴秦」，所以，「桃花源記」雖說「不知有漢，無論魏晉。」其實仍脫不了時代的影子。但是「桃花源記」却決不等於魏晉的歷史實錄。考證派所發掘出來的曹家歷史當然極爲重要，它大大地加深了我們對於紅樓夢的背景的認識。然而作者在根據創作上的需要而運用其見聞閱歷爲原料之際，已賦予這些原料以嶄新的藝術涵義，因而在本質上改變了它們的本來面目。作者正因爲怕讀者處處用現實世界的眼光去認取小說所描繪的事跡，所以才一而再、再而三地要讀者「千萬不可照正面」。紅樓夢寫淫但決非淫書，寫抄家但也未必卽是謗書。曹雪芹深恐世人誤認他的著述本旨，甚至把紅樓夢當作淫書、謗書而加以毀滅，因此才在「賈天祥正照風月鑑」一回中哭道：

誰叫你們瞧正面了！你們自己以假爲眞，何苦來燒我。（按庚辰本此處有脂批云：「觀者記之。」稍前又一條批云：「凡野史俱可燬，獨此書不可燬。」）

這裏所說的「眞」「假」，是「風月寶鑑」（紅樓夢原名之一）中的「眞」「假」，其意義與我們現實世界中所謂的「眞」「假」恰恰是相反的。脂批也清楚地點明了這一點，第二十五回有一條云：

以幻作眞，以眞作幻。看官亦要如此看法爲幸。（影印庚辰本頁五八一；甲戌本同，但「看官」作「看書人」，而末一字誤書作「本」，影印本頁一九一b。）

我決無意否認紅樓夢是一部兩面都能照的「寶鑑」（亦脂批語），但是就小說而論，主從眞假的問題曹雪芹和脂硯齋已經早就交代明白了，恐怕是沒有什麼爭論的餘地的。趙岡兄說：

我們今天看到的雪芹原作只有八十回。脂批在第七十一回說道：「蓋眞事欲顯，假事將盡」，然而眞事尚未顯而文章已斷，故眞假的比例，不免大爲扭曲。

我們怎樣了解這句脂批似乎是一個問題。這句批是寫在「江南甄家」四字之下，全文如下：

好，一提甄事。蓋直（按：乃「眞」字之誤）事欲顯，假事將盡。

我們知道，甲戌本第二回有脂批說：

甄家之寶玉乃上半部不寫者，故此處極力表明，以遙照賈家之寶玉。凡寫賈寶玉之文則正爲眞寶玉傳影。（影印本頁三十一a。）

這句批語並不很正確。紅樓夢一百一十回，半部則是五十五回，現存的八十回早已超過全書三分之二，却尚不曾實寫到甄家。大概後三十回中甄府一定會出現，如甄寶玉送玉便是一例。所以「眞事欲顯，假事將盡」是指八十回後賈家將敗落和甄家要出場而言。我們無法相信後三十回寫到甄家便一定是「眞事」，正如前八十回寫賈家並不全是假事一樣。我們僅知的「甄寶玉送玉」便可斷定其決非眞實人生中所能有的，除非我們相信曹家確有一位「啣玉而生」的子弟。更何況後三十回仍當以結束賈家爲主，不可能有太多的篇幅留給甄府。這樣看來，縱使全書一百一十回完整無恙也仍無法改變趙岡兄所說的「眞假比例」。我們如何去適當地了解每一條所謂脂批固是一個問題，但更重要的則是我們不能離開紅樓夢正文而迷信脂批。這是方法論上的一大關鍵。脂批對原書推斷有誤之處並不少見，因此頗有自行更正或經他人駁正之事。脂批誠甚寶貴，但祇要它與正文發生正面的衝突便失去了它的可靠性。

趙岡兄在討論紅樓夢主旨的時候，也涉及作者的動機問題，他同時並說到動機問題不容易考證。這一點我自然同意。不過甲戌本的「凡例」卽曾問過：「書中所記何事，又因何而撰是書？」作者的答案則是「風塵懷閨秀」，也就是說：「本意原爲記述當日閨友閨情，並非怨時罵世之書。」這一自白頗值得注意。所以，卽使我們接受「自傳說」的假定，我們最多也祇能說紅樓夢作者的動機，乃在於紀錄他的「閨友閨情」的生活，而決不是其全部人生，更不可能是整個曹家的盛衰。不但紅樓夢的兩個重要異名——「風月寶鑑」和「金陵十二釵」——足以證明這一點，而且全書的內容也確確實實是以寫一羣女孩子爲主。除非我們今天能證明曹家由盛而衰，其關鍵全在女眷方面，我們沒有任何根據可以肯定紅樓夢的主題是家族的盛衰。（按：書中最可能與盛衰有關的元春還沒有得到歷史的實證，詳見後文。）紅樓夢中當然有家族盛衰的影子，但這並不是全書的主題，而不過是由於作者所經歷的情感悲劇恰好發生在這一個盛衰的過程之中，以我們今天所知的曹雪芹的思想和精神境界而言，他決不可能是一個在風塵潦倒之中還念念不忘當年富貴的「俗物」。「紅樓夢引子」早已點明了「懷金悼玉」（理想世界中兩個最重要的人物）的悲劇主題，我們有什麼理由拒絕相信作者自己的供證呢？

如果從「紅樓夢是小說」這個基本假定出發，則紅樓夢所透露的「閨友閨情」也不可能是作者生活的實錄。我們可以承認作者大概曾經有過一段極不尋常的情感生活；但是當他撰寫小說的時候，他已超越了具體的人生經驗。用曹雪芹自己的話來說，他已是「翻過筋斗來的」人了。他在一種「無可奈何」的心境之下，重新去體認並解釋這一段悲劇、缺陷的人生。這樣的體認和解釋，其結果不是原有的事實的單純重複而是藝術上的再創造。這一層意思至少脂硯齋是懂得的。紅樓夢第一回有一首偈云：

無材可去補蒼天，枉入紅塵若許年。此係身前身後事，倩誰記去作奇傳。

脂批在「無材可去補蒼天」句下注了「書之本旨」四字。可見作者的動機是要交待他所深感的一段無可填補的人生缺陷（補天）。如果作者的動機祇是記錄他的客觀經歷，那麼「書之本旨」四字便應該寫在「此係身前身後事，倩誰記去作奇傳」兩句之後了。所以祇要細心體味紅樓夢本文和脂批，作者的主要動機和全書本旨也並不是完全無法斷定的。我在「紅樓夢的兩個世界」中曾說：

> 乾淨既從骯髒而來，最後又無可奈何地要回到骯髒去。在我看來，這是紅樓夢的悲劇的中心意義，也是曹雪芹所見到的人間世的最大的悲劇！

曹雪芹似乎正是用這樣一種悲觀的宿命論來解釋他所親見親聞以至親歷的一段人生缺陷。

然而另一方面，我們也必須指出，紅樓夢是一部規模巨大而內涵又極其複雜而豐富的小說。因此除了上面所討論的主題之外，還有不少副題以至再副、三副、四副之題，正如十二金釵圖之有正、副、三、四相似。我們決不應將紅樓夢加以簡單化、貧乏化，把它看作短篇詩歌，如白居易的「秦中吟」十首那樣，所謂「一吟悲一事」。研究紅樓夢的人在主題問題上始終不能取得共同的看法，一方面固是由於研究者的觀點不同，另一方面也是因爲這部小說包羅萬象，主題副題雜然並陳，使讀者一時分辨不得。撇開「自傳說」、「鬪爭論」等等流行的說法不談，讓我姑舉下面一條脂批爲例。在第一回賈雨村口占五言一律之下，甲戌本批云：

> 這是第一首詩。後文香奩閨情皆不落空。余謂雪芹撰此書，中亦爲（按：「爲」當作「有」字，草書形近致誤。）傳詩之意。（頁十四b。）

這條批不但說曹雪芹是紅樓夢的作者，使人再無狡辯之餘地，而且還點明了紅樓夢的另一副題，卽作者也有意借此書而傳佈他的詩篇。「傳詩」當然也是動機之一，不過不能看作主要的動機罷了。可見紅樓夢除了主題之外，尙有副題，至少脂硯齋是深知的。

我並不敢說我在前面所斷定的作者的動機和本旨，一定正確。「兩個世界論」究竟能否成立必須從具體的研究結果來判決。我在這一節總論中祇想表明我的「兩個世界論」決非與「自傳說」處於直接而又尖銳的對立的地位。我的說法一方面否定了「自傳說」作爲一種全面論斷的有效性，另一方面又有限度地肯定了「自傳說」作爲創作原料的眞實性，我的整個看法站不站得住是另外的問題，但就我自己運思的過程說，其中每一步驟、層次都具有邏輯上的必然性。趙岡兄說我因爲「惻隱之心」才爲「自傳說」留了餘地，這個誤會未免太大了。趙岡兄又說：

「盛衰論」的紅學家是想要弄得「眞事存，假語隱」，這種捨從攻主，去假存眞的還原工作，不可避免要使這兩個世界的界限在短期內變得模糊一點。但這樣作是得是失，現在下結論還略嫌太早一點。這要看基本假設如何而定。如果麵包是麵粉做的，研究麵粉是有用的，如果麵包是空氣做的，研究麵粉當然是錯了。

我不能不誠懇地指出，這個樂觀而天眞的想法不僅事實上辦不到，並且理論上也無法成立。紅學考證經過了無數學者的五、六十年的長期努力，差不多已翻遍了故宮檔案和康、雍、乾三朝的文集（特別是旗人的作品），但是我們平心靜氣地估計一下，所謂「還原」的工作究竟完成了幾分之幾呢？這幾十年來的紅學進展主要只是曹學的進展，在這一方面，成績的確驚人。然而卽就曹學而言，進步主要也是限於曹寅和他的子侄輩；對於曹雪芹本身，我們的知識依然非常貧乏，甚至他的生卒年歲也還在莫衷一是的階段。若更以曹學成績配合著紅樓夢的所謂「眞事還原」的工作來說，我們的展望則更爲黯淡。以前我們還敢假定賈寶玉卽是曹雪芹的化身；現在則連這個假定也有些動搖了。我們有甚麼保證可以在未來五、六十年內發現更多更驚人的資料，足以使紅樓夢中隱去的眞事都一一現其原形呢？趙岡兄所說的「短期」究竟要延長到那一天呢？事實上，如果我們不再存「自傳」的偏見，我們已可以滿足於一個多數人共同接受的暫時結論，卽曹雪芹撰寫紅樓夢確有其家世的一般背景。過了這一條基本防線，所謂考證便會流入「猜謎」的陷阱，卽以「自傳說」的「新索隱」代替「反淸悼明」的「舊索隱」。今年（一九七六年）出版的周汝昌的「紅樓夢新證」新版刪去了「新索隱」一章，同時又把舊版中以小說人物世系和曹家的眞人混在一起的部份全刪去了。這是一個極大的進步。事實上不但周汝昌原來那種一對一的自傳還原法行不通，任何其他「剔骨肉，還父母」的方法施之於紅樓夢都不能不流爲穿鑿附會。我們祇能在紅樓夢中隱隱約約地看到一些曹家人物和事跡的影子，但無法具體地加以指實。

從理論上說，還原論的不能成立也是很顯然的。在自傳說基址上發展出來的近代紅學本是乾、嘉以來一般考證學在紅樓夢研究方面的引申。乾、嘉之學號稱「實事求是」，其中心理論便是所謂「訓詁明而後義理明」，清儒以爲只要把文字還原到最初的古義，則古代經典的涵義便自然會層次分明地呈現在我們的眼前。這種想法其實似是而非；其最成問題的乃是把思想還原爲語言。語言的釐清誠有助於思想的研究，但却不能代替後者；「訓詁」和「義理」終屬雖相關而截然不同的兩回事。這在西方學術思想史上叫做「字源的謬誤」(fallacy of etymology)。同樣地，文學批評家也認爲藝術作品無法還原爲它的構成素材；因爲這是犯了「根源的謬誤」(fallacy of origins)。卽使我們確知作品和作者的生活之間有著極其密切的關係（如紅樓夢之於曹雪芹），我們也決不能把作品看成作者生活的簡單翻版。所以，如果我們堅持紅樓夢是寫曹家的眞實事跡，則無論將來再考出多少「嫡眞事實」也無從使我們向紅樓夢的藝術世界接近一步。這是兩條永遠不會交叉的平行線。

趙岡兄用了「麵粉」和「空氣」兩個比喻，這頗使我不安。把藝術創造的構想輕蔑地斥之爲空氣，至少是不十分恰當的。從我的「兩個世界論」的觀點說，我並沒有否認麵包裏面包含著麵粉。我祇是要强調，麵包和麵粉之間決不能劃等號；而更重要地，我們要研究曹雪芹所製造的，究竟是那一種麵包，或者竟不是麵包而是饅頭或其他食品？就麵包中含有麵粉這一點言，我並不覺得我必須和趙岡兄或其他紅學考證家處在敵對的地位。但趙岡兄似乎堅持一點，卽任何人如果不接受紅樓夢是「寫曹家眞實事跡」的前提，就同時必須全面否認紅樓夢中「含有曹家眞實事跡」的論斷。抱歉得很，這個彎子我的腦筋無論如何也轉不過來。

總說到此為止，下面我將分別答覆趙岡兄所提出的三大結構上的疑問。

二 大觀園的幻滅

趙岡兄指出「理想世界論」的第一個大毛病是大觀園如何幻滅的問題。他認為依「盛衰論」則大觀園因抄家而破滅是最順理成章的；但若以大觀園為理想世界，則抄家便顯得毫無意義。他引了宋淇兄的說法，卽以為紅樓夢的悲劇感主要來自大觀園理想的幻滅，抄家不過是雪上加霜而已。但趙岡兄接著下一轉語道：

宋先生『雪上加霜』是一句客氣話，嚴格講來應該算是畫蛇添足的一大敗筆。

我開始就說過，我無意代宋淇兄發言，但看到這裏我實在忍不住要給宋淇兄打一點抱不平。我覺得趙岡兄在宋淇兄的原文上所動的手脚太厲害了。接下去趙岡兄就處處在「蛇足」兩字上大作文章，這似乎有故意入人於罪的嫌疑。「雪上加霜」是說「冷上加寒」，至於承認抄家有加强悲劇氣氛的作用，不過不把抄家當作紅樓夢悲劇感的最大來源罷了。「畫蛇添足」則是譏笑人把「蛇」變成了「非蛇」，因為蛇是無足的，這和雪、霜之為同類是不能相提並論的。

趙岡兄又說我「發現了這個大毛病，於是提出新的解釋」云云，這更是莫須有的話。我的「兩個世界論」是藏之心中已久的一種看法。記得一九六〇年的秋天，我已在美國劍橋的一個中國同學的學術討論會上講過這套理論，後來在密西根大學與趙岡兄共事時我也向他提過這個觀點。不過趙岡兄的興趣在考證，對我所說的一套似乎不曾留意而已。至於宋淇兄「論大觀園」一文，我看到時已很遲，一九七三年十月我在香港中文大學準備「兩個世界論」的講演期間始得入目。所以我本沒有發現過甚麼毛病，而且我也看不出宋淇兄的原文有甚麼特別不妥的地方。我當時祇覺得很高興，因爲我們兩人眞有許多不謀而合的見解。所以後來撰文時，凡是我早已看到的地方而宋淇兄已先我而發者，我都不再重覆。我的「兩個世界論」並沒有任何要爲宋淇兄修補理論的漏洞的意思。

大觀園的幻滅和賈府被抄家之間有密切的關係，這一點在今天是人人都承認的事實。但是抄家，是否如趙岡兄所了解的那樣，在「盛衰論」中便使全書「結構完整一致，緊湊有力」，而在「理想世界論」中則成爲「蛇足」呢？我想，這是很成問題的。抄家當然是紅樓夢故事發展的一個戲劇性的高潮，但相對於主題而言則它完全是中立性的、工具性的。它適用於「盛衰論」，也同樣適用於「理想世界論」。反面來說，理想世界的幻滅固可不藉抄家而完成，賈家之由興而衰也同樣不是非經過抄家不可。事實上考證派紅學家之所以特別看重抄家之事，最初並不是從紅樓夢的情節和結構上看出了它有任何「必要性」。相反地，他們是因爲後來發現曹家曾有抄家的史跡，才從自傳說的基礎上肯定了紅樓夢中的賈府也以抄家而敗滅。這完全是一種倒果爲因的論斷。

一九二一年當俞平伯和顧頡剛兩位先生通訊討論紅學的時候，他們最初是不信原書有抄家之事的。他們認爲抄家乃高鶚所補，而非原文所應有。顧頡剛在五月十七日給俞平伯的信上列了許多證據說明何以賈家的衰敗是由於「漸漸枯乾」，而非「抄家」。後來顧頡剛雖覺得高鶚補寫抄家一段頗可取，但仍以原書不應有抄家這件事。俞平伯當時是贊成顧說的，經過反覆的討論，最後他們才確定了抄家之說。俞平伯曾坦白地說明他們改變態度的經過：

> 這時候，我們兩人對於這點實在是騎牆派；一面說原書不應有抄家之事，一面又說高鶚補得不壞。以現在看去，實在是個笑話。我們當時所以定要說原書不寫抄家事，有兩個緣故：（一）這書是記實事，而曹家沒有發見抄家的事實（以那時我們所知）。（二）書中並無應當抄家之明文。至於現在的光景，卻大變了，這兩個根據已全推翻了，我們不得不去改換以前的斷語。（見「紅樓夢辨」中卷所收「八十回後的紅樓夢」一文，特别是頁八九——九三）

可見在曹家的抄家事蹟未曾顯露以前，「盛衰論」的紅學家如俞平伯和顧頡剛並不認爲「抄家這一段情節是絕對必要的」。用顧頡剛的話來說，「賈氏便不經抄家，也可漸漸的貧窮下來。高鶚斷定他們是抄家，這乃是深求之誤。」（同上書，頁九二）

趙岡兄用下列的事實，來說明何以在「理想世界論」之下，抄家乃是結構上的「蛇足」：

> 在抄家以前，堡壘中的少女已經一個跟一個的幻滅了。黛玉病死，寶釵自己也結了

婚，湘雲嫁了衛若蘭，是否早寡都用不著追究；迎春被中山狼折磨死了，最後探春遠嫁，即所謂『三春去後諸芳盡』，根本用不著天災人禍的破壞力。抄家前未曾幻滅的只有巧姐，年紀尚小，未及論婚嫁，妙玉，身爲尼姑不能嫁人，惜春是二者兼而有之，一來年紀未及笄，二來立志要入佛門。這三個人的幻滅，也只是時間問題，無須假借外力。

最使我覺得有趣的是趙岡兄的論辯方法正和當年顧頡剛持以斷定賈家之衰敗不由於抄家者全相一致。顧頡剛認爲賈家的窮不外下列幾項緣故：

甲、排場太大，又收不小；外貌雖好，內囊漸乾。

乙、管理寧府的賈珍，管理榮府的賈璉，都是浪費的鉅子。其他子弟也都是紈袴氣習很重。一家中消費的程度太高，不至傾家蕩產不止。

丙、爲皇室事件耗費無度。

趙岡兄說理想世界的幻滅只是時間問題，不須假借外力；顧頡剛則說賈府由盛而衰也是如此。這最可證明我所說的抄家對於紅樓夢的主題而言乃是中立性的、工具性的。所以趙岡兄所用的其實是一把兩面都有刃的刀，不過他的成見使這把刀只割向「理想世界論」一邊而不肯傷及「盛衰論」而已。

現在讓我再轉過來看看抄家對我自己的「兩個世界論」有無內在的矛盾。我是相信有抄家之事的，我並且也同意趙岡兄的見解，卽抄家可以使紅樓夢的佈局更爲緊湊。但是我要指出，抄家一事對於「兩個世界論」而言，也同樣適合於創作上的需要並發揮了重要的文學效果。

我們都知道，曹雪芹費了極大的氣力，借用元春省親的絕大題目，才創造出紅樓夢中的理想世界——大觀園。這就表示理想世界的一個最重要的現實根據便是所謂「天恩」。因此當作者安排理想世界的幻滅時，其最自然、最合理的一個辦法也莫過於先斬斷此一最重要的現實根據。正是基於這種藝術創作上的需要，曹雪芹不得不寫元春早逝。因爲元春一日不死則「天恩」一日不絕；「天恩」一日不絕則大觀園一日不壞。理想世界的幻滅豈非漫漫無期乎？從元春早逝之事我們可以清楚地看到曹雪芹創造這個人物主要便是爲理想世界的興起及其毀滅作引線的。相反地，如果採用「盛衰論」的觀點，認爲紅樓夢是曹家實錄的小說化，那麼像元春這樣一個最關繫賈府盛衰的人物便根本無法交代。讓我借這個機會展示一下「盛衰論」的虛幻性。

當初胡適因爲在康、雍、乾三朝中找不出曹姓的妃子，乃不得不承認元春是虛構的人物。（見「重印乾隆壬子本紅樓夢序」、「胡適文存」第三集，頁三六六，遠東圖書公司本。）這確不失爲一種「實事求是」的考證態度。但後來的紅學考證家不信龐蘊居士「愼弗實諸所無」的遺言，一定要想盡方法來坐實賈元春其人，竟使紅學走上了「索隱派」那種極端穿鑿附會的路子而不自覺。這眞是値得惋惜的事。現在姑引周汝昌和趙岡兄兩家之說爲例。

周汝昌在「紅樓夢新證」的「人物考」一章列有下面一條：

大姊（按：相對於曹雪芹而言）某，頻長女，選入宮。

這一條毫無史料根據，完全是以紅樓夢所寫的爲實事。此外，他又引了幾條批語如「非經過如何寫得出」之類並從而斷定元春「非盡虛構」。這尤其有迷信所謂脂批的嫌疑。近人研究脂批實已到了胡適所謂「猜謎」程度（參看「敦敏、敦誠與曹雪芹的文字因緣」）。卽以上引一句批語而言，它是寫在庚辰本的書眉上的，並有「壬午春」三字，當出「畸笏叟」之手，所批原文如下：

賈妃滿面垂淚，方彼此上前厮見，一手攙賈母，一手攙王夫人。三個人滿心裏皆有許多話說，只是俱說不出，只管嗚咽對泣。

這裏所描寫的是家人親友久別重逢時常有的一種動人情景。「非經過如何寫得出」這種話可以普遍的適用於一切有過類似經驗的人。這如何能用來證明賈元春之實有其人呢？更重要的是曹雪芹所寫的這幾句話，明有所本，是從古代文學作品裏脫化而出的。王實甫「西廂記」第五本第四折云：

不見時準備着千言萬語……待伸訴，及至相逢，一語也無。

紅樓夢中屢引「西廂記」，是曹雪芹熟極而流的一部書。兩者之間的關係明顯如此，何能視而不見？不但如此，楊萬里「誠齋集」卷一一四「詩話」中曾引了和他同時的詩人尤袤「寄友人」一聯云：

胸中襞積千般事，到得相逢一語無。

更遠在「西廂記」之前。曹雪芹於唐、宋詩文，大概也不會看不到吧。（曹寅且取楊誠齋「只怪南風吹紫雪」句爲「紫雪軒」。）我舉此一例，以見從活的文學的眼光研究紅樓夢是如何要緊。讀紅樓夢而念念不忘曹家的眞實事跡，不但會橫生種種曲說，而且也未免把曹雪芹的藝術天地看得太狹窄了。但這種「實諸所無」的大病，其根源乃在於傳記說，也是乾、嘉以來考證的通弊。莊子列禦寇篇有一則寓言，說鄭國有兩弟兄，哥哥名緩，弟弟名翟，兄爲儒，弟爲墨，相爭十年，父親後來幫弟弟(翟)，哥哥自殺而死。這明明是用寓言方式來說儒、墨兩派同源而相爭，而清末考證大師孫詒讓在「墨學傳授考」中竟列有一條曰：「某翟，鄭人，兄緩。」又加案語說：「未詳其姓氏。」這豈不是同「紅樓夢新證」中「大姊某」此條先後如出一轍嗎？

趙岡兄也曾努力於指實元春其人，但他的取徑與周汝昌完全不同。照他看來，元春是兩個人的合傳：一半是曹寅的長女，卽嫁給鑲紅旗平郡王納爾蘇的曹佳，這合乎皇妃的事實；另一半則是批書人（脂硯齋，趙岡兄指爲曹天祐）的姐姐，不幸而早逝。（按：曹佳嫁納爾蘇後，先後生有四子，並未早卒，故不得不另找一個早死的寃鬼。）這番考證極盡曲折離奇的能事，其中涉及年齡、性別、輩份種種問題。我現在不想節外生枝，祇集中討論一點，卽怎樣給曹天祐找到一個大五、六歲的姐姐。

周汝昌在張雲章的「樸村詩集」中找到一首賀曹寅得孫的詩。詩曰：

> 天上驚傳降石麟（原註云：「時令子在京師，以充閭信至。」），先生謁帝戒兹辰。倣裝繼相蕭爲侶，取印提戈彬作倫。書帶小同開葉細，鳳毛靈運出池新。歸時湯餅應招我，祖硯傳看入座賓。

周汝昌對這首詩的解釋如下：

> 按連生（按：卽曹顒。據最新發現史料，他的字是「孚若」，見馮其庸「曹雪芹家世史料的新發現」，「文物」一九七六年第三期）于四十八年（一七〇九）春始云上京當差，推年不過十四、五歲。同年冬，寅入京述職。此后唯于今冬（按：指康熙五十年，一七一一）復進京，明年卒矣。因繫此詩於本年，此時連生當十六、七歲，結婚當是去年間事，寅子嗣甚艱，故連生早婚。五十四年連生故，頫折云：「奴才之嫂馬氏（原註：『按卽連生室』，因現懷妊孕，已及七月……將來倘幸而

生男，則奴才之兄嗣有在矣。」據此知本年所生者旋卽夭殤。（「紅樓夢新證」，一九七六年版，上冊，頁五〇四；參看舊版頁三八四，僅達生年齡差一歲，餘同。）

我覺得周汝昌的考釋非常合理。但趙岡兄不以爲然，舉出三項理由辨明曹寅這個孫子不但未早殤，而且還是一個女孩子。第一、曹寅長孫早折是一大事，何以曹寅及友人詩文集中無徵？二、一七一五年李煦奏摺中稱曹顒有「孤」留下，何以有「孤」又不能承祧，足見是個女孩子。三、張雲章誤聞生男，以詩賀曹寅得孫（「紅樓夢新探」，頁一七二）。其實這三項理由無一可以成立。第一項理由最弱，孫兒夭折雖是大事，何以必須見諸文字？而且此孫生於一七一一年（趙岡兄則把生年提早兩年，卽一七〇九）冬天，曹寅次年（一七一二）七月卽逝世了。周汝昌並未說這個孫子是在甚麼時候死的。如果孫子後折，我們如何能在曹寅及其友人的文字中找得到痕跡呢？第二項理由則是趙岡兄未加深考。李煦原摺中所說「曹頫承繼宗祧，養贍孤寡」毫無可疑之處。此摺寫於一七一五年的三月初十日，與同年三月初七日曹頫摺中言其嫂馬氏有孕事，相去僅三日。此時曹天祐尚未出世，性別未明，何能必其承祧？但已在母腹，何以不能稱「孤」？趙岡兄所舉第三項理由更是犯了考證學上最大的忌諱，卽以主觀願望來抹殺證據的價值。張雲章與曹寅酬唱甚夥，周汝昌且疑其嘗入曹幕，他的詩正是第一手資料。且詩中自註云：

時令子在京師，以充閭信至。

晉代賈逵晚年生子，以爲有充閭之慶，故名其子爲充。這首詩是曹寅確確實實得到了北京來的添孫之喜的專信後才作的，怎麼可能是「誤傳」。詩中有「歸時湯餅應招我」之句，足見作者亦在江寧。而且詩中用的全是得孫之典，絕無絲毫可疑之處。以時相往復的朋友，當面呈詩賀孫，竟至誤女爲男，事後居然還收入集中，這是事理之萬不可通者。我們生在兩百年以後的人，除非找到了絕對可靠的第一手反面證據，否則無論如何也不應在這首詩上別生新解，强使其適合我們立論的需要也。胡適當年提倡紅樓夢考證，由於材料不足，或推論不精，錯誤自然不少，但他大體上還能遵守自己所立的「有一分證據，說一分話」的信條。他的「自傳說」本是相對於「反淸悼明」的舊說而來，雖收宣傳之效而立意已偏。不過他在「紅樓夢考證」一文中，說明祇研究「著者」和「本子」兩項，故尙情有可原。後來的人推衍其說至極端，竟要把一部小說（以及所謂「脂批」）實錄化，遇有不可通處，便悍然强材料以就我。這就不知不覺地走到考證學的反面去了。我在這裏借元春一題，稍稍暴露一下「盛衰論」的局限性，決不是要否定新紅學的成就，更不是對趙岡兄「反唇相譏」。我確實感到「自傳說」支配下的考證紅學早已面臨「技術崩潰」的絕大危機，現在眞是迷途知返的時候了。

以上的討論旨在說明，曹雪芹借抄家來寫賈府的衰敗雖有其家世的背景作根據，但他虛構了一個早死的元春以爲抄家的引線則決非爲了要保存曹家的眞實事跡。相反地，祇有從兩個世界的動態關係著眼，元春這個人物的創造才是可以理解的。通過元春而始有大觀園（理想世界）的存在，隨著元春的死去而大觀園亦終於幻滅。我在「紅樓夢的兩個世界」中說過：

> 作者處處要告訴我們，紅樓夢中乾淨的理想世界是建築在最骯髒的現實世界的基礎之上。他讓我們不要忘記，最乾淨的其實也是在骯髒裏面出來的。……而另一方面……現實世界的一切力量則不斷地在摧殘這個理想世界，直到它完全毀滅爲止。

曹雪芹用抄家來結束大觀園，正是爲了配合這種文學構想上的需要。而且抄家在紅樓夢中的意義已絕不同於它在曹家歷史上的原始意義。歷史上的抄家終結了曹家的「花柳繁華」和「溫柔富貴」，這些在曹雪芹寫紅樓夢時已棄之若敝屣。他早已超越了世俗的榮辱升沉。抄家在紅樓夢中則象徵著摧毀理想世界的一股暴力，賈府的沒落在此反而是處於從屬的地位。作者的同情基本上是在大觀園內一羣清淨的女孩子這一邊，園外的賈府尚在其次。第七十四回「抄檢大觀園」便是清楚的暗示。探春對來抄檢的人說：

> 你們別忙，往後自然連你們一齊抄的日子還有呢。

園內園外的分別指點得極爲分明。接下去才是甄家抄家及自殺自滅那一番話，那是針對著整個賈府敗滅而言的，也是曹雪芹家世背景的一種反映。但是在作者筆下，主從輕重之間是極有分寸的。

從文學效果上看，抄家對於大觀園理想世界的必要性尤其顯然。趙岡兄認爲十二釵嫁的嫁，死的死，因此理想世界自然幻滅，所以不需要抄家。這似乎對我的「兩個世界論」有所誤解。照這個辦法，理想世界固可自行幻滅，但與現實世界豈不是全無關係了嗎？而且僅僅出嫁和死亡並不能使讀者發生理想世界澈底毀滅的強烈感覺，更不能使整個大觀園從乾淨變成骯髒。試想大觀園中的人物都死光了之後，這個園子本身（即太虛幻境的人間投影）又如何交代？寶玉何嘗不知道，女孩子終不免要出嫁，而人也都不免於一死。嫁與死雖可傷，但畢竟祇是人間一般性的悲劇。寶玉並不是怕死，他的生死觀最清楚地表現在第五十七回對紫鵑所說一句打藳兒的話：

活着，咱們一處活着；不活着，咱們一處化灰化煙，如何？（並可參看第十九、三十六兩回寶玉和襲人論「死」的問題。）

林黛玉要起葬花塚，使花兒不致流出園外，也正是同一個意思。這樣的死，不但不是理想世界的幻滅，而且恰恰是理想世界的永恒化。因爲祇有如此才眞正能澈底的乾淨，再無被現實世界汚染的危險。第二十二回黛玉爲寶玉的禪偈續上二句：「無立足境，是方乾淨。」寶釵復從旁稱讚道：「實在這方悟徹。」作者的深意是值得我們細心體味的。

然而曹雪芹偏偏要殘酷地寫出現實世界的骯髒力量怎樣摧毀理想世界，使人雖欲求「無立足境」的「乾淨」而不可得。他傷悼的不是一般性的人間悲劇，而是一個最強烈、最濃

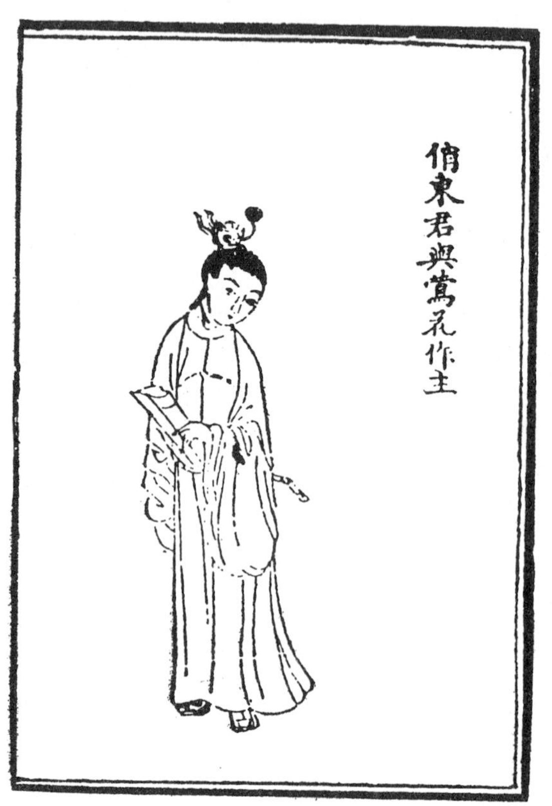

賈寶玉（希廉評本紅樓夢插圖）

縮、而又最不尋常的悲劇。因此在結構上抄家就成爲絕不可少的一個主要環節了。如果沒有抄家，大觀園如何成爲「衰草枯楊」之地？如何從「鳳尾森森，龍吟細細」變作「落葉蕭蕭，寒烟漠漠」？瀟湘館、紫雲軒等處又如何「蛛絲兒結滿雕樑」？如果沒有抄家，大觀園中一羣極清淨的女孩子如何能自動地流落到現實世界的骯髒角落上去承受各種不同的屈辱和糟蹋？趙岡兄文中提到巧姐、妙玉和惜春三人，說「她們的幻滅也只是時間問題，無須假借外力。」這話未免說得太嫌輕鬆一點。我要請問，如果沒有抄家這樣的橫暴外力，惜春又怎麼會「緇衣乞食」。（庚辰本第二十二回批語）？妙玉怎麼會「風塵骯髒違心願」？巧姐更怎麼會「流落在烟花巷」？（見俞平伯「紅樓夢研究」，頁一五五－六）這樣劇烈的大顚倒必須要假定賈府對於依托其下的一羣弱女子完全失去了保護的力量。在傳統的中國社會中，要使得像賈府這樣的世族一下子垮得乾乾淨淨，抄家可以說是唯一的辦法。趙岡兄又說：「要糟踏大觀園的簡便辦法很多。譬如賈政、賈赦、賈璉等開個家庭會議，呈請貴妃批准，大家一起遷入園中居住，兩個世界便合而爲一了。」這好像是負氣的話。曹雪芹如要圖「簡便」，他何必寫一部紅樓夢呢？照趙岡兄的辦法，故事的發展是否入情入理呢？全書的氣氛又是否調和呢？

總之，趙岡兄和我的看法最分歧之處在於他根本不肯相信大觀園是太虛幻境的人間投影。我在「兩個世界」一文中曾搜羅了許多條正文及脂批的證據說明大觀園是理想世界、是烏托邦。在我看來，這個問題已極少爭辯的餘地。現在不妨再舉一條以前未引用的脂批如下。庚辰本「大觀園試才題對額」一回，在「賈政方擇日題本」句下批曰：

至此方完大觀園工程公案。觀者則爲大觀園廢（按：當作費）盡精神，余則爲（疑是「謂」字之誤）若許筆墨却只因一個葬花塚。（頁三八二）

把這條批和我對黛玉葬花的分析合起來看，大觀園究竟是理想世界，抑或是曹家的眞園林，那只好讓讀者去作公平的判斷了。

趙岡兄堅信他已找到了大觀園的曹家舊址，他在註三中問我道：

如果我能設法指證，大觀園的兩塊骯髒基址，其榮府園爲江寧城織造署西花園，其會芳園爲擷芳園。「折會芳園墻垣樓閣」的折建費是一千八百八十二兩三錢銀子，不知英時兄是否打算在理論上讓一點步？

我讀了這條註文，不禁爲之啞然。我在理論上沒有任何讓步的必要，倒是趙岡兄在考證上必須大大的讓步才成。我在理論上無須修正，因爲我並不否認曹雪芹創造大觀園時心中會浮起他所親歷、親見的一些園林。這些園林當然可以包括南京的舊園，北京的家園，甚至親友的園林。祇要紅學家能確實考證得出來，我並無反對的理由。曹雪芹是生活在十八世紀中國的文人，他所寫的大觀園自然不能不取材於當時的園林，正如陶淵明的「桃花源」也有其歷史的影子一樣。但是任何企圖指實大觀園坐落何處的努力都只是白費的。不但隋園、北京恭王府等說不可信，趙岡兄的南京織造署花園說也同樣是「實諸所無」。趙岡兄引脂批之語，及紅樓夢本文，說明織署花園在西邊和榮府花園之亦在西邊一致，因而肯定大觀園卽是織署的「西園」。事實上，趙岡兄所引的「證據」（「紅樓夢新探」，上册，頁一八五—一八七）沒有一條不見於周汝昌「紅樓夢新證」的舊版（頁一五七—一六三）。不過由於周汝昌堅信大觀園在北京，所以他沒有下「南京織署花園卽大觀園」的斷語罷了。我們細看這些引文，最多祇能說曹雪芹在這些地方有意（或無意）洩露了他的家世背景。我們如果認眞地尊重考證學的正當標準，我們無論如何也無法把南京織署花園指證成紅樓夢中的大觀園。至於說南京行宮圖所載的院宇花園，其規模及配置很類似大觀園，那更是毫無根據的話。這個圖現已收在新版的「紅樓夢新證」中（在一六四頁之後），恐怕想像力再豐富的人也無法在那樣一個簡單的圖中看出任何大觀園的痕跡吧！

大觀園是曹雪芹在藝術創造方面的偉大成就。這個成就具有兩方面的意義：第一是爲理想世界的活動提供了一個理想的場所，故園內的佈置和氣氛處處都和人物性格以及故事的發展相配合。這一層我已在「兩個世界」中作了初步的分析。第二則是對中國園林藝術的傳統作了一次最成功的綜合，這一層現在已開始受到文學研究者的重視。（詳見 Andrew H. Plaks, *Archetype and Allegory in the Dream of the Red Chamber*, Princeton University Press, 1976, chaps. VII and VIII）這樣創造出來的大觀園是具有高度概括性的，因此它可以和許多十八世紀的第一流眞實園林具有若干相似之處，然而它決不可能和當時任何一個園林等同起來。

趙岡兄說他可以證明會芳園是擷芳園，他並且舉出會芳園的拆建費是一千八百八十二兩三錢銀子。這一層驟看起來十分驚人。他既考證得如此一清二楚，我們如何還能不相信紅樓夢是「曹家的眞實事跡」？那麼就讓我們檢查一下他的立論根據吧。趙岡兄的根據是康熙五十一年十一月十四日「內務府奏曹家人呈報修建西花園工程用銀摺」。原摺有關文句照抄如下：

> 拆擷芳殿用匠及將拆下物品運至西花園，共用銀一千八百八十二兩三錢。（見「關於江寧織造曹家檔案史料」，中華書局，一九七五年，頁一〇六——一〇七）

這裏有三個問題：首先我們看到原文是拆「擷芳殿」，而不是「擷芳園」，這一字之差關係不小。但這當是趙岡兄涉上文「會芳園」而筆誤，不足深究。其次是爲什麼會有這一奏摺？自康熙五十一年正月始內務府就開始清查曹寅修築西花園工程的費用，一直到曹寅死後尚未查完。上引之奏摺卽根據曹寅家人陳佐的報告而來的。最後是西花園究指何地？周汝昌新版的「新證」中有切確的說明。周汝昌說：

> 按此所謂西花園者，當是郊西之暢春苑，由連敍之六郎莊、聖化寺可以確知。暢春苑必寅在京任郎中時所監造，康熙帝常居，亦卽卒于此園。

周氏又接著說：

又余初斷此西花園爲暢春苑，以語馮其庸先生，蒙檢示日下尊聞錄（暢春苑條之後，圓明園條之前）一則云：「西花園在暢春園西；正殿爲討源書屋。高宗純皇帝問皇太后安之便，率詣是園聽政。」是西花園爲暢春苑西部。（頁五二四——五二五）

可見西花園是北京皇帝的園子，所以才能拆用殿的材料來修建。西花園既與南京織署的西園（不叫「西花園」）完全無關，擷芳殿更與紅樓夢中的會芳園風馬牛不相及。趙岡兄因有成見在胸，一見西花園三字便立刻往南京織署的西園上去聯想，以爲又得一確證，竟不再細考同摺中所說六郎莊、聖化寺坐落何處。追源溯始，這都是被自傳說、眞事說誤引入歧途了。（按：周氏所考僅據「日下尊聞錄」一條文獻，對於一般讀者而言或尚嫌簡略，詳證見我的「江寧織造曹家檔案中的『西花園』考」。）

最後還不得不補辯一句，趙岡兄在大文中問我：「乾淨的變髒了，原來骯髒的如何變乾淨」云云。我想這是一個可以避免的誤解。我的原文明說「大觀園這個淸淨的理想世界也不免要隨著而遭到一番顚倒」，我壓根兒沒有想到過骯髒如何變乾淨的問題。我當時落筆之際是因周汝昌文中有「顚倒」兩字而順手借用了一下，沒有想到這會連累到賈赦、賈政要再去費事另造一個新的大觀園。我現在鄭重聲明決無此意，賈府的狀況已今非昔比，省去這一項巨大的工程費用吧！一笑。

"字字看來皆是血，十年辛苦不尋常"（曹雪芹從事"紅樓夢"創作的第一回題詩） 劉旦宅、賀友直、林　錯作

曹雪芹著書圖　胡亞光作

三　情榜及其他

趙岡兄所說的第二個結構上的大問題，細讀之下似並不能獨立存在；他祇是強調紅樓夢必然是曹家的眞事而已。所以我把這一項和第三項的「情榜」問題合併在一起來討論。合併的理由很簡單，第二項主要祇談到秦可卿的問題，正和「情榜」的排名密切相關。

趙岡兄在第二項的開頭處提出了紅樓夢創作的時間問題，認爲作者寫眞事而又須加以巧妙的僞裝，因此需要十年的時間；如果描寫虛構的理想世界，則用不了這樣長的歲月。同時批語中有「血淚」兩字考語，更可見是寫自家的史實。這一層和我的「兩個世界論」本無衝突，因爲我本來就承認曹雪芹是用親見親聞的經歷爲創作的素材的。所不同者，我認爲作者是運用這些材料來配合他的創造構想，而不是如趙岡兄所說的，祇是在眞事上面加些巧妙的僞裝而已。但是使我大惑不解的則是趙岡兄下面這一番話：

> 眞人眞事當然無法納入太虛幻境似的理想世界，只能用來做充塡現實世界的材料。可是我們又得知現實世界是代表骯髒齷齪。於是我們不免要問，雪芹爲甚麼要專門回家掏自己的毛坑來充塡這個現實的世界？有什麼理由相信曹家的髒事比別家多？……雪芹如果需要描寫骯髒題材，大街上俯拾卽是，無須專誠回到自己家中去掏毛坑。

紅樓夢對賈府的男人的骯髒和醜惡幾乎作了毫無保留的暴露，這是大家一致公認的；即使是對于大觀園中的女孩子，作者也並不掩飾她們在性格方面的個別缺點。這是非常合乎寫實主義的原則的。從「兩個世界論」的觀點說，大觀園理想世界之終於幻滅，除了外在因素以外，也另有其足以導致幻滅的內在根源；沒有內在根源的接引，外面現實世界的骯髒力量也就不容易滲透進來。由於曹雪芹要創造兩個鮮明對比的世界，他平生所親見親聞的骯髒事跡自然就成爲紅樓夢中現實世界的主要素材。這些素材可能大部份來自曹家及其親戚圈子，但其中也未嘗沒有從大街俯拾而來的東西，不過今天已無從考證罷了。總之，曹雪芹所掌握的材料是爲他創作意圖而服務的，他並不是爲暴露而暴露的自虐狂者。他之取材於曹家是被他的生活經驗所決定的；試問他不向自己最親切的生活經驗中去求取創作材料，又向誰家去「掏毛坑」呢？而且更重要的是曹雪芹在運用這些素材於藝術創造之際，已賦予它們以藝術的通性（也可以說是「藝術典型的概括意義」），因而使它們不復祇是曹家一姓的個別歷史事實了。在「紅樓夢」第六十三回中，曹雪芹曾借賈蓉之口對賈府的骯髒作過如下的解說：

> 各門另戶，誰管誰的事，都穀使的了。從古至今，連漢朝和唐朝，人還說「髒唐臭漢」，何況咱們這宗人家。誰家沒風流事，別討我說出來。

這是作者化歷史事跡的獨特性爲藝術素材的通性之一種明白的表示。很顯然地，紅樓夢的作者寫現實世界中的骯髒，是爲了深入地挖掘人性中的缺失，而決不是單純地自揚其家醜。所以對於「兩個世界論」而言，「專門回家掏自己的毛坑」這樣的問題根本就不存在。相反地，堅持紅樓夢是曹雪芹自寫其家族的眞實歷史的人（無論是「自傳」說或「合傳」說）倒必須要設法答覆趙岡兄在前面所提出的那一番質難。這就是我最感到大惑不解的地方。

普通所謂「傳」者，是指有可傳之事；雪芹如果祇是爲了他生平所「親覩親聞的幾個女子」，也不必一定要把他的父兄子姪輩，幾乎寫得沒有一個不是齷齪不堪似的。第十三回秦可卿托夢給鳳姐，說「非告訴嬸子，別人未必中用」一句下，有脂批云：

一語貶盡賈家一族空頂冠束帶者。（甲戌、庚辰本同。）

如果紅樓夢是「曹家的眞實事跡」，這樣一網打盡的手法豈不是把曹雪芹的父親曹頫（書中賈政）也包括在內了？這裏我是用「自傳說」來解釋的，趙岡兄也許不盡同意。那麼讓我們轉換一下，用趙岡兄的「合傳說」，看看結果如何。依「合傳」說，賈寶玉是曹雪芹和其堂弟曹天祐（趙岡兄指爲「脂硯齋」）的合傳，而曹頫則又在書中「一分爲二」，一部份是賈政，另一部份又是賈璉（因爲趙岡兄要解決「過繼」的問題，不得不如此安排。）更妙的是趙岡兄同時還相信曹頫就是另一位大批家「畸笏叟」。這樣一來，我們就淸楚地看到了下面這一幅奇景：兒子寫小說糟蹋老子到了極其不堪的地步，而老子居然還有心情和雅量，一再感慨萬千地給這部小說寫批語。這樣的父子關係不要說在中國歷史上爲僅見，恐怕古今中外再也沒有第二個例子了。曹頫既有權威「命」雪芹刪去天香樓一段文字，何以竟不能令雪芹把他自己的藝術造型（無論是賈政或賈璉）改得像樣一些？曹頫是被曹寅「自幼帶在江南長大」的，兩百年後的趙岡兄在小說中「很容易的找出這層過繼關係」，難道曹頫當時竟看不出賈璉就是影射他自己的麼？那麼，是否雪芹曾向他父親解釋：「請您老人家不要誤會，我寫賈璉只是借用了您的一層過繼關係。至於賈璉搞多姑娘那類事情，是與您沒有關係的。」可見「合傳說」在這裏所引起的後果更爲嚴重。總之，如果我們堅持傳記說，而同時又無法否認脂批所謂「貶盡賈家一族空頂冠束帶者」那句論斷，那麼曹雪芹爲什麼寫一部家族盛衰實錄來「專掏自己的毛坑」，確是一個無法回答的問題。現在趙岡兄反而拿這個問題來向我質難，這眞令人有不知從何說起之感了。

現在讓我們來具體地檢討一下「情榜」的問題。

首先必須說明，我們今天對「情榜」的全部排名已無從知悉。除了正冊十二釵，副冊之首香菱以及又副冊的首二名晴雯和襲人以外，其餘的便祇能猜測了。不但我們不清楚，就是當時的批書人似乎也不甚了了。庚辰本第十七、十八回中本有一段雙行夾注，推測正、副諸冊的人名，但緊接著便有畸笏叟在壬午季春所寫的眉批，駁云：

樹（按：疑是「前」字之誤）處引十二釵總未的確，皆係漫擬也。至末回警幻情榜方知正、副、再副及三、四副芳諱。

可見在曹雪芹生前「情榜」的名單已費猜測，必須看到末回「情榜」才知眞相。畸笏叟在壬午（一七六二）時已讀到「情榜」，所以敢於這樣說。我們今天既無此眼福，自然不能全面地討論這個問題。以下僅根據已知名次，略作推測。

我的「紅樓夢的兩個世界」並不是專門對「情榜」而發的，不過因討論所及，略一提示而已。我在原文中說道：

> 大體上說，作者決定情榜名次的標準是多重的；故除了「情」字外，我們還得考慮到其他標準如容貌、才學、品行、以至身份等等。這裏我祇想提出一個比較被忽略了的重要線索，卽羣芳與寶玉的關係。庚辰本第四十六回有一條批語說：
>
> 「通部情案，皆必從石兄挂號，然各有各稿，穿插神妙。」
>
> 這一條評語我覺得特別重要。「情案」之「情」卽是「情榜」之情。這樣看來，書中諸人與寶玉之間關係的深淺、疏密，必然會在很大的程度上決定著他們在情榜上的地位。而了解大觀園世界的內在結構，也就必須個別地察看書中諸人如何在「石兄」處掛號了。

我在這裏祇强調了脂批「通部情案，皆必從石兄掛號」那一點，但限於篇幅和文字體例，未及詳細發揮。文中所引「容貌、才學、品行、身份」諸標準則是宋淇兄所提出，而我也贊同的一些排名標準。總之，我和宋淇兄都主張情榜排名是根據多重標準的。趙岡兄指責我們各自提出若干標準，「但是每項標準都是走一半就走不通了。」相反地，他認爲按照「盛衰

寶琴
晴文
平兒
襲人

論」，則排名問題很簡單；其中祇有兩大原則，一是人物的「重要性」如何，二是「各人在賈府中的身份與地位」。趙岡兄的第二項原則本是我們都已提出的，他既然認爲我們的「每項標準都是走一半就走不通了」，他爲什麼又把我們所列的「身份」一項列爲兩大原則之一呢？我在「兩個世界」一文中沒有特別强調這一點是因爲身份一項早已爲歷來的紅學家所重視，已沒有再詳說的必要。趙岡兄最特別之處則在於他舉出「重要性」一項原則。但可惜的是他並未進一步說明「重要性」究竟何指。如指在書中所佔的重要性而言，則任何人皆可同意；重要性愈大則在「情榜」中的名次也應該愈高，這是用不著說的，而且說了等於不說。因此空洞地、抽象地提出「重要性」的問題是完全沒有意義的。不過趙岡兄在論及秦可卿時曾指出她的重要性在於「對賈府整個家運影響重大」。我姑且假定她的「重要性」是相對於影響賈府盛衰而言，這應該是符合「盛衰論」的觀點了。

如果把「重要性」確定在「盛衰」這一點上，那麼麻煩可就大了。依照這一原則（或標準），這個理論恐怕剛起步就有走不通的危險。首先我們要指出，「情榜」六十名都是女子，難道賈府的盛衰的責任全落在女人的身上嗎？難道這就是歷史上曹家由盛而衰的事實眞相嗎？紅樓夢中雖有極少數的女子與賈府的盛衰有關，但這種關係也並沒有在「情榜」的名次中表示出來。以正册十二釵而論，元春和鳳姐可以說是繫乎賈府的升沉榮辱的人了，可是元春排名在第三，鳳姐在第九。如果我們運用趙岡兄的兩大原則來解釋正册的排名，則無論就

「重要性」或「身份地位」而言，元春都必須高居首位。我們不能想像在關繫賈府盛衰這一點上，黛玉和寶釵的重要性竟會在元春之上；我們也不能想像，以「各人在賈府中的身份與地位」而論，元春竟會低於林、薛兩人。所以稍一分析，卽可見趙岡兄所說的「排名問題很簡單」者，其實遠非那麼簡單，而他的兩大原則，不用說「走到一半」，就連起步也發生了困難。再以鳳姐來說，依據趙岡兄的兩大原則，她無論如何也不應排名在妙玉之後。然而妙玉竟高居第六，這又怎麼解釋呢？如果說「重要性」一詞另有所指，那麼它已不是「盛衰論」的範圍所能限了。其實我所特別指出的「在石兄處掛號」的一點正是確定書中諸人「重要性」的基本原則之一，無奈趙岡兄爲「傳記說」的成見所拘，不肯認眞地加以考慮罷了。

排名問題十分複雜，其間並無簡單的結論可尋。但一般地說，排名標準是多重性的大概不致引起爭論。但是這個問題不宜於抽象地討論，也不應孤立地、個別地處理，而必須具體地、全面地加以檢查然後始能獲致合乎事實的結論。

第一點要强調的是：標準雖是多重，但並不是所有標準都屬於同一層次之內，我們知道，情榜首先是「以類相從」，把人物分爲五大類，每一類之內又有名次。那麼，甚麼是決定「類」的標準呢？我覺得客觀的身份地位是決定册次的主要標準。一九二一年六月二十四日顧頡剛給俞平伯寫信，便說册子以「又副」屬婢，「副」屬妾，「正」屬小姐，奶奶。俞平伯稍加修正，認爲又副屬婢妾，副則不必定屬妾，書中不甚重要的女子，如李紋、李綺、寶琴都應入副册之中。（見「紅樓夢研究」，頁一七六。）這個看法大體上是正確的，曹雪芹究竟是十八世紀的中國作家，他並未能完全超越當時流行的關於身份的觀念。不過進一層去分析，決定「情榜」册次的所謂「身份」也並不純屬社會階級的範疇，其中尚有相對於賈府而言的親疏成份。所以寶琴，李氏姊妹，邢岫烟等雖就社會地位言與賈府的小姐、奶奶不殊，却只能列名「副册」之中。前面提及庚辰本十七、八回的雙行夾註便說這四個人是「陪客」，乃所謂「副十二釵」，大致當不誤。此夾註最大的錯誤是把香菱列入了「又副册」，故畸笏眉批謂其「漫擬」，又說其「未的確」。香菱高居「副册」之首，這在今日已成定案了。周春在「閱紅樓夢隨筆」中曾說：

> 案婢女賤流，列入又副册，香菱以能詩超入副册……。（見「紅樓夢卷」第一册，頁六九——七〇）

這個說法很有問題。香菱所以居「副册」之首，多少與她本來出身書香門第有關，蓋甄士隱在姑蘇亦被推爲當地望族也。甲戌本第一回脂批說：

> 香菱根基原與正十二釵無異。

所以，我深信香菱的本來「身份」是使她上接正册的原因之一。（尚有別故，詳後。）周春未見脂批，其說殊不足信。俞平伯在「讀紅樓夢隨筆」中曾對香菱的地位問題表示過下面的意見：

> 在封建家庭地位高的，它不一定是贊美；地位低的，它不一定是瞧不起。而且正相反，越是占高位的，越貶斥得厲害；越是地位卑微，越對他表示同情。紅樓夢作者就用了這個方式來初步批判了封建家庭。（見「紅樓夢研究專刊」第三輯，頁八六——八七。）

曹雪芹心中的褒貶標準我們不敢妄斷，但他曾用當時流行的身份來決定書中諸人的册次，俞平伯顯然也是肯定的。

但是在各册之內的名次，其排列却決不是再根據身份，而是採取了另外的標準。其中最重要的一個便是和寶玉的關係，卽所謂「通部情案，皆必從石兄掛號」，這一點可從正册十二釵中得到具體的說明。正册十二釵始於黛玉和寶釵，這兩個自然是與寶玉在情感關係上最深的女子了。但由於難分軒輊，因此册子上把兩人合成一幅畫，而且在「紅樓夢曲子」中第二支「終身誤」和第三支「枉凝眉」也同樣是薛、林並擧，避開了高下的問題。這一點已是盡人皆知的了。不過我相信在末回「情榜」中，這個問題終須解決，無法再拖下去。庚辰本第十九回雙行夾註曾引後回「情榜」評曰：

> 寶玉情不情，黛玉情情。（頁二〇八）

似乎寶玉之下卽是黛玉。如所推測不誤，則黛玉最後仍是要比寶釵高出一頭。這一點就全部紅樓夢言是可以得到證實的，卽寶玉的心確是一直偏向黛玉的。

薛、林以下卽是元春，這也毫不意外。我在「紅樓夢的兩個世界」註四十二中，已指出情至少可分爲愛情之情和骨肉之情兩大類。（當然還可以分得更細些，如友情之情以至介乎友情與愛情之間之情等。）元春和寶玉的骨肉之情自是不比尋常。所以在元春歸省回中，作者特別說明原委，謂「其名分雖係姊弟，其情狀有如母子」。及至元春召見寶玉時，作者更用重筆寫道：

元妃命他（寶玉）進前，攜手攔于懷內，又撫其頭頸笑道：「比先竟長了好些。」一語未終，淚如雨下。（庚辰本，頁三九二）

下面有雙行夾注批曰：

只此一句便補足前面許多文字。

尤可見元春列名第三是由於他和寶玉的感情已由姊弟進而爲母子。此外還必須一提的，即大觀園這個理想世界便是在元春歸省的名義下建造起來的，而後來寶玉和諸釵入住大觀園也出於元春之命。在某種意義上，元春可以說是理想世界的創造者。但儘管如此，她和寶玉的關係究竟仍不能與薛、林相比，則排名與在「石兄處掛號」之間存在著何等密切的關係便不難推想了。

元春之後是探春，居第四位。這更不難索解。我在「兩個世界」中已指出探春和寶玉之間除骨肉之情外，尚有自然發生的友情。這祇要一讀第三十七回探春寫給寶玉的一封請求結「海棠社」的信就清楚了。我現在還要加上一句，卽探春與寶玉是同父異母的親兄妹，他們的關係自然比迎春、惜春要更深一層。

正册第五名是史湘雲。湘雲與寶玉的關係非比尋常，也是不待詳說的。近代紅學研究中因爲第三十一回「因麒麟伏白首雙星」的回目，曾引起了湘雲後來嫁給寶玉的爭論。周汝昌尤其主此說最力，在新版「紅樓夢新證」中他仍然沒有放棄此說。無論以後的結局如何，寶玉和湘雲之間大約有些「未免有情，誰能遣此」的味道，似乎是可以肯定的。所以黛玉要疑心寶玉「同史湘雲也做出那些風流佳事來」。（第三十二回）第二十一回描寫湘雲的睡態，有下面這一段：

> 那史湘雲却一把青絲拖於枕畔，被只齊胸，一灣雪白的膀子掠於被外，又帶着兩個金鐲子。寶玉見了，歎道：「睡覺還是不老實。回來風吹了，又嚷肩窩疼了。」一面說，一面輕輕的替他蓋上。

這一段寫法在第二十八回寶釵褪紅麝串子時，寶玉見了她的「雪白一段酥臂，不覺動了羨慕之心。」十分相似。不過由於湘雲已屬名花有主，故寫得遠爲蘊藉含蓄而已。

第六名的妙玉尤其必須從她和寶玉之間的一種微妙情感來解釋。第五十回寶玉「訪妙玉乞紅梅」一段便是特筆。故庚辰本雙行夾注，一則說：「想此刻寶玉已到庵中矣。」再則說：「想此刻二玉已會，不知肯見賜否？」此回批語不多，更可見批者鄭重指點之意。第六十三回寶玉因接到妙玉「檻外人」的拜壽帖子，請教邢岫烟如何回法。談話之間寶玉表示了他對妙玉為人的深刻認識，邢岫烟竟上下細細打量了寶玉半日，方笑道：

> 怪道俗語說的「聞名不如見面」，又怪不得妙玉竟下這帖子給你，又怪不得上年竟給你那些梅花。既連他這樣，少不得我告訴你緣故。……

妙玉以一個與賈府毫無親友淵源的女尼竟能在正十二釵中高居第六位，完全是因為她在「石兄」處有特別的掛號。她之超出迎春、惜春、巧姐，其故在此；而她之在鳳姐、李紈、秦可卿之上則是因為她在大觀園中是最乾淨的人物。但以關係之親而且密而言，她又自然不能不在前面五個人之下也。妙玉之例最便於說明作者所採用的多種標準。

迎春、惜春、巧姐三人不須多說。二春在鳳姐等之前主要是因為她們都是清潔的女兒，且住在大觀園之內，若以與寶玉的關係及在全書中所佔的份量而言，她們自然不能與鳳姐相提並論。這裏最可見「已婚」「未婚」所佔的比重之大。至於巧姐在鳳姐之後，那是因為她們畢竟是母女，作者總不能把女兒排在母親之前吧？

現在我要特別討論趙岡兄對我的質問，卽李紈與鳳姐的相對排名問題。關於鳳姐，可討論之處甚多，我現在祇能儘量長話短說，集中在兩個要點上：第一是她與大觀園理想世界的關係，第二是她與寶玉的關係。鳳姐因為已婚，和賈璉同住在園外，形式上自無法像李紈一樣成為園中的居民。這是一種不得已的安排。曹雪芹一方面著力地寫理想世界，但另一方面又能够不違背寫實主義的原則；因此寫來毫不著跡。紅樓夢的兩個世界乍看似渾然一體，細察却又界限分明。這正是藝術造詣達到化境的表現。鳳姐雖身住現實世界，她在精神上的認同則毫無可疑地在大觀園之內。首先是她的活動，除了大觀園建造之前「協理寧國府」一段外，幾乎全集中在大觀園之內的。而且後來「抄檢大觀園」時，她處處流露著維護大觀園中人物的意思。這和她在「協理寧國府」期間所表現的毒辣面貌，形成了最強烈的對照。讀者不妨試加比觀。鳳姐和大觀園的認同更具體地表現在三件事上面。第一是她對邢岫煙的照顧。第四十九回有一段特寫說：

> 鳳姐冷眼敁敪岫煙的心性爲人，竟不像邢夫人及他的父母一樣，却是個溫柔可疼的人；因此，鳳姐反憐他家貧命苦，比別的姊妹多疼他些，邢夫人倒不大理論了。

這裏不但是要說明鳳姐對邢岫煙特別體貼，同時，也在點出她對園中「別的姊妹」都是愛護的。第二件事是鳳姐加入大觀園詩社。當李紈追問她：「我且問你，這詩社你到底管不管？」她笑道：

> 這是什麼話。我不入社花幾個錢，不成了大觀園的反叛了，還想在這裏吃飯不成！
> （第四十五回）

「大觀園的反叛」這幾個字更是作者有意要提醒讀者，叫我們不要看錯了鳳姐，因爲她不折不扣地是一個「身在江湖，心存魏闕」的人，是大觀園理想世界的一個中堅份子。第三件事便正是趙岡兄所說的鳳姐謅過「一夜北風緊」那句詩。鳳姐主動要「說一句在上頭」，而且

是起首第一句，這是大有深意的。我們知道這次聯句涉及了次序的問題，而起首正是李紈。寶釵將稻香老農之上補了一個「鳳」字，恰恰與正册的排名遙爲呼應。表面上看來，鳳姐只說了一句詩，自然只好放在起首，寫來絲毫不著痕跡。而骨子裏則是鳳姐要爭取她在大觀園中的地位。這一點又和八十回後已佚的「王熙鳳知命强英雄」一目相應，一貫地表現她那種爭强好勝的性格。紅樓夢中的詩、詞優劣和名次（如釵、黛兩人的作品）都是和册子中的名次安排有密切的照應的。作者在這裏突然要鳳姐寫一句詩，而且竟碰到「起首恰是李氏」，這豈能是偶然的、無意的嗎？更值得注意的是前兩回作者正在寫香菱學詩。寶玉讚道：「這正是地靈人傑。老天生人，再不虛賦性情的。我們成日歎說，可惜他這麼個人竟俗了。誰知到底有今日。可見天地至公。」（第四十八回）香菱夢中詩成之後，衆人看了，笑道：「這首詩不但好，而且新巧有意趣。」（第四十九回）再看看鳳姐那句詩成後衆人的評語：

這句雖粗，不見底下的，這正是會作詩的起法。不但好，而且留了多少地步與後人。

兩相對照，我們還能不承認曹雪芹是在用極大的氣力描寫鳳姐的高度詩才嗎？前回方寫香菱「慕雅女雅集苦吟詩」，緊接著若再寫鳳姐學作詩，則不但文字重沓無趣，而且也不合鳳姐平時的性格。（按：第七十六回寫妙玉續成黛玉、湘雲的聯詩也是要避免重複，故又成另一面貌。）事實上，李紈不善吟詩是大家公認的，她自己也坦白地承認過。「詩有別才，非關學問」；論才不論學，鳳姐實遠在李宮裁之上也。鳳姐加入了詩社，並且寫下了一句詩，她和大觀園的認同便達到了完全的境地了。

第二，我們要進一步檢查一下鳳姐是怎樣在「石兄」處掛號的。鳳姐和寶玉之間雖決無任何愛情之「情」，但却存在一種類乎姊弟一般的深厚而親切的友情。第七回鳳姐去寧府去看尤氏，寶玉也要跟了逛去。他們「姐兒兩個坐了車」同去，回來時鳳姐「和寶玉攜手同行」，同車而歸。第十五回寧府送秦可卿之殯，寶玉原是騎馬的。但鳳姐笑著對寶玉說：

「好兄弟，你是尊貴人，女孩兒一樣的人品，別學他們猴在馬上。下來，咱們姐兒兩坐車，豈不好。」寶玉聽說，忙下了馬，爬入鳳姐車上。二人說笑前來。

這一類親密的描寫使我們看到兩人之間的確流露著一種眞摯的情感，決不止寶玉平常所謂手足之間「盡其大概情理」而已。鳳姐和寶玉之間的特殊關係同時又建立在另一個堅定的基礎之上，即她對寶玉和黛玉的愛情一直都表現了同情和支持。周汝昌最近在新版「紅樓夢新證」中對這個問題有一段很深刻觀察。他說：

至于鳳姐，她雖然罪惡重重，但這方面（按：指寶、黛姻緣）的重要關節上，她是和寶玉一面的，而絕非敵對。她在寶、黛之間，是個出力人物，從黛玉一入府，直到後來言談行動，排難解紛，都是維護寶、黛的，前八十回所寫，斑斑可見……。

（頁九〇四——五）

事實上，如果我們不受後四十回的妄續所蔽，則鳳姐是紅樓夢中唯一有促成「木石姻緣」的意向的人，單憑這一點，她在正册中的地位便當在李紈之上了。更何況如前所陳，鳳姐和寶玉還有深摯的友情呢！另一方面，李紈之於寶玉却只是處於一種「尊而不親」的地位。這固然多少與李紈的性格與處境（早寡）有關，但曹雪芹如果眞想描寫她和寶玉之間的友情，他當然是有辦法處理得入情入理的。第三十七回結海棠詩社，李紈是社長主持評判。寶玉說：

稻香老農並不善作，却善看，又最公道。你評閱優劣，我們都服的。

這是寶玉對李紈「尊而不親」的最確切的自道。

趙岡兄說我對李紈與鳳姐的相對排名問題沒有解說。以上的討論便是要補充這一點。現在讓我們總結一下，看看曹雪芹在這個問題上怎樣對多重標準作綜合的運用。第一、以「在石兄處掛號」的「情案」而論，李紈遠不足以望鳳姐的項背（趙岡兄說：「論親疏，李紈是寶玉的親嫂子，而鳳姐是堂嫂。」如果這裏所說「親疏」卽指我所說的「與寶玉之間的關係」，那末這個誤解就未免太大了。講「親疏」關係只有在傳記說的前提之下才有重要性。

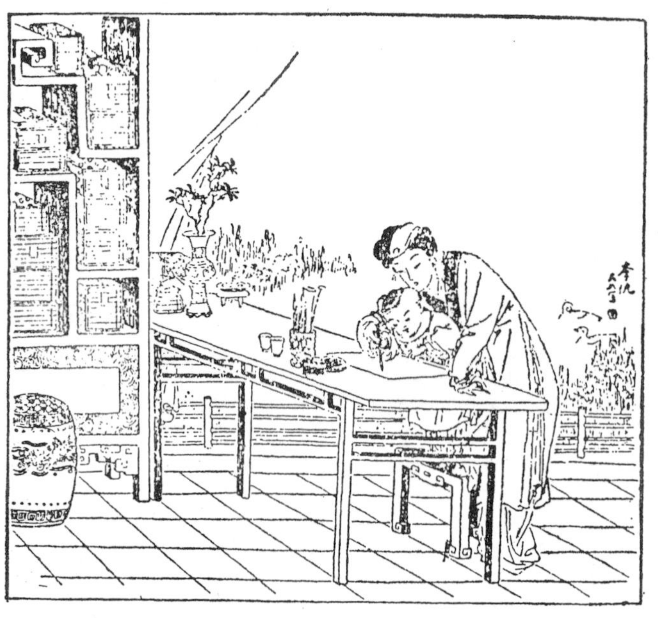

李紈（吳友如紅樓金釵）

而我是反對任何意義的「傳記說」的。）第二、以在大觀園中所扮演的角色而言，李紈祇是一個消極份子，即所謂「如槁木死灰一般，一概無聞無見」。(第三回)相反地，鳳姐儘管在現實世界中罪孽重重（此點下文另論），但她和大觀園的認同是無可置疑的；不僅如此，前面已經指出，她還是大觀園的一個積極護法，與李紈之但求自了者更不同。第三、以才而言，幹才固不消說，詩才亦鳳姐勝於李紈。鳳姐不識字而偶一吟詠，即見吐屬不凡，贏得園內諸人齊聲喝采；李紈雖作過多次詩，却無一次得到半句好評。曹雪芹明明把鳳姐的詩句安排在李紈之上，則兩人之高下不已分明乎？第四、李紈在德行一項上則毫無疑問是遠超過鳳姐。曹雪芹寫李紈也祇在這一點特別加以稱許。第四回開首一段是李紈的特寫鏡頭，其文略曰：

> 這李氏亦係金陵名宦之女，父名守中，曾爲國子監祭酒。族中男女無有不誦詩讀書者。至守中承繼以來，便說「女子無才便是德」，故生了李氏，便不十分令其讀書，只不過將些女四書、烈女傳、賢媛集等三四種書，使他認得幾個字，記得前朝幾個賢女事蹟便罷了，却只以紡績井臼爲要。

可見李紈的長處只是有「德」，而稱讚她有「德」同時也就在說明她無「才」。這是毫無問題的。

以上我們根據紅樓夢本文，列舉了四項標準以衡量鳳姐和李紈的名次。在這四項競賽中，鳳姐贏了三項，李紈只贏了一項；鳳姐排名在李紈之上可以說是一個必然的結論。何況我們都知道，大觀園並不是一個道德性的理想世界，而是一個由驚才絕艷來照明的愛情的世界。作者自己曾說紅樓夢是「風塵懷閨秀」之作；他懷念的是什麼樣的閨秀呢？據作者自述：

> 其中只不過幾個異樣女子，或情或癡，或小才微善，亦無班姑蔡女之德能。（第一回）

這雖是謙詞，但至少可見作者所採用的標準是以「情」和「才」爲主的；傳統「三從四德」之「德」在這裏顯然不是最重要範疇。在這樣的標準之下，李紈的排名還能夠在鳳姐之上嗎？也許有人會問，既然如此曹雪芹又何必要安排像李紈這樣一個人在大觀園之內呢？其實這正是曹雪芹表現了他的高度藝術才能和寫實手法的地方，曹雪芹雖然要描寫一個理想世界及其毀滅，但是這個理想世界畢竟是建築在現實世界的基址之上的。不但如此，它還是依托在正常的人間形式之中的。他並不是寫美麗的神話，豈能把大觀園中的人物一個個都勾劃得像是不食人間烟火的樣子？人間原有各種不同典型的人物，紅樓夢的作者便是要根據創造意圖上的需要，儘量把各種人物的典型包羅進去。大觀園理想世界中的人物也是各具其典型意義的，無論是虛構的還是眞有所本的，根據中國文藝批評的標準，善能窮變百態永遠是文學和繪畫上的最高要求。這個標準後來也同樣應用在小說人物的創造方面。金聖歎在「讀第五才子書法」中說：

> 水滸傳寫一百八個人性格，眞是一百八樣。若別一部書任他寫一千個人，也只是一樣；便只寫得兩個人，也只是一樣。

我們知道，紅樓夢曾受到了水滸傳的影響，而它在人物典型的創造方面則更爲多采多姿，青出於藍。前引脂批所謂「各有各稿，穿插神妙」便正是從不同人物典型的基礎上發展出來的。事實上，大觀園中如果沒有李紈那樣一位「槁木死灰」式的青年寡婦，則紅樓夢在人物創造方面便將留下一大缺陷，因爲這樣的人物恰是傳統社會中最常見的一種典型也。

現在我要回到鳳姐，談一談她在現實世界的罪孽問題。近代紅學家大都把鳳姐看作反面人物，這自然是有根有據的論斷。但是鳳姐之爲反面人物僅在現實世界中始見其然，在大觀園的理想世界中她却不折不扣地是一個正面人物。我們細讀前八十回，實在看不出鳳姐曾經有意傷害過大觀園或園中的女孩子。（至於她害死尤二姐之事則是出於嫉妬，而嫉妬正是因情而生，故又當別論。且尤二姐亦非正式隸籍大觀園的人物。因情生妬是大觀園中常見之事。「情」是動的，有如流水，所以是理想世界中最具毀滅性的一個內在力量。曹雪芹最擅長寫女人的嫉妬心理，正是他深入地挖掘人性的結果。庚辰本第二十回有一段很長的雙行夾註，其中有云：「自古及今愈是尤物，其猜忌（似缺一字）妬愈甚，若一味渾厚、大量涵養，則有何可令人憐愛護惜哉！」（頁四四七）。此註似可見作者對嫉妬的看法）。鳳姐在兩個世界中，具有兩個完全不同的形象，表面上似乎是矛盾，而實質上則又有其統一性。作者一方面並不掩飾她的罪惡，而另一方面對她的悲慘結局又寄予深厚的同情。此層似不可解而亦實不難解。俞平伯在「紅樓夢中關於十二金釵的描寫」中曾說道：

> 我們覺得（紅樓夢）對鳳姐的批評似乎還不夠。鳳姐的劣迹，小之則如以公款放高利貸，大之如教唆殺人，書中並歷歷言之不諱。……書中用了頂出色的筆墨來寫她，有甚麼理由呢？此蓋由於作者悲惋之情過於責備之意，恐是他（按：指曹雪芹）的局限性所在。（見「文學評論」，一九六三年第四期，頁二六）

俞平伯並接著指出，「本書把她放『懷金悼玉』之列本來不曾錯，如其情感過深，則未免失之於寬。」又說「紅樓夢曲」第十支「一唱三歎，感傷的意味的確過份了些。」這些話都有道理，但是如果從兩個世界的角度去分析，則更能一針見血。蓋作者所責備的是現實世界中沾滿了罪惡的鳳姐，他所惋惜感歎的則是理想世界中堅決不作「大觀園的反叛」的鳳姐。而在作者心中（以價值取捨言，非以藝術創作言），理想世界的比重遠大於現實世界，故不覺感傷多於責備也。何以說鳳姐的在理想世界中的正面和她在現實世界中的反面又是統一的呢？這就必須回到我在「紅樓夢的兩個世界」註六十二中所提出的「兩個世界的接筍」那個觀念中去求答案。紅樓夢的兩個世界之間有兩個最重要的接筍人物，即寶玉和鳳姐。兩人恰好是鮮明的對照：寶玉以男人身份住在園內，是從園內通向園外的一道橋樑。所以，園中姊妹的詩句由寶玉流傳到外面（第四十八回）而「外頭男人的混帳話」也通過怡紅院而散播到園內。（第六十三回）鳳姐則以女人的身份住在園外，而心却向著園內，是由園外通向園內的另一道橋樑。所以，大觀園內發現了「綉春囊」，王夫人首先就一口咬定是鳳姐帶進去的。（第七十四回）這些暗中佈置都是饒有深意的。寶玉和鳳姐的對比尚不止此。寶玉明明是個男的。但書中却時時要把他寫成女的，如「諸艷之冠」，總領衆花，情榜之首，以及齡官誤認他是個丫頭（第三十回）等都是顯證。鳳姐則明明是個女的，而書中又偏偏賦予她以男人的形象，包括她的名字在內。這個問題曾經給予俞平伯很大的困惑。他說：

> 看本書鳳姐有一特點，卽常以男人比她。如照寶玉的話，男人是混的濁的，女兒是清潔的，但寶玉不見得不喜歡鳳姐。……鳳姐不識字，偏要說男兒敎養，學名某某，可見並非因爲關合書中事實，才有這樣的寫法。……我們不容易了解作者的用意。他爲甚麼拐着彎兒把鳳姐引到男人方面去呢？這就難怪後來索隱派種種的猜測了。（見「紅樓夢中關於十二金釵的描寫」，頁二十一）

在我看來，兩個世界論則恰好可解除這層困惑。俞平伯已引用了寶玉的「男人混濁、女兒清潔」之說，可惜他沒有繼續在這條思路上再追索下去。寶玉像女孩子，因爲他雖身爲「濁物」，而性分中却具有女兒的清潔；鳳姐像男人，則因爲她雖是水做成的，却不幸已染了很重的男人的混濁。曹雪芹譴責了鳳姐在現實世界中所造下的罪孽；但是在他的心目中，清潔的女兒是不可能如此骯髒的。因此他把鳳姐的罪惡的一面仍歸之於男人的溷濁。這是他不得不極力把鳳姐比作男人的根本原因。至於鳳姐作爲理想世界的一員，她的才情明艷及其不幸的結局，則作者是始終給予了最大的同情和惋惜的。

在結束正册十二釵的討論之前，我必須對秦可卿略作交代。趙岡兄說我認爲可卿在書中的功用只是爲「情」字提供了一個諧音字，因此在書中沒有甚麼地位。這又是趙岡兄曲解了我的原文。我在原文中只說「寶玉夢遊太虛幻境必由秦可卿引入者，卽在借『秦』與『情』之諧音。」我並沒有說可卿在全書中只有諧音的作用。原文具在，是可以覆按的。但是我的確不贊成寶玉初試雲雨情的對象是可卿之說，因爲紅樓夢的本文決不容許我們作這樣的解釋。至於寶玉是否因情竇初開，對兼具黛玉、寶釵之美的姪媳婦有了思慕之念，以致卒有此一夢，則我並不敢妄斷。如其有之，亦不足異，更和「兩個世界」的理論毫無衝突之處。宋淇兄在「論大觀園」一文中認爲作者删去「淫喪天香樓」乃所以配合整個創作的設計；同時秦可卿在大觀園尚未出現之前已經死去，所以與大觀園的無形標準亦不衝突。（「明報月刊」第八十一期，一九七二年九月，頁六）這個推測也相當合理。但根據我的兩個世界說，則不必如此費周章。曹雪芹似乎並無意要完全掩蓋可卿淫喪的事實，不過不願意寫得太露骨不堪而已。雪芹之所以接受了畸笏的删改建議，正因爲這一建議恰合乎全書的設計（這和「風月寶鑑」之改爲「紅樓夢」有關，玆不詳及。）至於可卿之名列正册則和淫喪與否並無必然的關係。我在前面已指出，册次主要是「以類相從」，由客觀的身份決定的，故可卿縱明寫淫喪，亦未嘗不可列之正册。值得注意的倒是她的名次，她排名在正册之末始見作者的褒貶所在。最要緊的是，她除了引寶玉入幻境一段外，在石兄處別無掛號的「情案」。宋淇兄注意到可卿在大觀園出現之前死去，這一點確是很重要。蓋以可卿在賈府的身份，又加上深得賈母的歡心，則她要活著勢必時常入園。一方面，這對於清淨的大觀園會造成一種頗不調和之感；另一方面，如果再把她寫成和鳳姐相似的接筍人物，則文字又不免重複無味。此所以大觀園尚未出現而可卿已不得不死也。那麼，可卿在全書中所佔的重要性如何？趙岡兄特別强調她有關賈府的盛衰，這一點我實在看不出來。托夢一事固只是虛寫；「好事終」末句「宿孽總因情」則正是諧音。大概說來，可卿在全書中的重要性僅在中等，不但不及林、薛、鳳姐諸人，較之晴雯、襲人亦尚覺遜色。我們不能有一個錯誤的觀念，認爲正册人物便必然比副册或又副册人物爲重要。册次大體上既「以類相從」，故並不足以充份表示作者的主觀評價。不但册次是「以類相從」，每册之內也還有再進一步進行「類聚」的情形。以正册來說，林、薛是一類，元春、探春親姊妹是一類，迎春、惜春堂姊妹是一類，鳳姐、李紈、可卿三個已婚者是一類（巧姐列在鳳姐之後爲正史中列傳之例），湘雲、妙玉則各成一類。每類之內的名次排列則主要是看其人與寶玉的情感關係。經過這一番分析之後，我們就可以看出可卿在全部情榜中的位置大約祇能在中等左右了。這一點可以在脂批中獲得證實。庚辰本

第十二回之末有一條較長的硃批如下：

此回忽遣代玉去者，正為下回可兒之文也。若不遣去，只寫可兒、阿鳳等人，却置代玉於榮府，成何文哉！因必遣去方好放筆寫秦，方不脫發。況代玉乃書中正人，秦為陪客，豈因陪而失正耶？後大觀園方為寶玉、寶釵、代玉等正緊文字，前皆係陪襯之文也。（頁二七一）

此批先說下回只寫可卿、阿鳳等人，故必遣去黛玉，但後文則單提秦氏是陪客（並不連及鳳姐），又說大觀園方是寫寶玉、寶釵、黛玉等正文。則作者之不讓可卿進入理想世界是早就決定了的。可卿之死一節雖是十分精采的文字，然終於不能不居於陪襯的地位。文如其人，秦氏在正册中敬陪末座，不亦宜乎？

正册說完了，還要講一講香菱和平兒兩個人。

趙岡兄認為我的排名論在香菱身上碰了壁。這又是出於他的誤會。香菱正是我的排名論的最好證據之一。理想世界的大觀園是儘量不讓已婚的女子住進來。（這當然是指書中的主要角色，不包括伺候她們的「老婆子」之類）。正册十二釵中，元春、鳳姐不住園內，秦氏因淫行彰著，故安排她早卒，並不許其入園。「大觀園試才」回中賈政指著一種海棠道：

這叫作女兒棠，乃是外國之種，俗傳係出女兒國中云。

就是要點明大觀園是「女兒國」。其中唯一的例外便是早寡的李紈，因而引出了寶玉一番曲折的批評。我在「紅樓夢的兩個世界」中已交代過了。但是已婚女人偶然短期入園小住的例外也還是有的，如香菱和尤二姐卽是，這種安排主要是讓她們在石兄處特別掛號，以爲後文「情榜」排名作伏筆。香菱憑什麼居副冊之首呢？庚辰本四十八回脂硯齋的雙行夾註曾詳細說明了作者安排入園的苦心。（頁一一一二）宋淇兄在引了此批後說道：

> 爲了使香菱入園居住，作者不惜大興土木，而且煞費經營，其目的無非在奠定香菱爲副冊之冠的地位。（「論大觀園」頁七）

這個說法在大方向上是正確的，可是路只走了一半。香菱入園學詩固然表現了她的「才」，但是「才」的份量尙不足以使香菱居副冊之冠（關於客觀身份前文已說過了）。作者寫香菱入園主要是讓她「在石兄處掛號」，這就是六十二回的「獃香菱情解石榴裙」。原文太長，不能詳引，讀者不妨自行檢證。至於趙岡兄因香菱比晴雯、襲人「高出一册之遙」，而詫爲怪事，那却是一種誤會。我已指出，册次是「以類相從」，香菱在寶玉心中的份量仍在晴雯、襲人之下。不過在她那一類中，香菱的綜合條件（才、貌、身份、尤其是「情案掛號」）確實高居首座。香菱的排名和賈府盛衰完全扯不上關係。趙岡兄特指出甲戌本第四回夾批所謂「一篇薄命賦，特出英蓮」，這顯然是因爲香菱乃全書中第一個以「薄命」姿態上場的女子。其實情榜六十人全在「薄命司」，香菱並不是單憑著薄命的資格才登上副册的首席的。

平兒的名次尙沒有得到確定的結論。宋淇兄最近推測她不會在副册，居晴雯襲人之上。

（見「紅樓夢識小」，「明報月刊」第一二六期，一九七六年六月，頁一四）我的看法不然，平兒正應當在副册，但副册並不必然表示高於晴雯、襲人、其理由已見前文。我的根據如下：一、香菱的舊日身份雖然可以上接正册，但在紅樓夢中則正與平兒相等，恰可「以類相從」。二，平兒和香菱一樣，曾在石兄處有特別掛號的情案，卽第四十四回的「喜出望外平兒理粧」是也。原文中有這樣一段：

寶玉因自來從未在平兒跟前盡過心，——且平兒又是個極聰明極清俊的上等女孩兒，比不得那起俗蠢拙物，——深爲怨恨。今日是金釧兒的生日，故一日不樂。不想落後鬧出這件事來，（指鳳姐潑醋）竟得在平兒前稍盡片心，亦今生意中不想之樂也。因歪在牀上，心內怡然自得。

則寶玉對這件「情案」的重視可想而知。三、第六十二回「情解石榴裙」，寶玉爲香菱盡心之後，原文有云：

因又想起上日平兒也是意外想不到的，今日更是意外之意外的事了。

可見這兩件「情案」在寶玉心中是佔着同等的份量的。庚辰本脂批云：

忽使平兒在絳芸軒中梳粧，非（但）世人想不到，寶玉亦想不到者也。作者費盡心機了。（頁一〇二〇）

則鳳姐潑醋和薛蟠遠行同屬作者有意的安排矣。四、「情解石榴裙」回內寶玉用土將香菱採的「夫妻蕙與並蒂蓮」埋了起來；而「平兒理妝」回中，「寶玉又將盆內的一枝並蒂秋蕙用竹剪擷了下來與他（平兒）簪在鬢上。」作者爲了要點醒讀者這兩件事同是寶玉生平得意之作，甚至不惜刻劃得落了痕跡。這在紅樓夢中是極少見的。第五、甲戌本第六回雙行硃批在平兒出場時說：

着眼，這也是書中一要緊人，紅樓夢曲內雖未見有名，想亦在副冊內者也。

單憑這一條脂批，我們當然不能遽下論斷，但和前引四條本證結合起來，則謂平兒居副冊第二位，緊隨香菱之後，雖不中亦不遠矣。（附註）

根據「以類相從」的原則，我們還可以推測，梨香院十二個學戲的女孩子必同佔一冊，（第四冊或第五冊），而以芳官居首位。這也是可以用她和寶玉之間的「情案」關係來決定的。

以上我根據紅樓夢正文及脂批中的各種證據，對「情榜」問題作了一次比較全面的分析。所有這些證據都指向一個共同的結論，卽脂批所謂「通部情案，皆必從石兄掛號」乃是貫穿全書的一條主線。特別是大觀園理想世界中的諸釵，無論是長住的或暫時訪問的，她們在書中的重要性及其在「情榜」中的排名首先便決定於她們和寶玉之間的個別「情案」。這裏所謂「情」，主要雖指愛情而言，但其他的情感（如骨肉之情，友情之情）也同樣包括在內。這一層，我在「紅樓夢的兩個世界」中已發其覆，本文更作了若干具體的補充，茲不再贅。在「情」的基礎上，「情榜」名次的決定當然還得借助於其他標準，如才、貌、「清淨」

的程度等等。作者對這類多重標準的綜合運用，我在上文也曾舉例加以說明。由於「情榜」今已不存，我們對於這些標準的認識距離完整之境尚遠，那也是無可否認的。不過我深信，「情案在石兄處掛號」這條主線不但是開啓「情榜」的一把鑰匙，而且也是瞭解紅樓夢的創作構想的重大關鍵之一。趙岡兄說「情榜」與情無關，實際上與「鳳姐手中發月錢份例的花名册也差不了太多。」這樣大膽的結論恐怕不是建立在考證的基礎之上吧！

總而言之，大觀園理想世界的一切活動是環繞著寶玉這個中心而展開的，所以，寶玉是「諸艷之冠」，是「總花神」，在「情榜」中又總領六十名女子。這是理想世界的內在秩序；而維繫此一秩序的基本動力則是一個「情」字。不但人物的活動必須遵守此一秩序，大觀園的整體佈置也是配合著這個秩序的。庚辰本「大觀園試才」回中有脂批說「于怡紅總一園之水（按：「水」原誤作「看」，因草書形近所致），是書中大立意。」這就是二十七回脂批所謂「諸艷之歸源」也。園中之「水」象徵人間之「情」，衆水之滙流於怡紅院，亦猶之諸艷之歸情於寶玉。則寶玉之所以高居「情榜」之首，不亦宜乎！把握了這個關鍵，我們就再也不會到十八世紀的歷史世界中去尋找大觀園的坐落了。

最後，還有「葬花詞」的問題也不應放過。趙岡兄說過去大家一向認爲「好了歌」與「飛鳥各投林」一曲是全書的主題歌。現在新理論則把「葬花詞」突出到主題歌的地位。照趙岡兄的意見，「葬花詞」是曹雪芹最後一次删改時才加進去的一個「插曲」，而不是心中早就擬定的主題歌。脂硯也要遲到己卯年冬才讀到它云云。趙岡兄所定「葬花詞」的撰寫及批註年代都見於「紅樓夢新探」（頁一〇五——一〇六）。我不想節外生枝，在這裏再和趙岡兄打考證的官司。我的問題是：「葬花詞」縱使後成，但葬花的創造構想是不是也要遲到最後一次改稿時才有的呢？完全不是這樣，葬花的構想是全書的中心觀念，至遲也是和大觀園同時孕育出來的。前文曾引過庚辰本「大觀園試才」回中一條脂批，茲重抄如下：

> 至此方完大觀園工程公案。……余則為（當作「謂」）若許筆墨却只因一個葬花塚。

這條批是墨筆雙行夾註，正是趙岡兄承認乃己卯以前的舊批（「紅樓夢新探」頁一一四）。而且又恰批在大觀園完工之後，尤可證葬花塚與大觀園在藝術構想上是分不開的。除非我們能證明大觀園也是作者後來補進去的「揷曲」，我們便無法否認「葬花」是紅樓夢的原始觀念之一。庚辰本第二十七回前有一條總批云：

> 葬花吟是大觀園諸艷之歸源小引，故用在餞花日諸艷畢集之期。（按：甲戌本二十七回之末脂批云：「埋香塚乃諸艷歸源；葬花吟又係諸艷一偈也。」尤顯豁。）

這條證據對趙岡兄的說法更是致命傷，因為據趙岡兄說，這種總評是「石頭記最初的抄寫格式。」（「紅樓夢新探」，頁一一七）我雖無意與趙岡兄打考證官司，但「以子之矛，攻子之盾」，祇此一條脂評已澈底否定了他的說法，卽謂「葬花吟」是曹雪芹最後一次改稿時所補，而脂硯齋遲至己卯年才讀到它。所以這個問題已沒有討論的餘地了。

至於究竟那一首歌才是紅樓夢的主題曲，這是今天二十世紀人的觀念，原與紅樓夢不相干。曹雪芹下筆之際恐怕並不感到這會構成一個問題；我在原文中也不曾提出這樣的問題。如果我們一定要找一個主題曲，則「懷金悼玉」的「紅樓夢曲子」自屬首選。（趙岡兄單取其中最後一支「飛鳥各投林」爲主題曲則甚可怪。大概又是蔽於「傳記說」的成見吧！）但「懷金悼玉」豈不就是懷悼大觀園這個「葬花塚」嗎？甄士隱的「好了歌解」，（不是「好了歌」本身）當然也很重要，然而它和「兩個世界論」並無衝突，更不可能是和「葬花吟」處於勢不兩立的地位。「葬花吟」傷悼理想世界的終歸於幻滅；「好了歌解」則歎息現實世界之無常，其中「反認他鄉是故鄉」之句就指的是兩個世界。故甲戌本在句旁硃批曰：「太虛幻境青埂峯一並結住。」太虛幻境者，幻滅了的理想世界也。或許有人要問，理想世界的幻滅當然值得傷悼，現實世界祇代表骯髒何以也要去歎息？這就要回到我在「紅樓夢的兩個世界」中所說過的話，卽作者、主角、和讀者三者之間存在著觀點的分歧。寫實主義者曹雪芹非常重視那個骯髒的現實世界。他所創造的理想世界本來就建築在現實世界的基礎之上。正是通過對於現實世界的無情解剖，他才使我們認識到理想世界必然幻滅的悲劇意義。

結束的話

我在「近代紅學的發展與紅學革命」中曾指出，「自傳說」的紅學典範已發展到了技術崩潰的階段了，我這樣說絲毫沒有危言聳聽的意思，更不是抹殺自傳說支配下的考證成績。我祇是覺得，紅學考證基本上已盡了它的歷史任務，就我們目前所擁有的資料情況來說，再在這條路上走下去是不會對紅樓夢的研究有太大好處的。我們當然不能排除新材料繼續出現的可能性，但這畢竟是可遇而不可求的事。正當的研究工作却不能把希望寄托在「運氣」的成份上面。而且新材料如果仍是關於曹家的身世，甚至直接關係曹雪芹本身，那也不過是進一步證實紅樓夢的撰寫確有作者的生活背境在內。

至於紅樓夢的創作意圖及其在藝術上的整體意義，我們祇有直接研究作品本身才能把捉得定。作者的傳記資料最多不過有輔助的功用而已。至少我個人不能想像，有一天我們會獲得一批新材料，竟能把紅樓夢的主要角色都轉化爲歷史上的眞實人物。

傳記說典範下的紅學危機至少清楚地表現在兩個方面。第一是僞材料的出現，我以前曾指出了張永海的例子。（見「近代紅學的發展與紅學革命」註三十）現在讀到周汝昌新版的「紅樓夢新證」（頁一一二五——一一二六），更知道他以前在舊版「新索隱」一章中所記「尤三姐」一條，完全是一個妄人僞造出來的。周汝昌當時雖表示了持疑的態度，但仍說：「所敍原原本本，似足爲曹雪芹寫實一證。」（舊版「新證」，頁五〇九）我並不覺得這是吳恩裕、周汝昌諸人不够謹愼，或辨僞的眼光不足。事實上他們都是極有能力的考證工作者。他們之所以上當，基本上是受了「傳記說」的錯誤前提的導引，因而不自覺地傾向於這類僞說。問題尚不在此。我們必須指出，這一類的僞材料本身便是錯誤的「傳記說」所誘逼出來的。

第二，傳記說紅學的危機也表現在立論的修正方面。首先是吳世昌的「他傳說」（見我的「近代紅學的發展」註十五）；其次則有趙岡兄的「合傳說」，這些修正論都是因爲「自傳說」的困難太多，才不得不設法補救。這與「索隱派」之一再地改變立說以求挽救其理論危機，幾乎先後如出一轍。事實上，無論是「自傳說」、「他傳說」，或「合傳說」都各有其無法醫治的「胎裏病」。紅樓夢是一部小說，不是曹氏家傳，這是無可爭辯的事實。在「傳記說」支配下的紅學考證者，雖然無法抹殺紅樓夢的小說形式，然而他們研究這部書時主要却祇著眼在其中所隱藏的「曹家眞實事跡」上面。這好像表示，紅樓夢之所以偉大及值得研究，就完全因爲它包含了曹家眞事的緣故。學術研究的自由是我們必須尊重的，因此一切有「考據癖」的人當然都有權利去考證紅樓夢中的眞人眞事。作爲一種個人的癖好而言，這樣的考據是任何人都不能非議的。但自傳說的紅學確已基本上走完了它的歷史行程，前面似乎已看不見路了；從嚴肅的研究立場上說，我們今天已沒有理由再去提倡它了。

話說自從石兄歷刦既滿，回到青埂峯之後，不知又過了幾世幾刦，一天賈雨村重遊智通寺，只見當年寺門旁那副破舊對聯只剩下一個下聯了。他依稀尚辨得出上面的字跡，那是：

眼前無路想回頭！

一九七六年十一月十日

附註：宋淇兄一九七七年六月廿日給我一信，討論平兒問題，並提出了新的證據。茲節錄有關部份於后：

讀大作「眼前無路想回頭」，給弟很多啓發。兄讀紅樓夢心細如髮，而又能掌握其重點，令弟有撥開雲霧見青天之感。「在石兄處掛號」一點實乃瞭解紅書之總鑰，兄前已爲文詳述。弟讀後未及深思，致有平兒不能入副冊之失。「喜出望外平兒理粧」弟讀之者再，一向偏重作者利用平兒之眼看「寶玉閨閣中事」，而忽略其與「獃香菱情解石榴裙」有同樣「在石兄處掛號」之作用。今讀大作，令弟「思想搞通」，多年迷惑，一旦而解。同時弟又誤信第十八回、二十一回三條脂評：

(一)平兒非但處襲、晴之下，更居金釧、玉釧、茜雪之下。

(二)大有襲卿身份，但遭際有別。

(三)逈不犯襲、麝一筆。

先入爲主，以爲平兒應居晴、襲之下，無可置疑。實則該三條脂評爲早期尚未見到情榜時所批，不足爲憑。現在弟已完全爲兄的論據所說服，並因此而發現另有旁證：

(一)同回，李紈把平兒拉入大觀園。理粧之後「平兒就便在李紈處歇了一夜。」平兒入居大觀園，自然之至，使其列入副冊更合理化。作者苦心經營而不露痕跡，於此可見。

(二)第七回：只見香菱笑嘻嘻的走來。周瑞家的便拉了他的手，細細看了一回，因向金釧兒笑道：「倒好個模樣兒，竟有些像咱們東府裏蓉大奶奶的品格兒。」秦可卿是正之末，香菱爲副之首，在此早就接上了筍。

曹雪芹身世圖　（賀友直劉旦宅林鍇合作）

•童年樂事•

•家道巨變•

•山村著書•

敦敏、敦誠與曹雪芹的文字因緣

敦敏、敦誠和曹雪芹的關係特深，這是我們所共知的事實。我們今天有關曹雪芹的生平的知識，主要都來自二敦兄弟，這一點也用不著再多說。本文論二敦與曹雪芹的文字因緣，其重點是放在二敦與紅樓夢的關係上。我最近細看「四松堂集」和「懋齋詩鈔」，發現其中與紅樓夢及所謂脂批頗有互相照應之處。我的初步結論是：不但曹雪芹在撰寫紅樓夢時曾受到他和二敦的文學交遊的影響，而且所謂脂批中還極可能雜有二敦的手筆。這個說法初聽起來似乎十分離奇，幾乎有標新立異的嫌疑。但是等到我在下文列舉出立論的證據和理由之後，我相信凡是不抱「自傳說」的成見的讀者至少會承認這是一個相當合理的推測。其實以往的紅學家也並不是完全沒有見到這一層。不幸「自傳說」的巨大障礙阻擋了他們的思路，使他們雖略有所見而終不敢大膽地追索下去。周汝昌和吳恩裕兩位先生便是很明顯的例子。

下面我將首先條舉紅樓夢本文及脂批與二敦詩文足以相互發明之處，其次再進一步討論所謂脂批的性質。其中凡有周、吳兩先生已先我而發者，我都儘量加以徵引，以示不敢掠美之意。

一　破廟殘僧

周汝昌「紅樓夢新證」舊版第七章「新索隱」此條云：

> 第二回，雨村閒遊，「忽信步至一山環水旋，茂林深竹之處，隱隱有座廟宇，門巷傾頹，牆垣朽敗……走入看時，只有一個聾腫老僧，在那裏煮粥，雨村見了便不在意，及至問他兩句話，那老僧既聾且昏，齒落舌鈍，所答非所問，……」按敦誠鷦鷯庵雜志第十六云：「獨居南村，晚步新月，過一廢寺，微微聞梵聲，見枯僧坐敗蒲上，因與之小語移時，……」又，四松堂文集上，寄大兄云：「抵南村，便覓一庵下榻，榻近頹龕，夜間卽借琉璃燈照睡。僧既老且聾，與客都無酬答，相對默然。」所敘蓋極相似。雪芹輩必實有此經驗，始能假以寫於雨村，此則小說雖虛亦實之處。（「新證」，頁四五九——四六〇）

按：周氏所用「四松堂集」與文學古籍刊行社影印刻本不同，而文字無異。據古籍社本，「鷦鷯菴雜志」一條見於卷五（「鷦鷯菴筆麈」頁二十二a）；「寄大兄」則見卷三（頁十九a)。「寄大兄」寫於雪芹卒後,故書中曾道及之,紅樓夢文自然不可能是受了此書影響。周汝昌推測雪芹亦有類似經驗,固可備一說,但我則以爲敦誠是受了紅樓夢第二回的暗示,遇到類似的情景,便不免特加注意。此書中提及雪芹之名,尤值得注意。書末有「不覺身年四十七」之語則是一七八〇年,上距雪芹之卒已在十六、七年左右,何以忽然思及雪芹等故友?此層大耐深思。書中復云:

時移事變,生死異途,所謂此中日夕只以淚洗面也……卽此數日前恍如一刼,不幾夢中說夢,何時出此幻境耶!因悟夙孽皆因,奚逃惡果;慧鋒無利,焉斷情根?故於悲泣之餘,又增一重公案。(頁十九b——二十a)

全書思想極與紅樓夢契合,似非偶然,所以我認爲此書可看作是敦誠曾讀過紅樓夢的證據。

二 太虛幻境

紅樓夢第五回寫寶玉夢遊太虛幻境是人人都知道的。而敦誠的「午夢記」中居然也點出了「太虛幻境」四個字,尤堪注目,茲擇錄其最有關之文句如下:

余非至人,往往多夢,夢覺思之,是想是因,亦不知其所以然也。丁丑夏客松亭山,鷄窗無聊,每於午後便效坡翁,攤飯,手持一卷,臥仰屋梁,俄而抛書遽然入夢。覺來未及反側,夢境尚邇,靜而思之,渺焉茫焉,若有若無。……嗟乎!如非夢人則已，若同一夢也，何不聽樂鈞天而忘味帝側，又何不直入太虛看鞭龍，種瑤草，俯瞰下界，九點一泓。不然如邯鄲道上黃粱富貴，亦可差快一時。或如巫山之遊，枕席高唐，亦可風流朝暮。卽漆園之蝶，鄭人之鹿，亦無不可。今數者不得其一，徒以至幻之身入至幻之境。人生大夢，而大夢復夢，又於夢中說夢。夢覺圓夢，吾不知幻之至於何地而復止。（「四松堂集」卷四，頁十二a——十三a）

按：丁丑爲一七五七年，其時紅樓夢大體應已寫成，卽上距脂硯齋甲戌重評也已有三年了。所以我深信敦誠的夢及其所入之「至幻之境」多少當受了紅樓夢的暗示。這是敦誠深悉紅樓夢的內容的另一條證據。不僅如此，敦誠的「午夢記」寫於丁丑之夏，而同年的秋天他便寫了那首有名的「寄懷曹雪芹」長詩。（見「四松堂集」卷一，頁二b）詩中恰有「揚州舊夢久已覺」之句，與「午夢記」中「夢中說夢，夢覺圓夢」諸語適相吻合。詩之末句「不如著書黃葉村」，近人都認爲是指雪芹著紅樓夢而言，當屬可信。這樣看來，敦誠的「夢」和雪芹的「夢」之間殆有文字上的因緣，不是單純的偶合，更是信而有徵了。

三　二丫頭

紅樓夢第十五回寶玉和秦鐘一起跟著賈府人送可卿的殯。路上經過一個村莊，寶玉看見了一個約有十七八歲的村姑，名叫二丫頭，紡布給寶玉瞧，寶玉對她十分顛倒。秦鐘打趣說：「此卿大有意趣」。後來臨別時二丫頭抱著小兄弟來送行。寶玉「恨不得下車跟了她去，料是衆人不依，少不得以目相送。」敦誠年少時便有過類似的經驗。「鷦鷯菴筆麈」有一則云：

> 一日同貽謀遊芹城之神山嶺，飲龍泉寺溪邊，薄醉。睹一女子，眉目如畫，側立紫門，徘徊宛轉，若不勝情。因與貽謀作無題詩云：轉過清溪日已斜，桃花門巷晚停車。春來不慣輕盈燕，又在尋常百姓家。醒後亦自悔綺語過，初不意有人知也。後月餘，晤永國公，忽有劉阮之謔。余與貽謀驚訝莫測。蓋彼時伊在其園中，於墻頭窺見之也。因錄之以爲年少輕薄之戒（「四松堂集」卷五，頁十七a——b）

紅樓夢中是寶玉、秦鐘兩人一起在一村莊上看見二丫頭的，而敦誠則是和貽謀同遊時在一個「尋常百姓家」驚艷的。但敦誠的驚艷是他少年時代的眞事，且已頗流傳於相識者之間，雪芹是大有可能知道這個故事的人。如依「自傳說」，則雪芹少年時也必須曾與另一少年遊伴同在溪嶺之間有此一番遭遇。這當然也有可能，不過未免有點過於巧合罷了。因此，我比較傾向於相信「鷦鷯菴筆麈」這條筆記是紅樓夢此段二丫頭創作的原料，經過作者加工，在小說中扮演了相當有作用的一個環節。甲戌、庚辰兩個評本都有批云：

> 處處點情，又伏下一段後文。

可見這個故事其後尚有發展，惜今已不知其詳耳。又批語在正文「車輕馬快」句旁說：

> 四字有文章，人生離聚亦未嘗不如此也。

以「車輕馬快」爲此批與「桃花門巷晚停車」詩句相較似亦不無闕合。所謂「人生離聚」正是指眞實的人生而言，可見隱隱約約之間確有事在。此批不一定卽是敦誠所寫，但批者却極可能是知道敦誠少年「驚艷」的故事之人。周汝昌曾指出雪芹有向敦誠「借景」之事（見下），既能「借景」又何以不能「借情」耶！但這段故事縱使取材於敦誠，也早已經過了藝術的再創造。它固然不是作者「自傳」，也不會是敦誠的眞實寫照。總之，傳記說是派不上用場的。

四　綠蠟

紅樓夢元春歸省回中，寶玉詠「怡紅院」五言詩，有「綠玉春猶捲」之句，寶釵勸他改掉「玉」字。寶玉拭汗說：「我這會子總想不起什麼故典出處來。」寶釵笑道：「你只把綠玉的玉字改作蠟字就是了。」寶玉問可有出處，寶釵笑道：「唐錢翊咏芭蕉詩頭一句：冷燭無煙綠蠟乾，你都忘了不成？」寶玉聽了不覺洞開心臆，笑道：「該死、該死，現成眼前之物，偏到想不起來了，眞可謂一字師了。」云云。可見這「綠蠟」一典是雪芹特別鄭重致意的。但是我們細讀敦氏兄弟的詩集，便發現「綠蠟」一典也正是他們詠芭蕉時所同用的。敦敏的「芭蕉」五律有句云：

綠蠟烟猶冷，芳心春未殘。（「懋齋詩鈔」頁三六）

敦誠詠「未放芭蕉」則云：

七尺當軒綠蠟森。（「四松堂集」卷一，頁二七b）

雪芹和二敦是常在一起飲酒賦詩的朋友，而敦誠的園子更以芭蕉著稱（見下條），則雪芹之改「綠玉」爲「綠蠟」尤其可能是受了二敦的影響。我們試把雪芹的「綠蠟春猶捲，紅粧夜未眠」（按：下句詠海棠）和敦敏的「綠蠟煙猶冷，芳心春未殘」對照著讀，立卽可看出它們之間必有淵源，因爲句法和遣詞吻合到這種地步極少可能是偶然碰巧。（紅樓夢中湘雲「供菊」之「霜清紙帳來新夢，圃冷斜陽憶舊遊」風格也極似敦誠「贈曹芹圃」之「衡門僻巷愁今雨，廢館頹樓夢舊家。」）更何況曹雪芹對套用現成句法是非常認眞而注意的。例如「大觀園題額」一回寶玉詠「蘅蕪院」，上聯是「吟成荳蔻詩猶艷」，賈政便笑道：「這是套的『書成蕉葉文猶綠』，不足爲奇。」而以「綠蠟春猶倦」較之「綠蠟煙猶冷」，其脫胎的痕跡實遠過於「吟成荳蔻」句也。

找到了紅樓夢中「綠蠟」的出處之後，我們再看庚辰本的批語便可得到新的領悟。原文在「綠蠟」句下有雙行夾注說：

此等處便用硬證實處，最是大力量。但不知是何心思，是何落想，穿插到如此玲瓏錦繡地步。（頁三九八）

我相信這個批語很可能出自敦氏兄弟之手。因爲雪芹在小說中把他們的詩句套了進去，所以受到他們的特別賞識，而且所用「穿插」兩字也才有著落。否則僅僅擧出一個舊典是無需如此特別讚揚的。寶玉說：「現成眼前之物偏到想不起來了」，這「現成眼前」四字更像是指著同時人二敦的詩句說的；若指唐代錢翊的原句便嫌太遠了。庚辰本又有硃筆眉批云：

如此穿插安得不令人拍案叫絕。壬午季春。

這條批顯然是畸笏的手筆。他大概也知道了「綠蠟」的來源，因此同意前批所說的「穿插」，在那裏「拍案叫絕」。無論如何，夾注與眉批決非同一人在不同期所寫。誰會先批上一句「穿插到如此玲瓏錦繡地步」，然後過幾年再批一句「如此穿插安得不令人拍案叫絕」呢？

五　借景

這一條是周汝昌早就指出了的，舊版「紅樓夢新證」第七章此條云：

第十七回，賈政遊園至「杏帘在望」，說：「正虧提醒了我，此處都妙極，只是還少一個酒幌，明日竟做一個，不必華麗，就依外面村莊的式様，用竹竿挑在樹梢。」按敦敏敬亭小傳（敬亭卽敦敏，傳見四松堂集卷首）云：

又嗜酒，別構小屋效村壚式，懸一帘，名葛巾居。

又敦誠鷦鷯菴雜志葉十九云：

先大人予告後，於城西第築園亭以養痾，有堂曰靜補，亭曰榆蔭。

又其四松堂文集上册宜閒館記：

榆柳蔭其陽，蕉棠芳其陰，

「榆蔭」一名，紅樓亦有其堂，「蕉棠兩植」，怡紅適有其景。由此而言，雪芹之寫大觀園，或有借逕於親友家園亭景物之處，但又不必謂大觀園卽敦誠之園也。最明者如六十三回，平兒壽日還席，因「紅香圃太熱，便在榆蔭堂中擺了幾席新酒佳餚。」而七十一回賈母生日則云：「大觀園中收拾出綴錦閣並嘉蔭堂幾處大地方來作退居。」後一再言之，皆曰「嘉蔭」。設想一園之中，同是堂名，同用「蔭」字，恐無其例，「榆蔭」「嘉蔭」，本是一堂；蓋雪芹原意只名嘉蔭，不圖順手著書，名目繁亂，遂無意中將嘉蔭寫成友人園中之榆蔭，由此可見其下筆時聯想之痕迹。

（頁四六九——四七○）

周氏所論極爲細緻，而「不必謂大觀園卽敦誠之園」一語，尤爲通人之論。但推而言之，我們其實也不必一定要在曹家找出某一個園子來當作大觀園的舊址。試想「怡紅院」何等重要，「蕉棠兩植」又多麼富於涵義，而雪芹竟借景於友人敦誠之園，我們如何尙能說紅樓夢是曹雪芹的「自傳」？把此條和上條「綠蠟」之典合起來看，我們便更能懂得永忠「都來眼底復心頭，辛苦才人用意搜」詩句的眞義了。曹雪芹如果僅僅從自己家中找材料，那只是回憶而已，談不上什麼「搜」，更無所謂「眼底」。像「綠蠟」、「蕉棠兩植」之類便正是雪芹自己所承認的，「現成眼前之物」。由此可見，僅就紅樓夢的素材而言，作者也未必全是寫曹家的眞實事跡也。唯周氏所舉「葛巾居」之例則不能在「借景」之內。據永忠詩題云：「敬亭敦誠新葺數椽，命名葛巾居，招客賦詩，以冬十二月歲辛丑分韻」，（見「欽定熙朝雅頌集」首集卷二十五，頁三b——四a）辛丑爲一七八一年，已在曹雪芹死後近二十年了。相反地，敦誠倒可能是受了大觀園中「稻香村」的暗示才築葛巾居的。

六　莊子

紅樓夢第二十二回「寶玉悟禪機」，寶玉感到調停於黛玉和湘雲之間而兩面都不討好，因此想起「南華經」上的一段文字，說：

> 巧者勞而智者憂，無能者無所求，飽食而遨遊，汎若不繫之舟。

敦誠有一篇「記夢」之文，其中有一段引文說：

> 故老子謂「巧者勞而智者憂，無能者無所求，飽食而遨遊。」（見「四松堂集」，卷四，頁十三b）

今按：紅樓夢所引「南華經」見於「莊子」雜篇「列禦冠」篇中，雪芹本未注明篇章，敦誠則誤記爲「老子」之文。敦誠此文寫於癸未仲夏，其時雪芹已卒，他大概又是受了紅樓夢的暗示所以才引了這節文字來印證自己的感受。敦誠兩次寫「夢」都和紅樓夢有文字上的關合，這眞是大可玩味之事。（參看上文「太虛幻境」條）像莊子這樣一部大書，敦誠引的一段竟恰好與曹雪芹所引者完全一樣，而且顯然沒有查原文，以致誤莊爲老，這更不可視爲偶合了。我們當然也可以想像，二敦和雪芹讀書的範圍本極相近，兼以時相過從談論，所以這種引莊的偶合殊不足爲異。但是這種推測終不及假定敦誠嫻熟紅樓夢來得自然而合理。

七　口舌香

紅樓夢第七十八回「姽嫿詞」中有「叱咤時聞口舌香」之句。吳恩裕曾擧敦誠「鷦鷯菴筆塵」中一則與之相比，其文曰：

吾宗紫幢居士麗人詩中有「脂香隨語過」之句，較之「夜深私語口脂香」尤覺豔媚無痕。（見「有關曹雪芹十種」，頁一五八。所引敦誠原文見「四松堂集」卷五，頁八b——九a）

今按雪芹此句殆卽脫胎於敦誠引詩，必雪芹平時嘗親聞之於敦誠者。至「姽嫿詞」之作「口舌香」者，乃由於「脂」是平聲字，於此句不協，故易「脂」爲「舌」耳。紅樓夢原文在此句之後寫衆淸客拍手笑道：

一發畫出來了。當日敢是寶公也在座，見其嬌且聞其香否？不然，何體貼至此？

可見作者對這句詩也是特別欣賞的。

以上所論都是就紅樓夢本文而說的，現在我要專從批語方面找出一些關於敦氏兄弟的線索。

八　二賢之恨

甲戌本第一回有硃筆眉批一則曰：

武侯之三分，武穆之二帝，二賢之恨及今不盡，況今之草芥乎？（頁十二b。按此條俞平伯「脂硯齋紅樓夢輯評」失收。）

我每次看到這一條批就不免要困惑一次，批紅樓夢怎麼會扯到諸葛亮和岳飛的身上來了呢？諸葛亮和岳飛又爲什麼要相提並論呢？這句批語起源於正文說英蓮（卽後來的香菱）是「有命無運，累及爹娘」。此批之前尚有兩段眉批，一併錄之，以供參證：

八個字屈死多少英雄，屈死多少忠臣孝子，屈死多少仁人志士，屈死多少詞客騷人。今又被作者將此一把眼淚洒與閨閣之中，見得裙釵尚遭逢此數，況天下之男子乎？

看他所寫開卷之第一個女子，便用此二語以訂（按：疑當作「定」）終身，則知託言寓意之旨。誰謂獨寄興于一情字耶？

在「二賢之恨」後面尚另有一段眉批說：

家國君父，事有大小之殊，其理、其運、其數則略無差異。知運知數者必諒而後嘆也。

把這幾段批合攏來看，批者顯然是要把紅樓夢之言「情」擴大到國家的大運、大數上面去。但這裏所說的「英雄」「忠臣」也並不像是指曹氏的祖先。從曹世選從龍開始，曹家上代決不可能找出任何人物來可以和諸葛亮、岳飛相比擬的。

現在讓我們先解決武侯、武穆之謎。「懋齋詩鈔」第二首詩是「謁三忠祠」，題下注曰：「諸葛武侯、岳武穆、文信國」。詩曰：

三忠廟貌古祠堂，下馬遙瞻肅客裳。同爲中原謀帝業，僅留遺像付空王。江山西蜀餘荒草，宮殿南朝冷夕陽。斷碣殘碑倍惆悵，蘆花楓葉總悲凉。

三忠祠在什麼地方呢？據敦誠「松亭再征記」云：

戊寅正月自都再赴松亭，走潞河……至沙河會子明（即敦敏）兄……於是再渡沙河，借景忠山作話愁場……同登者汝猷弟、錢塘王植三、子明兄暨余、童子三、輿者十數。山高數十丈……其巔祀碧霞元君。總兵馬永建祠其上，以奉武侯及武穆、文信爲三忠祠。其碧霞祠至國朝始建云。（「四松堂集」卷三，頁二十九a——三十一a）

又「鷦鷯菴筆麈」云：

昔與嵩山、子明遊東皐，泊舟三忠祠，各爲題壁詩。（同上卷五，頁十一a）

可知三忠祠所在地是沙河附近的景忠山，而二敦兄弟曾於乾隆戊寅（一七五八）正月與友人同往遊覽，並有題壁詩。「懋齋詩鈔」前「東臯集」小序首云「戊寅夏自山海歸」（此據「八旗叢書」清抄本，現存哈佛大學漢和圖書館，印影本無「戊寅夏」三字）「詩鈔」第二「謁三忠祠」卽是戊寅之作，則此集爲編年體更無可疑。這個景忠山其實離北京不遠，明末劉侗、于奕正的「帝京景物略」說：

> 出崇文門三里，曰大通橋……三忠祠祀三忠、漢武侯、宋鄂王、信國也。（古典文學出版社本，一九五七，頁三一）

余棨昌編「故都變遷記略」卷十云：

> 三忠祠在大通橋東里許，地名槐村，爲義士周珍創建，祀漢諸葛武侯、宋岳武穆王、文信國公。（頁三十三a。書無刊行年代，有一九四一「自序」）

所以「三忠祠」在城東之外四、五里之遙而已。「故都變遷記略」說「地名槐村」，則景忠山卽在此村內；又說「義士周珍創建」，與敦誠「松亭再征記」不同。也許周珍創始而總兵馬永有以助成之吧。

敦誠對岳飛尤其景仰，頗不喜胡致堂之史論（見「四松堂集」卷五，頁二十一a——b），嘗作「駁發明廣義論岳武穆」一文；文中特別婉惜武穆未能雪二帝蒙塵之恥。（同上卷三，頁二b——四b）他也有「岳少保」一詩，不見於今本「四松堂集」而存於抄本「鷦鷦鷯庵雜詩」，其詩曰：

拐子軍殘虜氣頹，書生叩馬不敎回。千年遺恨黃龍府，未與諸君痛飲來。（見吳恩裕，「有關曹雪芹十種」附錄。吳氏在詩題下注曰：「未知何年詩。」余以爲此卽戊寅題壁詩之一也。）

我們細察二敦的詩文，便可以非常心安理得地判斷紅樓夢中「二賢之恨」的眉批當是出自他們之手。敦誠詩「千年遺恨」之語更與「二賢之恨」是同一口氣，這決不是偶然的巧合所能解釋的。

我們要進一步推測，二敦何以會寫上引那一類的眉批呢？這一點必須從他們的六世祖阿濟格說起。一六四四年滿清入關，多爾袞爲攝政王，十月遣英親王阿濟格西擊李自成軍。他擊潰了李軍，一直追到湖北，並乘勢平定了湖北和江西，左良玉之子左夢庚率衆向他投降。但一六四五年，他被召回京，坐以誑報李自成已死及他罪，因此不僅未能受賞反而被罰。其後在一六四九年他又有平定大同的大功。次年多爾袞死，他欲取代攝政王的地位，終於在權力鬪爭中失敗，先是被削職並黜宗籍，最後更「令其自盡」（一六五一年）。周汝昌說：

阿濟格之子孫自此成爲奴隸，至乾隆年間雖稍復宗籍，亦始終爲閑散之人，此卽曹雪芹至友敦敏、敦誠之「宗室奴隸」家世背景也。（「紅樓夢新證」，新版，一九七六，頁二五〇。以上論阿濟格，參考周氏「新證」之新版，頁二三一——二五〇，及恒慕義編，「清代名人傳略」，頁四——五）

我們知道二敦的家世背景之後，便懂得他們何以經常對歷史上失敗的英雄表示深厚的同情了。敦誠尤其如此，「四松堂集」中「咏明人四首」、「過建文墓」（卷一）「四松堂詩鈔」中之「南霽雲塑像」、「段司農（按：唐之段秀實）」（均見吳恩裕「十種」附錄）諸篇都是顯例。二敦在憑吊武穆等忠臣時，心目中必有其先祖阿濟格在，這可從敦誠的「謁始祖故英親王墓恭紀」詩見之。詩曰：

英風赫赫邈天人，廣路松楸寢廟新。百載勞勳逢聖主，九泉施澤到宗臣。（原注：始祖墓於乾隆丙寅【一七四六】特恩飭部照親王園寢式重修。）寶刀金甲猶懸壁，桂醑椒漿獨愴神。惆悵諸孫秋上塚，西風吹葉潞河濱。（原注：墓在潞河之陽。）

（見「四松堂集」卷一，頁十四a）

這是敦誠爲阿濟格有大功而遭賜死抱憤懣不平的確證。在敦誠看來，他的始祖的遭際和岳飛是十分相似的，他們都可以說是「有命無運」的屈死英雄與忠臣，敦敏詩「同爲中原謀帝業」之句用在阿濟格的身上也是非常切合的。阿濟格死後一百年才重新得到修墓的待遇，這正是批語所謂「二賢之恨及今不盡」也。阿濟格墓在北京附近通州的潞河，與沙河景忠山之「三忠祠」相距甚近，所以很容易引起二敦的聯想和感觸。我不但深信上引幾段批語出自二敦之手，並且敢更進一步推測批者以敦誠的可能性爲較大。因爲敦誠的性格似較敦敏更爲開朗，說話也更少顧忌也。（吳恩裕說：「敏熱中，誠放達，」甚是。見「十種」頁一五二。）

九　「近之女兒」

吳恩裕「考稗小記」有一條云：

> 敦誠「四松堂集」有「筍園席上贈歌兒黛如前韻」一首云：「一曲清歌半日歡，章臺柳色放春難；鬢絲禪榻無聊客，忍聽明珠落玉盤。」按「歌兒黛」一詞甚可推敲，再以「章臺柳色放春難」句證之，則筍園其沙吒利耶？若然，孰是韓翊？筍園名書達，敦誠宗弟，別號夢鶴道人。此詩成於乾隆四十六年，試取紅樓夢脂硯齋批中之所謂「近之女兒」諸處，大可參稽，或有新解，亦未可知。（「十種」頁一三四——一三五）

吳氏此條太隱晦，又未列舉批語原文以供參證，我們很難猜想他所謂「或有新解」者何指。我現在先把吳氏的「近之女兒」批語找出來，寫在下面，然後再說明我自己的看法。甲戌本第五回賈寶玉神遊太虛境時，幾個仙子怨警幻「引這個濁物來污染這清淨女兒之境」。此句上有硃筆眉批道：

> 奇筆攄奇人。作書者視女兒珍貴之至，不知今時女兒可知？余為作者痴心一哭，又為近之自棄自敗之女兒一恨。（頁七二a）

這條批語顯然是在責備那些「自棄自敗之女兒」有負紅樓夢作者對她們一番「珍貴」之意。

吳氏也許認爲這條批語和敦誠對「歌兒黛」的感觸有某種關聯。因爲歌兒黛如果是自甘墮落爲「攀折他人手」的「章臺柳」，則誠足以引起敦誠的慨歎。吳氏定此詩作於乾隆四十六年，大概是因爲後面第二首詩是辛丑「葛巾居集飲」之作。辛丑爲西曆一七八一，其時去雪芹之卒已近二十年，不但與雪芹無關，而且和脂硯齋以至畸笏叟恐怕也扯不上關係了。（據靖本批語，畸笏說脂硯已卒於丁亥〔一七六七〕之前，畸笏本人也未必能活到辛丑年。）這樣說來，這條眉批便極可能是敦誠有感於「歌兒黛」之事才寫上去的。況且此批並無署年，又不見於他本，它的年代也許是很晚的。但這個推測是我自己的，我無意要吳恩裕先生來負責。如果吳氏所見相近而不肯明說，那當然是因爲他被「自傳說」限制住了的緣故。

十　梨園子弟

庚辰本第十七、十八合回有一段雙行夾注，談及梨園子弟之事，其文如下：

按近之俗語云：「能養千軍，不養一戲。」蓋甚言優伶之不可養之意也。大抵一班之中，此一人枝（當是「技」字之誤）業稍優出衆，此一人則拿腔作勢，轄衆恃能，種種可惡，使主人逐之不捨，責之不可，雖不（「不」字疑衍）欲不憐而實不能不憐，雖欲不愛而實不能不愛。余歷梨園子弟廣矣，各各皆然。亦曾與慣養梨園諸世家兄弟談議及此，衆皆知其事，而皆不能言。今閱石頭記至「原非本角之戲，執意不作」二語，便見其恃能壓衆，喬酸姣妒，淋漓滿紙矣。復至「情悟梨香院」一回，更將和盤托出，與余三十年前目睹身親之人現形於紙上。使言石頭記之爲書，情之至極，言之至恰，然非領略過乃事，迷陷過乃情，卽觀此茫然嚼蠟，亦不知其神妙也。（頁四〇三）

這一段長批，對養梨園子弟事大發牢騷，決不像是曹家人批自家事。爲什麼呢？批者顯然是把石頭記所寫的情況和自己的經驗互相印證，覺得好像他「三十年前目睹身親之人現形在紙上」。所以接著又說石頭記作者也一定「領略過」、「迷陷過」同樣的事情，才能寫得如此神妙。若同是曹家的人（不論他與雪芹的關係是什麼），則批者作者所歷之境應相同，何以要遲到三十年以後才到文字上來彼此印證梨園的經驗？這和有些處「眞有是事」、「眞有是語」的批法截然不同，是決不可相提並論的。

這條長批既不出曹家人之手，那麼又是誰批的呢？我覺得仍以敦氏兄弟的嫌疑最大。敦誠「感懷十首」的第一首詩是紀念他的伯父拙菴公的。此詩首句云：

東山絲竹嘗敎預。

句下注云：

記戊辰，己巳間（一七四八——四九），余年十五、六，每歸自宗黌，伯父便來召，家優歌舞，使預末座，回憶三十餘年事矣。（「四松堂集」卷二，頁三十b）

這條詩注和前引紅樓夢的批語尤其吻合得驚人。批者說「余歷梨園弟子廣矣」，但並未說他自己曾「慣養梨園」，因此才要去問別的世家兄弟。這與敦誠之每次從宗學回家便參加伯父的「家優歌舞」豈不情況十分相似？他的伯父是養了梨園子弟的，他當然對此道有最親切的經歷。此其一。批語說「余三十年前目睹身親之人」，詩注也說「回憶三十餘年事矣」。此其二。從這兩點判斷，敦誠很可能便是批者。當然敦敏也同樣有寫批的資格，從年齡上說，也許還更合適些。敦誠生於一七三四年，如寫批時是四十五歲左右，則已在雪芹死後十餘年了。敦敏生於一七二九年，如果批語是他的手筆，則寫批的時間尚可推前若干年。但是這條批語既未署名也未署年，所以時間遲早在此並不發生問題。事實上，所謂脂批除了正式署年的以外，其餘未說明年代的，我們根本無法判斷其出現的先後。以前紅學家幾乎不加分別地歸之於脂硯（和畸笏），在我看來這是一種根本的錯誤。批者一元論（脂硯與畸笏是同一人）或二元論（脂硯與畸笏是兩人）既不能成立（後詳），則在這個基礎上所建立起來的批語斷代也就連帶著發生動搖了。

以上我列舉了十項證據來說明二敦和紅樓夢以及所謂脂批的關係。從最嚴格的考證標準來看，這些證據當然並不是最理想的，因爲它們都屬於所謂「間接性的證據」（circumstantial evidence）；而且作爲證據而言，它們之間的力量强弱也並不完全相等。但是就紅學考證的特殊情況來說，則它們都已可說是很具說服力的證據了。首先我要重複提醒一點，卽到現在爲止，我們關於曹雪芹及其撰寫紅樓夢的知識，基本上全是從敦氏兄弟那裏得來的。這就表示，曹雪芹生前在文學上關係最深的人便是二敦。現在我們從二敦的詩文中找出了這許多和紅樓夢及其批語有關合的線索，這決不可等閒視之，尤不可以「偶然巧合」解之。我們試看敦誠在雪芹死後所表現的傷痛之情：他一則說：

未知先生與寅圃、雪芹諸子相逢於地下，作如何言笑？可話及僕輩念悼亡友之情否？冥冥漠漠，益增惝恍惆悵耳！（「哭復齋文」，「四松堂集」卷四，頁二十一b）

再則說：

每思及故人，如立翁、復齋、雪芹、寅圃、貽謀、汝猷、益庵、紫樹不數年間皆蕩爲寒烟冷霧。曩日歡笑，那可復得！時移事變，生死異途。所謂此中日夕只以眼淚洗面也。（「寄大兄」，「四松堂集」卷三，頁十九b）

這些話都寫在雪芹死後多年，其哀感仍有增無已，則他與雪芹的關係之深可想而知。據我所考，「寄大兄」中之「立翁」卽周於禮，字立崖，死在一七七九年，年六十一。（見侯堮，「覺羅詩人永忠年譜」，燕京學報第十二期，一九三二年十二月出版，頁二六四三）。由此推之，此書至早也是一七七九年所寫，上距雪芹去世已在十六、七年左右，但他想到雪芹諸人竟仍然「以眼淚洗面」。這種情感似並不在脂批所謂「余嘗哭芹，淚亦待盡」之下也。總之，以二敦與雪芹交誼之深，再加上他們所流傳下來的詩文數量之少，而其間居然有這許多足以和紅樓夢及其批語相互參證之處，這是考證紅學者所必須特別注目之所在。

在現代的紅學研究中，曹雪芹和脂硯齋、畸笏叟的關係是大家最注意的一個題目。這兩個署名的某些批語，的確透露了作者的若干家世背景，儘管數量非常有限。我們可以合理地推測，用這兩個署名的批者多少與曹雪芹有著血緣的關係，雖則我們無法確知此種關係究竟爲何。不幸有些紅學研究者走上了一條死胡同，專門到曹氏家譜上去指實這兩個批者。因此而產生種種荒誕不經的說法，有的說脂硯是雪芹自己，有的說是書中的史湘雲，有的說是曹頫或曹棠村，甚至還有人創造出一個曹碩來充數。如果材料充足，我們當然應該從事這種指實的努力。現在則明明是材料貧乏，而大家依然像煞有介事地在那裏「亂點鴛鴦譜」，他們把一切批語，無論署名的或不署名的，都不加分別地任意予以解釋，以求適合一己立說的需要。這種作法已談不上是研究，更與考證相去萬里。從前胡適罵梅景九等索隱派是「猜笨謎」，不料胡適自己也竟領導了一批新索隱派，猜了幾十年並未見得「巧」的謎。從一般的考證標準來說，一方面脂硯齋和畸笏叟到今天爲止仍然是虛的，是未經證實的，另一方面幾千條的批語也是虛的，小說本文更是虛的。清初考證大師閻若璩曾說考證應「以虛證實，以實證虛」，但他決不曾說「以虛證虛」。嚴格地講，只有靖本「常村」一條批語可以算是實的，因爲紅樓夢甲戌本硃筆眉批確提到「雪芹舊有風月寶鑑之書，乃其弟棠村序也」一段話。我現在從紅樓夢本文和批語著手來探討雪芹與敦氏兄弟的文字因緣，至少合乎「以實證虛，以虛證實」的原則，因爲敦氏兄弟是實的，「四松堂集」與「懋齋詩鈔」也是實的。我的考證結果也許將來會被證明爲完全錯誤的，但這仍是在材料極端限制下的一種考證嘗試，而決不是猜謎。

根據前面的討論，我相信二敦兄弟和紅樓夢及其批語有相當的關係。但是我並無意進一步推論紅樓夢這部小說包括了二敦的「傳記」。相反地，上舉的實例祇不過說明曹雪芹撰書時曾廣泛地搜集材料，並不限於曹家的眞實事跡而已。紅學家過去之所以對二敦與紅樓夢的關係完全熟視無覩，主要是由於他們受「自傳說」偏見的蒙蔽太深，不肯也不敢在曹家以外去尋求與紅樓夢以及批語有關涉的人物，二敦的詩文集祇是當作曹雪芹本人的傳記資料而受到重視的。考證家中之傑出者如周汝昌雖已見到「蕉棠兩植」的借景，却不曾注意「綠蠟」一典；吳恩裕雖指出了敦誠「歌兒黛」與批語有涉，而亦終未能暢所欲言。又如「二賢遺恨」之眉批，倘不深究三忠祠及阿濟格的背景，更是無從索解的。所以，卽使撇開紅樓夢的藝術境界不談，僅從考證的觀點來說，我們也非先拋棄自傳說不可。

我現在要進一步根據內證來說明紅樓夢的批語並不盡出脂硯齋與畸笏叟之手。關於批語，向來有一元論及二元論兩種看法。一元論者認定脂硯和畸笏是同一批者，不過先後使用不同名字而已。周汝昌持此說最堅，他並且相信批者卽是史湘雲。（周汝昌迄今仍未改變他的見解，見新版「紅樓夢新證」，特別是頁八五三——八六八）二元論則以脂硯與畸笏既爲二名自當假定是兩個人。俞平伯可爲此派的代表。（見「脂硯齋紅樓夢輯評」頁十二——十六）至於其他署名的批者如松齋、梅溪，則因數量極少，大家都不甚重視。其餘未署名的各種批語便全部劃歸脂硯或畸笏的名下了。

我在這裏所提出的批者多元論，並不僅是指松齋、梅溪而言。我是認爲在未署名的幾千條批注中尚夾有其他人的手筆，如二敦卽是顯例。但我並不否認脂硯是一位主批，其次便是畸笏。我要强調的祇是下面一點：除了有些署年的批注可以確定爲脂硯與畸笏所寫以外，其餘既未署名又未署年的批注則不可一律視爲「脂批」或「畸批」。同時我還要補充一句，現存的所謂甲戌本、庚辰本都非當年所抄原本，其中顯然雜有後來的批語。所以根據底本年份及其中批注的形式來斷代都是不甚可靠的。

批者多元論的最好證據見於甲戌本第二囘的眉批，其文曰：

> 余批重出。余閱此書偶有所得，卽筆錄之，非從首至尾閱過，復從首加批者。故偶有復（複）處。且諸公之批自是諸公眼界，脂齋之批亦有脂齋取樂處。後每一閱亦必有一語半言加批評於側，故又有於前後照應之說等批。（頁二二b）

周汝昌曾引此批，先說此批是「脂硯自供，似乎當他作此批之時，已有「諸公」也作過些批，不止他一人的手筆。」（新版「新證」頁八三六）這本是一種合理的解釋。但他因堅持一元論，又引了幾條「諸公莫笑」、「觀者諸公」之批語而主張上批之「諸公」乃指「看官」

而言。他說：

> 「批」字不必死看，意思是說：看官諸公的「批」（意見），是看官的，我却有我的「眼界」。（頁八五〇）

把「諸公之批」硬解成「看官諸公的意見」，這眞是極盡牽强附會之能事。事實上，不僅松齋、梅溪應在諸公之列，靖本所出現的「常村」（卽棠村）也當是「諸公」之一。他們的名字雖僅出現一次或兩次，但安知其他未署名的批注中沒有他們的手筆呢？更何況棠村實有其人，而松齋又可能卽是雪芹與二敦的共同的朋友白筠呢？（見吳恩裕「松齋考」、「十種」頁六六——七一及 Wu Shih-ch'ang（吳世昌）*On the Red Chamber Dream*, Oxford University Press, 1961, pp. 61-63）

上引脂硯「諸公之批」的一條大概出現得較晚，照全文看，這該是在他批過好幾次之後了。吳世昌推測脂硯「諸公之批」很可能指梅溪、松齋諸人，是有道理的。（上引書頁六一）吳恩裕在「松齋考」中說得更透徹：

> 考出松齋是誰，至少可以使我們知道紅樓夢的批語絕不像某些人所設想的全是曹家的人批的。（「十種」，頁六九）

據我本文所考獲，「諸公之批」更可能也包括了二敦在內。試想與雪芹關係不算親密的白筠都能參加批紅樓夢，何況敦氏兄弟呢？我完全同意吳恩裕關於批語不全出曹家人之手的論斷。我可以給他添列幾條堅強的本證。庚辰本第二十二回有下面幾條批語。

是家宴，非東閣盛設也。非世代公子再想不及此。（頁四九〇）

寫寶玉如此，非世家曾經嚴父之訓者段（「斷」）寫不出此一句。

非世家經明訓者段（「斷」）不知此一句。寫湘雲如此。（兩條均見頁五〇七）

非世家公子斷寫不及此。想近時之家縱其兒女哭笑索飲，長者反以爲樂，其（無）禮不法何如是耶！

這一句又明補出賈母亦是世家明訓之千金也，不然斷想不及此。（以上兩條均見五〇八）

第五十八回有下面之批：

看他任意鄙俚詼諧之中，必有一個禮字還清，只是（「見」）大家形景。（頁一三七二）

像這樣極力讚揚作者「世家公子」、「世家明訓」之類的話絕無絲毫可能是出於曹雪芹的父兄妻子之口。在傳統中國社會上，祇有恭維別人的家世時，人們才用得上這一類的語氣。紅樓夢的多數批注都是曹雪芹生前寫上去的，我們能想像雪芹會容許他自己家的人寫這些炫耀門第的惡札在他的書上嗎？如果我們不被「自傳說」所蔽，這些話應該一望而知不是曹家人的筆墨的。

不但上引諸條不是曹家人寫的，卽使有些所謂「親見親聞」的批語也不可率爾肯定其眞實性。讓我也舉一條例證。庚辰本第六十三回，賈蓉調戲尤二姐、三姐，又抱著兩個丫頭親嘴。丫頭們罵他們：「只和我們鬧，知道的說是頑。」句下有雙行夾批說：

妙極之頑，天下有是之頑亦有趣甚。此語余亦親聞者，非編有也。（頁一五二一。按：我疑心這是兩個人批的，「此語」云云或是作者的答語。）

這句話只有五個人聽見，即賈蓉、二尤和兩個丫頭。試問批者從何處「親聞」？難道批者是這五個人之一嗎？事實上批者之意不過是說他在另一個類似的場合也曾聽到同樣的說法而已，我們豈能眞以爲批者當時在場？我舉此一例以說明就算批語中「眞有是事」之類的說法也要小心領略，不用說那些一般性的感慨話頭了。

最後，我要對紅樓夢的撰寫、批注以及最初流傳的情況作一極簡略的推測。讓我們從永忠在一七六八年所寫讀紅樓夢的三首詩說起。永忠在「戊子初稿」中曾保存了這三首詩。其題目如下：

因墨香得觀紅樓夢小說，弔雪芹，成七截三首。

此詩稿上有瑤華道人弘旿的眉批說：

此三章詩極妙；第紅樓夢非傳世小說，余聞之久矣，而終不欲一見，恐其中有礙語也。（見侯堮「覺羅詩人永忠年譜」，頁二六三二；周汝昌新版「新證」，頁七七二——七七三；吳恩裕「十種」，頁三二——四一。）

永忠卽號臞仙者，乃康熙第十四子胤禵之孫，和二敦交誼甚篤；弘旿是永忠的堂叔，爲乾隆帝的堂弟。弘旿的「礙語」二字吳恩裕認爲是政治性的，以前周汝昌則以爲是「豔詞緋語」之意。現在周氏也改從吳說，故謂弘旿之批是「乾隆時宗室深知其政治意義，不敢接觸之確證」，這應當是正確的。

從永忠的詩題和弘旿的批語中，我們知道紅樓夢一書最初祇流傳在一個很小的圈子之中。爲什麼呢？我可以舉出三層理由：第一、永忠在題目中特別寫上「因墨香得觀紅樓夢」的字樣，可見其時此書之不易得。永忠第一首詩，中有「可恨同時不相識」之句，則他之看不到紅樓夢顯然是因爲他不在雪芹的交遊圈子之中。墨香親識雪芹否雖無確證，但他是二敦的叔父，過從又密，我們可以假定他和雪芹也有朋友之誼。這就是說，墨香至少是雪芹那個交遊圈子的邊緣人物，因此才能設法爲永忠找到紅樓夢。從「因墨香得觀」的語氣看，似乎書尚不是墨香的，否則永忠應該說「得觀墨香所藏紅樓夢」了。第二、弘旿眉批說「第紅樓夢非傳世小說」，這句話的意思當是說它不是在社會上流傳的書。我們不能誤會此語是貶斥紅樓夢無「傳世」的價値。弘旿眉批當寫在永忠詩寫成相當時日之後，可見雪芹卒後至少七、八年之久紅樓夢仍然祇流通在一個小圈子之中。第三、弘旿雖未覩此書而已疑其中有「碍語」，這表示此書的名聲已漸漸傳出原有的小圈子之外了。從永忠、弘旿的身份來判斷，這個小圈子必然包括了宗室子弟，這就非二敦、墨香諸人莫屬了。

紅樓夢撰寫的經過及始撰年代是一個很難解決的困難問題。我現在祇强調一點，即此書一直到雪芹死時尚在撰寫修改之中。最明顯的證據是甲戌本第一回的眉批：

能解者方有辛酸之淚，哭成此書。壬午除夕書未成，芹爲淚盡而逝。（頁九b）

批云此書是雪芹以淚哭出來的，但壬午除夕作者淚盡而逝而書尚未成，正可見作者寫此書一直到死未輟。此外還有庚辰本第二十二回之末畸笏叟批云：

此回未成而芹逝矣，嘆嘆！（頁五一三。按靖本「未成」作「未補成」，於義較長。見周汝昌新版「新證」，頁一〇五六。）

這兩條批語都充份說明雪芹晚年在北京西郊逝世前一直不斷地在紅樓夢上加工，毫無可疑。

批書和撰書差不多是雙管齊下的。甲戌（一七五四）已是再評，則初評自然更早。此下在作者生前尚有丙子（一七五六）、己卯——庚辰（一七五九——六〇）及壬午（一七六二）三度正式評閱。不但如此，作者死後評閱的工作也未中止。甲戌本有一條甲午（一七七四）批語，是現存署年之最晚者。（按：此條靖本作「甲申」〔一七六四〕。唯靖本大家都未見，不宜盡從。）但是我要强調一句，未署年之批語則未必全可歸之於現存的少數年份之內。我的看法是批注工作從作者生前一直斷斷續續延長到作者死後十幾年以至二十年以上。這種批注工作是限於一個很小的圈子之內的，而以脂硯與畸笏爲主評人。因爲他們熟知曹家往事，所以偶能指出作者用於自己家中的某些素材。其餘圈內的觀閱者則大概是作者的親密朋友，但也偶然加批其上。我判斷至少從雪芹晚年到死後若干年之內，二敦、松齋、梅溪，以至墨香諸人都是這一個圈子裏面的成員。同時，當作者在世時，他也偶而參加一點批注或答復的工作。這些都是可以從批語中看出來的。庚辰本第二十五回有一條硃批說：

二玉之配偶，在賈府上下諸人，卽觀者、批者、作者皆爲無疑，故常常有此等點題語。（頁五七六）

這裏明明指出有觀者、批者、作者三種人；但觀者並非泛指一般讀者，而是指圈內觀者而言。因紅樓夢其時尚非「傳世」之書也。

前面我曾引「諸公之批」一段，並指出周汝昌解「諸公之批」爲「看官諸公的意見」爲牽强。但周汝昌說諸公有時指「看官」而言倒是有根據的。讓我略舉數例（與周氏之例及解法略有異同）說明這一層複雜的關係。庚辰本第二十回有以下的批：

襲卿能使顰卿一讚，愈見彼之爲人矣。觀者諸公以爲如何？（頁四四一）

故觀書諸君子不必惡晴雯。（頁四四七）

余爲（謂）寶玉肯效鳳姐一點餘風，亦可繼榮、寧之盛，諸公當爲（謂）如何？（頁四五二）

這些批中的「觀者諸公」、「觀者諸君子」都是小圈子內的人物，且批者詢問的語氣也像是當面說話一樣。還有觀者批後，批者答復之例。甲戌本第十六回秦鐘臨死前「又記念著家中無人掌管家務」句，旁有硃筆批云：

扯淡之極，令人發一大笑。

緊接著一句是：

余謂諸公莫笑，且請再思。（頁一七五b）

這兩句一氣抄成，好像是一條批。其實細讀卽知上句乃觀者諸公之一的手筆，故批者（或作者）答云「諸公莫笑」也。

這些例證可以使我們知道諸公雖是看官，但也偶而參加批注，所以有「諸公」之批。這時紅樓夢並未向外流傳，它的讀者僅限於圈內極少數的幾個人。此所以批語中彼此質難，互相幽默之筆時時有之。研究批語的人一向受「自傳說」的俘虜，僅僅只看見「嫡眞事實」或感慨系之的一些批語。其實正由於曹家眞實事蹟在書中僅僅佔了一部份，雪芹的本家或親戚才在這些地方特別加批。如果全部（或絕大部份）都是曹家的事，不過以隱蔽方式出之，批者反而不會在某些地方强調其眞實性了。這個道理本來是極爲淺顯的。（附註）

紅樓夢在最初二、三十年之間僅流傳在一個極小的圈子之內，主要當然是由於其中確有「碍語」。曹雪芹雖別有藝術創造上的意境，但紅樓夢的素材則完全取自現實世界。其中寫大族的衰敗不但借逕於曹家的往事，而且也隱隱地牽動了皇室的內部鬪爭。永忠（康熙十四王子之孫）的哀悼雪芹，二敦之「二賢遺恨」，弘旿之「不欲一見」，以及靖本出現的「哀江南」之文，都應該從這一角度去求瞭解。我相信後三十回稿本之終於遺失，批者之撲朔迷離，甚至二敦諸人之諱莫如深，也未嘗不與此種忌諱有關。胡適曾有過一個意見，認爲雪芹生前窮途潦倒，嘗賣紅樓夢文稿爲生。這是爲不可信的傳說所誤。我決不敢相信此說。敦敏「贈芹圃」詩但有「賣畫錢來付酒家」之句，却絕不曾有半點暗示他賣過小說。不但雪芹生前不曾出售紅樓夢，就是他死了許多年之後，他的家人朋友也還不敢把它變作商品，否則永忠「因墨香得觀紅樓夢」和弘旿「紅樓夢非傳世小說」這些最可靠的直接供證便都變成不可理解的了。又據侯堮的「永忠年譜」，永忠和二敦及墨香相往還始於一七六六年，至一七六八年，他就因墨香而讀到了紅樓夢。則這個小圈子和紅樓夢的關係更可想而知了。

紅樓夢在取材方面深深地牽涉到當時的政治禁忌，然而基本上它仍是一部藝術創作；因此它一方面包涵了現實政治，而另一方面又超越了現實政治。這部偉大文學作品的出現固然主要應歸功於曹雪芹的才華和勤奮，但是作者和他的少數朋友的文字因緣也是一個不可忽視的重要因素。敦敏、敦誠在這一點上尤其值得我們注意。除了我在前面所列擧的一些例證以外，紅樓夢中的許多詩篇恐怕多少都與二敦的交游有關。像聯句詩便是二敦所最喜愛的一種體裁。在結束本文之前，讓我引敦誠論友朋交游之樂的一段文字，以略見雪芹生前與二敦文字因緣之一斑：

居閒之樂，無逾於友；友集之樂，是在於談；談言之樂，各有別也。奇諧雄辯，逸趣橫生；經史書文，供我揮霍，是謂談之上乘。銜杯話舊，擊鉢分箋，興致亦豪，雅言間出，是謂談之中乘。論議政令，臧否人物，是謂談之下乘。至於嘆羨沒交涉之榮辱，分訴極無味之是非，斯又最下一乘也。如此不如無談，且不如無集，並不如無友之爲愈也。（「四松堂集」卷五，頁七b——八a）

這也是紅樓夢創作的一個重要背景，愛好紅學者不可不知也。

一九七六年十一月二十八日

附註：庚辰本第二十二回有一條硃筆眉批云：「前批書者聊聊（寥寥），今丁亥夏只剩朽物一枚，寧不痛乎！」（頁四九一）此批者當是畸笏叟，他好像說丁亥批者祇剩他一個人了。其實此批語已損奪不全，靖本同條云：「前批知者聊聊（寥寥）。不數年芹溪、脂硯、杏齋諸子皆相繼別去。今丁亥夏只剩朽物一枚，寧不痛殺！」可見所指的是知道前一條批語（「鳳姐點戲，脂硯執筆」）的內情之人，而不是說丁亥以後便沒有別人再批書了。恐讀者或有誤解，特爲說明之如此。

關於紅樓夢的作者和思想問題

小引

這篇東西不是一篇獨立的論文。今年春間，我草「近代紅學的發展與紅學革命——一個學術史的分析」，其中有一條附註牽涉到「索隱派」紅學的問題，因此引起了我對於紅樓夢中所謂「反清」思想的一些感想。這條附註寫得太長了，不是原文所能容納，我只好把它抽了出來，準備以後有時間再重加整理改寫。最近「中華月報」的主編催稿如索債，而我自己又無時間從容落筆。在這種情形下，我只好先把舊稿發表出來。由於原文是附註性質，因此語意頗有不足之處，希望讀者將來能和「近代紅學的發展與紅學革命」合看。

這篇東西只討論到兩個問題：第一是關於紅樓夢的作者問題。但是我在這裏僅涉及這個大問題的極小部份。這一部份主要是對潘重規先生「紅樓夢新解」的一點商榷。而且重點不是放在結論方面，而是放在考證方法論方面。第二是關於紅樓夢作者的政治思想問題。質言之，卽是作者對於滿淸究竟採取甚麼態度。不過我在這裏僅僅根據新發現的「靖本」批語推測作者有譏刺滿淸或同情明亡的可能。這個問題的本身尚待進一步研究，目前絕無法得到任何具體的結論。如果我這個推測將來能夠得到初步的證實，那麼，近幾十年來紅學研究中「自傳派」和「索隱派」的爭執也未嘗不可以獲致某種程度的調和。

一　潘著「紅樓夢新解」質疑

首先我想舉一個例子來說明潘先生考證功力的深沉。一九五八年吳恩裕出版有關曹雪芹八種一書中有「考稗小記」一篇。其中一則討論到永忠弔雪芹詩「欲呼才鬼一中之」之句。俞平伯說「一中之」之「中」或當作「申」字。吳恩裕不同意此說，謂「中」字在此句中爲動詞，猶言「是正」、「就正」之意。潘先生曾引此段而指出「中之」出三國志徐邈傳，乃是斟酒飲酒的意思。（見紅樓夢新解，頁一七五——一七六）潘先生的說法自然是正解。一九六三年吳恩裕擴充八種爲十種時，此則卽根據潘說改寫，並引三國志徐邈傳爲證。（見十種，頁一四七）潘書初版在一九五九年，吳恩裕必見及之，但因「新解」是海外出版的，所以沒有說明改稿係從潘說。這是不足深責的。

潘先生其他紅學貢獻尚多，不必一一列舉。但潘先生在否定曹雪芹是紅樓夢作者這一點上，立論與材料都還有使我不敢苟同的地方。他曾引程偉元的刻本序言（「作者相傳不一，究未出自何人。」新解，頁一五九）和裕瑞的棗窗閒筆（「聞舊有風月寶鑑一書，又名石頭記，不知爲何人之筆。曹雪芹得之，以是書所傳述者，與其家之事跡略同，因借題發揮，將此部刪改至五次。」頁一六〇）爲證，來支持他的結論。在我看來，這兩個旁證都有問題。第一、高、程二子在紅學考證中乃是被告。從嚴格的方法論的觀點說，正像陳援菴先生所謂「在其本身訟事未了以前，沒有爲人作證的資格。」（見陳援菴給胡適的信，胡適文存，第四集，頁一八七）第二、潘先生在同書的另一文中曾列舉了敦敏、敦誠、永忠、明義和裕瑞五人，指出二敦與雪芹交誼最深，但並無雪芹著紅樓夢之說。（按：這是解釋的問題，茲不論。）而「其餘永忠和雪芹素昧平生，明義也和雪芹並無直接關係，至於裕瑞更是年輩相去甚遠了。」（新解，頁一六七——一六八）可見根據潘先生的標準，裕瑞的話並無證據的價値。據吳恩裕的考證，裕瑞是明義的外甥，故棗窗閒筆言曹雪芹事謂「聞諸前輩姻戚言」，卽聞之明義諸人。（見「十種」，頁一六四）如果明義不可信，則裕瑞自然更不可信了。潘先生此處的推論是合理的。但奇怪的是潘先生在上文因著重裕瑞「曹雪芹得之」那句話，却又特別推崇他的證人身份。潘先生說：「可見思元齋主人裕瑞也是滿人中的學者，他的說法是有相當分量，值得注意的。」（同上，頁一六一）同一裕瑞，何以在同書十頁之內，重要性忽高忽低？此誠令人大惑不解。

但問題尚不止此。裕瑞同書尚有一大段評當時一種僞托的後三十回續書。這段話在我看來十分值得注意。茲略引其最有關係的一節如下：

> 至於後紅樓夢三十回，又和詩等二回，則斷非雪芹筆，確爲逍遙子僞託之作。其和詩二回，本載別號，謂非雪芹筆者勿論，但論其三十回中支離矛盾處而已。其開卷卽假作出雪芹老母家書一封，弁之卷首爲序，意謂請出如此絕大對證來，尚有誰敢道箇不字。作者自覺甚巧也，殊不知雪芹原因託寫其家事，感慨不勝，嘔心始成此書，原非局外旁觀人也。若局外人徒以他人甘苦澆己塊壘，泛泛之言，必不懇切逼眞，如其書者。余聞寶玉係雪芹叔輩，而後書以雪芹爲賈政之友，爲寶玉前輩世交，以姪反作爲乃叔之前輩，可笑。又每混入書中，參雜不離，前書中何未見雪芹自道隻字乎？再按雪芹二字，不似其名，而此書曹太夫人札稱雪芹兒云，豈有母稱其子之字號之理。（見紅樓夢卷，第一冊，頁一一四——一一五）

如果潘先生眞的相信裕瑞的證見，那麼這段話明明肯定曹雪芹是紅樓夢的作者，而且是「寫其家事，感慨不勝」，又將怎樣去理解呢？周汝昌批評裕瑞「自打嘴巴」，是不錯的。（見紅樓夢新證，頁五六七）更值得注意的是這個逍遙子的僞本「後紅樓夢」前面居然假造了曹雪芹的母親的一封信，作爲「絕大對證」。可見至少當時的讀者大概都認爲紅樓夢的作者是曹雪芹。否則這封信豈非無的放矢麼？我們不知道這個逍遙子的僞書成於何時。據裕瑞說，程、高本問世後「作後紅樓夢者隨出，襲其故智，僞稱雪芹續編，亦以重價購得三十回全璧。猶恐世人不信，僞撰雪芹母札，以爲確證。」（紅樓夢卷，第一册，頁一一二）我們知道，程甲本刊行於一七九一年，程乙本刊行於一七九二年。裕瑞既云此本「隨出」，則當在十八世紀末或十九世紀初年，與程、高本的年代極相近。我們當然不能根據這個僞本來解決紅樓夢的作者問題。我引此說，僅在說明兩點。一、程、高本問世不久，已有很多讀者相信曹雪芹是原作者，而潘先生的斷案，說「裕瑞所得的紅樓夢作者的資料，還是不知何人之筆。還是曹雪芹删改五次。」（頁一六〇）是不够全面的。潘先生只採取了棗窗閒筆的一個說法，而忽略了其中另一個說法。二、逍遙子本襲程、高故智，「僞稱雪芹續編，亦以重價購得三十回全璧」。這更加深了我們對程、高後四十回的懷疑。潘先生如取裕瑞「曹雪芹得之」之說，便很難拒絕接受他對後四十回是「贋鼎」的判決。「順我者生，逆我者死」是考證方法上的大忌。所以，我認爲棗窗閒筆只能表示十九世紀初葉一般人對於八十回紅樓夢的一些傳說，而沒有確定的證據的價值。

但是裕瑞關於逍遙子的三十回本後紅樓夢的記載則是第一手的證據。俞平伯只知道程、高本外尚有「舊時眞本」，（見紅樓夢研究，頁一，又一八六——一九三）周汝昌則另添上一本不止百廿回的石頭記「舊版」。（見新證，頁四四三——四四四）據裕瑞的長文（「後紅樓夢書後」，紅樓夢卷，第一册，頁一一三——一一六）則此本確是從八十回後續起，而且內容與上述「舊時眞本」與「舊版」皆異。是八十回後之續書又增一種矣。周汝昌曾引及閒筆，但似未注意此書亦是八十回之續本。又引作「二十回」，似誤。（新證，頁四三八）此書爲三十回本，是另一可注意之處。今天大家都知道曹雪芹尚有未完成的後三十回本。這是由於脂評中有「後卅回」之語的緣故。此逍遙子本竟不多不少也是三十回，恐非偶然。我頗疑心作僞者是硏究過脂評之後才下筆的。

回到潘先生的「新解」，我對於他的「風月寶鑑」一解尙有疑問。紅樓夢第一回楔子有「東魯孔梅溪則題曰風月寶鑑」一語。甲戌本脂硯齋眉評說：「雪芹舊有風月寶鑑之書，乃其弟棠村序也。今棠村已逝，余覩新懷舊，故仍因之。」這是自胡適以來大家公認爲曹雪芹是紅樓夢的作者的重要根據之一。潘先生也說它「似乎確指紅樓夢的作者。」但接著又有下面一段分析：「曹雪芹的風月寶鑑寫了些甚麼雖不得而知，但可斷定決不是紅樓夢。因爲批語明說『覩新懷舊，故仍因之。』正謂雪芹舊作和石頭記別號同名，爲了追念逝者，故不把重複的書名改掉，決不能說曹雪芹著風月寶鑑卽是紅樓夢。」（「新解」，頁一四〇）我覺得潘先生此處的立論不够謹嚴，斷語下得太快。僅僅根據這八個意義含混的字，潘先生就得到兩個重要結論：一、曹雪芹寫過一部書，名爲「風月寶鑑」，現已不存。二、曹雪芹的

「風月寶鑑」恰巧與紅樓夢的別號同名，但決不是紅樓夢。事實上，這個「風月寶鑑」的雙包案，是無中生有的。除非我們今天發現了一本與紅樓夢完全不同的曹雪芹所著的「風月寶鑑」，我們沒有理由說曹雪芹「舊有風月寶鑑之書」不是紅樓夢。因爲甲戌本楔子上說「吳玉峯題爲紅樓夢，東魯孔梅溪則題曰風月寶鑑」，顯然是同一作品的兩種不同名稱也。問題在「新」、「舊」及「因之」的「之」究竟何指。潘先生似乎是把「新」當作別號「風月寶鑑」的紅樓夢，把「舊」當作曹雪芹「舊作」的「風月寶鑑」，而「之」則指「重複的書名」——卽「風月寶鑑」。如依此解則脂評紅樓夢不應稱「石頭記」，而當叫「風月寶鑑」了。可是我們知道，在紅樓夢的版本史上，它從來沒有以「風月寶鑑」的獨立名號出現過。認眞地說，只有同一本書先後因修改之故而內容有異，才可以稱之爲「新」「舊」。作者和內容都全不相同的兩部同名著作斷無所謂「新」「舊」。唐書可以有「新」「舊」之分，長慶集則只有元白之分，沒有「新」「舊」之別。如果潘先生一定要否認曹雪芹是紅樓夢的作者，那麼他只能把脂評中「舊有風月寶鑑之書」的「舊有」兩字解爲「舊藏有」或「舊獲有」，而不應解爲「舊撰有」。但這樣一來，那個「因之」的「之」字又頗費安排了。

吳世昌也是把「舊有」解作「舊撰有」的，故英譯爲：had formerly written。他說「舊」是雪芹的初稿，「新」是甲戌改本，「之」則指「棠村序」。(*On The Red Chamber Dream*, pp. 63-64) 依吳說，不但甲戌本第一回開頭一段至「十年辛苦不尋常」都是「棠村序」，而且以後許多回的所謂「總評」也都是「棠村序」。所以他書成紀詩有「棠村小序分明在，紅學專家苦未知」之句。吳說是否正確是另一問題，但確近情理，至少沒有內在矛盾。

但吳說雖巧，却於潘解無助。因爲「反清復明」的立足點之一正繫於開頭一段是否一位不知名的遺民志士所撰。所以，無論這段文字的撰者是棠村、雪芹自己或其他與雪芹有關係的人，對於「反清復明說」都足以構成致命傷。潘先生得出新、舊兩部「風月寶鑑」的結論也許是一種不得已。

但是依照潘先生對「風月寶鑑」的解釋，這裏面還有另外的難處。潘先生一再强調「風月寶鑑」卽「明清寶鑑」（按：嚴格講，應說「清（風）明（月）寶鑑」。）他並擧出清代文字獄的詩句：如徐述夔詩：「明朝期振翮，一擧去清都。」之類作爲旁證。（見「新解」，頁九——一七四，及二一〇——二一一）我有幾個疑問：一、曹雪芹的寫作年代正在乾隆一朝，卽文字獄發展到最爲「咬文嚼字」的一段時期。如果他寫了一部與紅樓夢毫不相干的書，何以偏偏要叫它作「風月寶鑑」呢？何況潘先生又說：「清風明月這個詞頭還有人不熟習的嗎？」（頁九）看曹雪芹的作品如佚詩及廢藝齋集稿之類，（這裏不提紅樓夢因爲它在潘先生理論中是「被告」，不能作證。）再加上他的朋友對他的推崇，至少他也是一個十分敏感的人，爲甚麼他對「風月」兩個字毫無所覺呢？而脂硯齋也竟糊塗到這種地步，還要

「故仍因之」呢？（當然，如雪芹的「風月寶鑑」卽是紅樓夢，其事又另當別論。）二、如果曹雪芹「舊有風月寶鑑之書」，那麼，脂硯所謂「覩新懷舊」的「新」當然是指石頭記或紅樓夢了。可是潘先生又說，石頭記可能是曹寅的藏書，落到了曹雪芹的手上。（見「新解」頁一六三及「近年的紅學述評」商榷，頁十八）姑假定這個推測完全正確，那麼石頭記應該是比雪芹「舊有風月寶鑑之書」更「舊」的書了。然則脂硯怎麼會稱它爲「新」呢？甲戌本是脂硯的重評本，無論如何也不可能叫它「新」也。唯一的解釋就是回到裕瑞的說法，「曹雪芹得之」。卽曹雪芹除了「舊」撰有「風月寶鑑」一書外，又「新」得到了一部別號「風月寶鑑」的石頭記。可是裕瑞的證據價值頗成問題，已如上所述。所以這個困難並不能如此解決。事實上裕瑞所謂「聞舊有風月寶鑑一書」這句話，和甲戌本脂評的「雪芹舊有風月寶鑑之書」太像了，只多一個「聞」字。我很疑心裕瑞這一整段話根本就是根據甲戌本正文及評語改寫的，而又走失了原文的意思。（可能因受到某些「傳聞」的影響。）總之，脂評「覩新懷舊」四字如指兩本不同的「風月寶鑑」而言，則這裏面所包含的內在矛盾必須求得徹底的解決才行。三、俞平伯曾指出，紅樓夢第五回關於秦可卿的曲子有「擅風情，秉月貌，便是敗家的根本。」已點明可卿與「風月寶鑑」的關連。（見「影印脂硯齋重評石頭記十六回後記」，註一八，頁三三二；並可參看正文頁三一四——三一七。）如「風月」指明清，這個曲子豈不是把明清兩朝同樣痛斥了麼？這怎麼可能是出自一位「反清復明」的遺民之口呢？四、大陸上曾發現署名「曹霑」的筆山，底面刻句曰：「高山流水詩千首，明月清風酒一船。」這是曹雪芹名「霑」的唯一實物證明。（見周汝昌「紅樓夢及曹雪芹有關文物一束」，文物，一九七三年第二期，頁二五——二六）所以曹雪芹和「明月清風」這個詞頭本有直接而密切的關係，雖然這裏並看不出任何反清復明的意思。但我因此而引起一個極大膽的妄說，姑著於下。

二　關於曹雪芹的「漢族認同感」

我想曹家雖然是從龍入關，並屬於正白旗，但到了曹雪芹這一代，由於屢經政治風波，家業消亡，未嘗不感到「奴才」之難做。（族人對皇帝自稱「奴才」）敦誠「寄懷曹雪芹」詩有云：

> 少陵昔贈曹將軍，曾曰魏武之子孫。君又無乃將軍後，於今環堵蓬蒿屯。揚州舊夢久已絕，且著臨邛犢鼻褌。

這首詩紅學家考證爭辯甚多。我現在只想用這開首幾句說明一個問題，卽曹雪芹已十分明確地意識到他自己本是漢人。而他又生值清代文字獄最深刻的時代，眼看到許多漢族文士慘遭壓迫的情形，內心未嘗不會引起一些激動。這種激動自然不會達到「反清復明」的程度，但偶而對滿清朝廷加以譏刺則完全是可能的。曹雪芹因家恨而逐漸發展出一種「民族的認同感」，在我看來，是很順理成章的心理過程。許多現代的紅學家因拘於曹雪芹是旗人的事實，從來不肯往這一方面想。好像以爲曹家這一系早已數典忘祖，而曹雪芹自己也必然是站在滿清一邊的。事實上以曹雪芹之敏銳，他不致於對當時文字獄所表現的滿漢衝突毫無感應。然而今天的紅學家寧可強調曹雪芹的反封建意識，強調曹雪芹是貴族階級的叛徒，却不願設想曹雪芹固有可能發展某種程度的反滿的意識。其實反封建、叛階級是我們今天的觀念。這些觀念對於曹雪芹而言，遠不及反滿和同情漢族來得具體而眞實。紅樓夢中有許多控訴當時上層社會的話，這是不爭的事實。這些所謂「反封建」或「叛階級」的思想應該是作者目睹自己貴族大家中種種黑暗和險惡而發生的。但是紅樓夢也確實有些可疑的字句，如「大明角燈」及芳官改名耶律雄奴（匈奴）的故事，未嘗不可解釋爲對滿清的譏刺。自傳派紅學家遇到這種地方便有些含糊支吾，無所措手足。他們也知道這些字句可疑，但又不願說雪芹反滿，因此只好不了了之。（最明顯的如吳恩裕對於「大明角燈」的問題的態度，見「有關曹雪芹十種」，頁一二六及一五七——一五八，俞平伯對「耶律雄奴」問題的持疑，見「紅樓夢研究」，頁九三——九四。）我不明白，爲甚麼要說曹雪芹有勇氣反封建、叛階級，而獨不承認他有勇氣叛滿歸漢？

如果我們承認曹雪芹可能具有某種程度的反滿意識，則紅學研究中所遇到的有些困難也許可以因此避免了。如永忠的延芬室集稿本中有弔雪芹三首詩。上面有瑤華（即弘旿）的眉批云：

此三章詩極妙。第紅樓夢非傳世小說，余聞之久矣，而終不欲見，恐其中有礙語也。（見紅樓夢卷，第一冊，頁十）

瑤華的批語也是考證派紅學家爭論不決的問題之一。大體上說來，有兩種意見：一是以「礙語」爲綺語（見周汝昌，新證，頁四五四——四五五），一是以「礙語」爲「謗書」，是政治上有「關礙」的話。（見吳恩裕，十種，頁三八——四〇）我傾向於「謗書」的說法，但並不贊成「謗書」是所謂對封建社會或專制統治的譏評和諷刺。這是今天所謂「有政治理論水平」的紅學家的感覺，以弘旿的理論「水平」來說，曹雪芹縱使是有意識地「反封建」、「叛階級」，他也未必看得懂。吳恩裕曾以「文字獄」爲說。其實乾隆一朝的文字獄基本上是漢人反清問題。所以我覺得弘旿所說的「礙語」正不妨解爲紅樓夢中有譏刺滿清的話頭。更有意義的是最後發現的所謂「靖本」紅樓夢第十八回有一段長批。全文如下：

孫策以天下爲三分，衆才一旅；項籍用江東之子弟，人唯八千。遂乃分裂山河，宰割天下。豈有百歲義師，一朝卷甲，芟夷斬伐，如草木焉！江淮無崖岸之阻，亭壁無藩籬之固。頭會箕斂者，合從締交；鋤耰棘矜者，因利乘便。將非江表王氣，終於三百年乎！是知并吞六合，不免輒〔軹〕道之災；混一車書，無救平陽之禍。嗚呼，山岳崩頹，既履危亡之運；春秋迭代，不免去故之悲。天意人事，可以淒滄

> 〔愴〕傷心者矣！大族之敗，必不致如此之速；特以子孫不肖，招接匪類，不知創業之艱難。當知瞬息榮華，暫時歡樂，無異於烈火烹油，鮮花著錦，豈得久乎？戊子孟夏，讀虞〔庾〕子山文集，因將數語繫此。後世子孫，其毋慢忽之！

周汝昌說得很對，如果只是一家一族之事，就不會引錄像庾信「哀江南賦」序文中的那樣的話了。所以此批（以及還有一些類似的）還是很值得注意的。（均見周汝昌，前引文，文物，一九七三，第二期，頁二四）但周君所持「封建階級沒落」和「皇室爭位」之說，在此並不相應。其困難與吳恩裕之解「礙語」相同。所可惜者，靖本中其他類似的評語，周汝昌沒有整理發表，否則我們對這一長批的意義必能有更深入的了解。

據我的看法，批者引庾子山哀江南賦序，序有「將非江表王氣，終於三百年乎」之語，並深致其感慨，應該是指朝代興亡而言的。如所測不誤，則這段批語就很可能暗示明亡和清興。批語所云：「大族之敗，必不致如此之速；特以子孫不肖，招接匪類，不知創業之艱難。」合起來讀，很可以附會明代的終結。至於批語下截，說「當知瞬息榮華，暫時歡樂，無異於烈火烹油，鮮花著錦，豈得久乎？」則也可以解釋爲對滿清未來命運的一種判斷或警告，至於出於善意，抑或惡意，那就無法確定了。此批寫於戊子，即乾隆三十三年（公元一七六八），距雪芹之死才五、六年（壬午，一七六二或癸未，一七六三）。照年代看，此批應出畸笏之手。（見周汝昌，「新證」，頁五四一——五四七）無論畸笏和脂硯是一是二

(此點紅學家意見不同)，總之批者是和曹雪芹在思想上頗有契合之處的一個人。因此，這個長批也可以加强我們對於曹雪芹具有某種反滿意識的猜想。

但是說紅樓夢中偶有譏刺滿淸的痕跡，却並不等於囘到「索隱」的「反淸復明」理論。「反淸」或「刺淸」在紅樓夢中只是作爲偶然的揷曲而存在，它決不是紅樓夢的主題曲。紅樓夢第一囘說所記爲作者「親覩親聞的這幾個女子」，又說「亦不過實錄其事」。索隱派如果堅持紅樓夢是「反淸復明」的血淚史，那就必須要把紅樓夢的全部或至少一大部份加以「實錄」化。換句話說，他們必須另編一部晚明抗淸史來配合紅樓夢的整個故事的發展。這部歷史縱不能與紅樓夢吻合無間，至少也應該是大體無訛。這並不是我們特別對「索隱派」苛求，而是「索隱派」的基本假設非如此卽不得謂之證實。在這一點上，「索隱派」的處境比「自傳說」還要困難。因爲「自傳說」只牽涉到曹家一姓的興衰史。一家一姓的史料容易散失，證實較難。儘管如此，周汝昌的「新證」已可謂做到差强人意的地步，雖然「自傳說」的內在矛盾也不免因此而暴露。而「索隱派」的題目則來得至大無外。它涉及了十七世紀全部漢族的被征服史。我們今天雖不能說對晚明時代漢人抗淸的事實知道得巨細無遺，但重大的事件和人物總是有文獻可徵的。「索隱派」至少也該有一部像周汝昌「新證」這樣的論著，纔能和「自傳說」分庭抗禮。否則在數十萬言的大書中找出幾十條「索隱」是不能證明甚麼問題的。錢靜方說得好：「此說旁徵曲引，似亦可通，不可謂非讀書得間。所病者舉一漏百，寥寥釵、黛數人外，若者爲某，無從確指。」（「紅樓夢考」，見紅樓夢卷，第一册，頁三二六）所以，我認爲，與其誤認「反清復明」爲紅樓夢的主題曲，並因此而不得不剝奪曹雪芹的著作權，倒不如假定曹雪芹在窮途潦倒之餘逐漸發展了一種漢族認同感，故在紅樓夢中偶而留下了一些譏刺滿清的痕跡。但是這個假定究竟能否得到證實，那就要由未來的研究和新資料發現的情況來決定了。

附註：

本節寫成以後，我才看到吳恩裕的「曹雪芹的故事」（中華書局，上海，一九六二）。這本小書是用小說體裁寫的，但想像的部份都多少有文獻上的根據。吳恩裕先生在這本書中也承認曹雪芹有反滿的思想傾向。他說：「我又深信他深惡痛絕專制統治，特別是『異族』的統治。在紅樓夢和脂批中肯定是有這種隱微的流露的。但是這既不是否定階級關係，也不能和蔡元培所謂『作者持民族主義甚篤』的看法相提並論。」（「小序」頁四）我很高興吳先生在這個問題上已先我而發。他的基本論點都是我可以接受的。

一九七四年五月十二日補記

曹雪芹的「漢族認同感」補論

在「關於紅樓夢的作者和思想問題」中，我曾提出曹雪芹具有「漢族認同感」的可能性。該文發表後曾引起若干讀者的疑問，這種疑問自然是合理的。在我們一般的印象中，曹家既出身內務府包衣，則曹雪芹早已是澈底滿化的漢人，他似乎不可能發展任何漢族的認同意識。事實上，這樣的理解是非常機械的，完全忽略了滿清入關以後，一百多年間滿人漢化的歷史發展。

滿人，尤其是宗室子弟的漢化幾乎與清王朝的建立同時開始。順治九年（一六五二）八旗始各設宗學，已是滿漢同時講授，但順治十一年六月便已諭宗人府，令宗室子弟永停習漢字諸書，並說：「朕思習漢書、入漢俗，漸忘我滿洲舊制。」及十八年「遺詔」罪已復以「漸習漢俗，於淳樸舊制，日有更張」爲言。下逮曹雪芹之世，滿人漢化之風已到了不可遏止的境地。乾隆二十年（一七五五）胡中藻和滿人鄂昌互相唱和所引發的一大文字獄結案之後，乾隆帝下詔說：

滿洲本性樸實，不務虛名，卽欲通曉漢文，不過於學習淸語技藝之暇，略爲留心而已。近日滿洲熏染漢習，每思以文墨見長，並有與漢人較論同年行輩往來者，殊屬惡習……此等習氣不可不痛加懲治。嗣後八旗滿洲須以淸語騎射爲務……如有與漢人互相唱和，較論同年行輩往來者，一經發覺，決不寬貸。著通行曉諭院部八旗知之。

可見乾隆時代的文字獄已不單純地限於漢人反滿，而擴大及於滿人（如鄂昌）與漢人（如胡中藻）之間的詩文往復。周汝昌在這一點上有很敏銳的觀察，他說：

按乾隆文字獄，世皆言之，以治淸史者無不道及也。然文字獄者，應專指著史撰文或觸「夷夏」之忌，或謗朝政之非，所謂「悖逆」者耳。此等常興大獄，瓜蔓株連，常累師友，戮及枯骨，宜謂之文字獄。至乾隆最惡滿人沾染漢習，詩酒寓托，牢騷不平，是爲又一範圍，史家每每混稱，不加闡釋，則失治史之職矣。八旗滿洲，以詩酒爲「不肖」之行徑，敢以此自鳴自高者，必遭罪譴。必明此義，然後知曹雪芹及其交游朋輩如敦敏、敦誠、張宜泉等，皆以詩酒爲命，自今視之，毋乃无聊，而在當時，則又自有其歷史意義。（見「紅樓夢新證」，新版，頁七一五——七一六）

曹雪芹的「漢族認同感」卽在此種詩文唱和的過程中逐漸發展出來的。周汝昌所提到的二敦兄弟和張宜泉三個人正給曹雪芹的思想來源提供了一條極重要的線索。「不知其人視其友」，我們不妨試加闡釋。

敦氏兄弟是宗室子弟，自然談不上有什麼「漢族認同感」。但由於他們的漢化已深，他們也並不感覺自己是「異類」。相反地，從他們的詩文來看，他們似乎已不知不覺地置身於中國歷史文化的傳統大流之中。這自然和清廷所一貫推行的「用夏變夷」的文化政策有關。唯清廷的用意是藉中國的往史來證明其異族統治的合法性，而敦氏兄弟之流則往往於論史詠史之際寄托他們當時的憤慨與感觸。這是兩個方向完全相反的漢化發展。

我在「敦敏、敦誠與曹雪芹的文字因緣」中，已指出二敦特別同情歷史上失敗的英雄。我並且進一步說明，這種同情主要是起於他們對其先祖阿濟格的遭遇感到深切的不平。然而問題尚不如此單純，二敦兄弟由於受了祖宗的連累，雖隸屬宗室，而政治上始終失意。長期的失意使他們對本朝也多少懷有不滿之感，因而有意無意之中流露於字裏行間，敦敏的「懋齋詩鈔」中有讀史四首，分詠宋武帝、齊高帝、梁武帝、和陳武帝，前兩首譏罵篡弒之事，後兩首則諷刺帝王佞佛敗事。倘持與順治、雍正兩朝事跡作對照，亦未嘗不使人生古典今情之感。敦誠在「鷦鷯菴筆麈」（四松堂集卷五）中特別稱贊這幾首詩「意調雙美」，尤堪注目。

敦誠的「四松堂集」中借詠史發抒感慨之作更多。最可怪的是他一再對明代特致其惋惜之意。集中如「偶閱宏光南朝事跡爲賦四絕」、「詠明人四首」、「過建文墓」、「過十三陵」（均見卷一）都是顯證。其「詠明人四首」中有「故主飄零故國更」、「舊君新詔太無情」等句，絕非當時漢族文士所敢著筆的。事實上，也祇有宗室子弟才敢寫得這樣的露骨，因爲他們畢竟沒有反滿的嫌疑。敦誠又有「射腹謠和嵩山戲作」一首詩，甚有風趣，其詩如下：

> 豬王幾赤槽上頸，鬼叫華林豬繼統，末年偷得李家兒，却返宮人延劉種。長寧子孫無孑遺，龍顙在側竟不疑；新安市狗一聲吠，龍顙窺伺豬王碁。蒼梧早是几上肉，何在援弓射袒腹。弒君熟手王敬則，更有國華與世族。昱也、準也莫怨嗟，官昔曾取司馬家。（見吳恩裕「有關曹雪芹十種」附錄「四松堂集外詩輯」，頁一八〇——一）

所咏亦南朝宋齊間簒弒之事：豬王指宋湘東王劉彧，乃前廢帝（劉子業）之叔。前廢帝以彧體肥，呼之爲豬王，以木槽盛飯並雜食，使以口就槽食，後來湘東王卒自取帝位，卽宋明帝。這就詩中所說的「豬繼統」。「援弓射坦腹」則指宋後廢帝（劉昱）嘗畫蕭道成腹作箭垜，引滿將射之事。後廢帝又曾夜至新安寺偷狗，就曇道人烹食，醉還遇弒，故詩云：「新安市（按：市當是「寺」字之誤。）狗一聲吠，龍顙窺伺豬王碁」。蓋蕭道成早已覬覦在旁也。結云：「昱也、準也莫怨嗟，官昔曾取司馬家」更是簒弒史上最有名的故事之一。宋順帝（劉準）禪位於蕭鸞時，逃入宮內。王敬則將輿入宮，啓譬令出。順帝謂敬則曰：「欲見殺乎？」答曰：「出居別宮耳。官昔取司馬家亦如此。」

令人注目的是，這首詩和敦敏的讀史四首一樣，也是專講南朝篡弒之事。用南朝史事入詩，其風沿習已久，至少宋代已然。清初詩人運用南朝故實者則往往借以隱喩當時的政治事態，吳梅村尤爲突出。（如「南來處仲無他志，北上深源有重名」之類。）因此我頗疑心二敦兄弟受到這種影響，詠史也別有所指，不是單純地在那裏發思古之幽情。

二敦既「牢騷憤激」（周汝昌語，見「曹雪芹」，頁一〇三），看不入目本朝政爭之黑暗，因轉而對明代有所惋惜，不直其滿族先世之所爲。這是很容易了解的所謂「子幹父蠱」的心理。東晉時王導嘗言司馬懿父子創業及逼弒魏高貴鄉公事於明帝前，帝聞之覆面著牀，曰：「若如公言，祚安得長？」敦誠詩中「官昔曾取司馬家」之句便透露了這種心理。敦誠的「偶閱宏光南朝事跡爲賦四絕」尤其值玩味。詩云：

狗尾貂蟬殿陛紛，南朝舊事不堪云；懷寧法曲君王宴，博得維揚閣部墳。

區區四鎭自戈矛，天下江山入帝州；聊壯殘軍餘一吒，陣前只有靖南侯。

大江天塹據長流，元日笙歌金殿頭；猶有梨園佳者嘆，未應天子又無愁。

高燒椽燭春難曉，細寫吳綾夜未央，莫更遠尋江令宅，祖堂寺裏又斜陽。

這四首詩是敦誠的得意之筆，所以他在「鷦鷯菴筆麈」中也特別提及，並說他的友人汪易堂

（名蒼霖，浙江錢塘人）謂其「不減王阮亭（士禎）」。

我在「關於紅樓夢的作者和思想問題」中曾推測「靖本」紅樓夢第十八回引庾子山「哀江南賦序」一條批語似在暗示明代的終結，我又說，批語下截可以解釋爲對滿清未來命運的一種判斷或警告。至於究出善意或惡意，則不易遽斷，如果我們把這一條批語和敦誠的詠宏光朝四絕聯繫起來看，則此批極可能出自敦誠之手。我在寫前文時，尚誤從流行的說法，以爲紅樓夢中的批語都是脂硯齋或畸笏叟寫的。現在我已找出批語中雜有二敦筆墨的痕跡，（詳見「敦敏、敦誠與曹雪芹的文字因緣」）我願意借此機會修正以前的看法。敦誠當然談不上「反滿」，他對明代之亡所寄予的同情却很可能激動曹雪芹的「漢族認同感」也。

在曹雪芹的朋友之中。宗室子弟如二敦固然不可能「反滿」，出身漢族的旗人如張宜泉則千眞萬確地是一個「叛滿歸漢」的典型份子。這一點早已由周汝昌點破。周氏推斷張宜泉的前世可能也是內務府包衣旗籍，其祖先或嘗有難言之痛。因此到了他這一代已是潦倒抑塞，和曹雪芹的心境極爲相似。周氏對張宜泉的政治思想所作的分析，值得特別地加以介紹。他說：

> 張宜泉的詩集子最前部分是很多排律、試帖詩，這種詩是練習應考科舉用的，並無內容，只要堆砌典故，考究技巧，就是佳作，當中和結尾可都不要忘了「頌聖」！這絕無例外。因此有人說張宜泉這種詩也就是「和其聲以鳴國家之盛的」。可是事

實殊不盡然。在「東郊春草色」篇中，說：

日彩浮難定，烟草散不窮。……

幾度臨青道，凝眸血染空！

這後十字是結句（這裏應該『頌聖』），——眞是令人不勝駭異了！再有：

錦瑟離宮曲，羶笳出塞聲。

——驚秋詩二十韵

同聲相與應，殊類故難參。

——蕭然萬籟含虛清

莫厭飛觴樂，于今不是唐。

——結花多映竹

亭治非秦苑，山河詎漢家。

——閑興四首、其四

這簡直奇怪到極點了！這些句子，分明是諷怨當時滿洲貴族的統治的，在乾隆時候，這樣的話，不要說屢屢出現于一本詩集子裏，只要有一于此，就足以殺身滅族了！——卽使曾興文字大獄的那些例子也都只是些隱語暗喩，還沒有見過這樣顯露激烈的！

他的詩裏還有很多值得研究的地方，這裏不能細論。只舉較明白的，如『讀史有感』寫道：

> 拍手高歌嘆古今，閑披青史最驚心！
> 阿房宮盡綺羅色，銅雀台空弦管音。
> 韓信興劉無剩骨，郭開亡趙有餘金；
> 誰似尼山功烈永，殘篇斷簡尚堪尋。

> 這完全是對當時政治的譏評。……結合上面所舉的那些令人駭異的句例而看，張宜泉的思想具體內容，大有可以探討之餘地。所以，這位朋友也是一個具有叛逆性格、反抗思想的人物。這方面，成爲他和雪芹之間的友情基礎，因而也就幫助我們更深刻地了解雪芹的性格思想。（「曹雪芹」，頁一六八——一七〇）

周汝昌最反對紅樓夢具有反滿背景之說。但客觀的證據擺在面前，使他也不能不承認張宜泉「春柳堂詩稿」中所表現的反滿意識，其激烈顯豁的程度尚在當時引起文字大獄的作品之上。周汝昌最近更補充道：

> 春柳堂詩稿，中多令人駭愕之觸忌語，亦當時文字獄之漏網者。卽「閑興」之作中亦時有「往事既成秦鹿失，浮名應付楚弓遺」等可異之句。（新版「紅樓夢詩證」頁七三八）

其實張宜泉之所以能漏網，主還是因爲他隸屬旗籍，不在清廷耳目偵察的範圍之內。否則必無倖理。但周汝昌多少還蔽於成見，因此他不曾更進一步從張宜泉的「叛滿歸漢」去推測曹雪芹的「漢族認同感」。

據我所考見，「春柳堂詩稿」中尚有一首詩更具有文字獄的資格，而爲周汝昌所未及徵引者，卽「遊太陽宮有感」。詩云：

> 廟破非今日，蕭條已有年。當沾臨照普，得仰大明懸。義馭空梁上，烏輪落搆前。聞修雲集畢（原註：雲集觀蓋於太陽宮前，聞自修此觀之後，太陽宮香火漸及蕭條），爐火減從先。

從全篇詩旨，尤其是「得仰大明懸」這一觸目驚心之句來看，此詩絕無疑問是「弔明之失」。此詩之末有「大處落墨，語妙天成」八字評語。詠太陽而曰：「得仰大明懸」，眞可當「語妙天成」而不愧。以此句和徐述夔「大明天子重相見」及「明朝期振翮，一舉去淸都」等語相較，實在毫不見遜色。有著張宜泉這樣一位詩文往復的朋友，曹雪芹的「漢族認同感」便來得毫不突然了。

我以前討論曹雪芹的「漢族認同」問題，曾提到「紅樓夢」舊抄本中「大明角燈」和「耶律雄奴」兩個可疑之點。當時以爲這兩件事早爲治紅學者所熟知，故語焉不詳。不料批評該文的人竟完全誤會了我的意思。這裏有再加申說的必要。

清代內廷於新春懸明角燈，俱名慶成燈，同時明角燈也就是羊角燈。這自然不成問題。認爲「挑著大明角燈」一語並無深意的人總要辯說「明角」二字應屬讀，「大明」二字不應屬讀。大者相對於小而言也。（趙信卿於一九六〇年七月十日致吳恩裕的信中卽已如此說，見「有關曹雪芹十種」，頁一五七——八）但問題是在於「大明」兩字連書在乾隆朝是最犯忌諱的，曹雪芹何不逕寫爲「大慶成燈」或「大羊角燈」，而偏偏用「大明角燈」這樣的字眼呢？我敢斷言，如果「紅樓夢」不幸而招來文字獄，則上述的辯解是絕不足以獲得清廷的寬恕的。文字獄的特色正在於用咬文嚼字的方式來羅織入罪，誰來同你講「大明角燈」四個字究竟是怎麼「屬讀」的？而且「大明」兩字如果毫無問題，何以百二十回本竟改此句作「挑著角燈」而單單把「大明」給删掉了？現在我們讀到張宜泉「得仰大明懸」之詩，則曹雪芹之用「大明角燈」一詞更顯見是有深意的。不但如此，甚至像潘重規所指出的「除明明德以外無書」這樣的怪話也值得我們平心靜氣地重新考慮一番了。

至於「耶律雄奴（匈奴）」的問題，我們必須知道當時凡是涉及「夷」「狄」之類歷史上少數民族的字眼都是犯禁的。陳垣的「舊五代史發覆」一書已足以充分說明這一點。也許有人以爲紅樓夢中講匈奴的那一段文字是在於歌頌朝廷。可是我們還得記住紅樓夢一書是並無朝代可尋的，書中把北京改成長安，雖說是文人積習，但長安畢竟是漢、唐的首都。如果我們再讀一讀張宜泉的「羶笳出塞聲」、「殊類故難參」、「于今不是唐」、「山河詎漢家」等句，則曹雪芹這一節涉筆成趣的文字似乎恰恰是以嘻笑怒罵的態度來譏刺異族的。最近周汝昌又考出，紅樓夢第七十八回用力寫明衡（恒）王及林四娘死難之事，其眞正的背景是抗清而不是打流寇。陳維崧、王士禎、蒲松齡諸家記林四娘事皆純寫其亡國之痛、易代之感。周汝昌很謹愼地說道：

曹雪芹于小說第七十八回忽以特筆寫及此事，是否無所爲而爲之？尚待深入研究。

（「紅樓夢新證」，新版，頁二三一）

這確不失爲考證學家「實事求是」的態度。

曹雪芹雖出身內務府包衣旗籍，但就他個人的遭際而言，他早已「家業消亡」，從滿洲統治階層中游離分化出來了。在他的交游圈子中既有不滿現實、同情勝國的二敦兄弟，又有「叛滿歸漢」的張宜泉。他之所以能發展出某種程度的「漢族認同感」是絲毫不必奇怪的。清代中葉以後，不但包衣「奴才」的後裔如曹雪芹者曾有這種思想上和情感上的突變，甚至道地的滿洲作者之中也不乏「叛族」之士。乾隆時的和邦額卽是一例。蔣瑞藻的「小說考證」中有「夜談隨錄」一條云：

乾隆間，有滿洲縣令和邦額者，著「夜談隨錄」一書，皆鬼怪不經之事，效「聊齋誌異」之轍。文筆粗獷，殊不及也。然記陸生柟之獄，頗持直筆，無所隱諱，亦難能矣！出彼族之手，尤不易得。「嘯亭雜錄」云：「和邦額此條直爲悖逆之詞，指斥不法，乃敢公然行世，初無論劾者，可謂僥幸之至。」又云：「其記與狐爲友者云：『與若輩爲友，終爲所害。』用意荒謬。」禮親王著書安得不云爾？抑人之度量相越，何其遠也！（見「續編」卷一頁三一一——三一二）

陸生枏是廣西人，工部主事，因著「通鑑論」論及封建、建儲、兵制、人主諸端，觸雍正之怒，於一七二九年被誅，「與狐爲友」之「狐」字卽諧「胡」字之音。可見和邦額「子幹父蠱」的心理比二敦兄弟更要强烈，公然自譴本族起來了。和邦額能够「叛族」，曹雪芹難道竟不能「歸漢」嗎？

我的基本看法和以前仍差不多，我並不認爲紅樓夢是「反淸復明」的政治小說，我從前假定「曹雪芹在窮途潦倒之餘逐漸發展了一種漢族認同感，故在紅樓夢中偶而留下一些譏刺滿淸的痕跡。」根據我目前所掌握的資料來看，這個假定至少可以說是已得到了初步的證實。

一九七七年八月廿七日淩晨，時正寄居耶魯大學戴文博學院

「懋齋詩鈔」中有關曹雪芹生平的兩首詩考釋

曹雪芹的卒年曾經一度是個爭論得很熱烈的紅學考證題目。關於這個問題，有兩個不同的學派：一派是以俞平伯爲主將，根據甲戌本石頭記第一回一條硃筆眉批「壬午除夕書未成，芹爲淚盡而逝」之語，斷定雪芹死在壬午除夕，即一七六三年二月十二日。另一派則以周汝昌爲代表，根據鈔本敦敏的「懋齋詩鈔」中「小詩代簡寄曹雪芹」之詩，主張雪芹卒於癸未除夕，即一七六四年二月一日。爲什麼這首詩可以證明雪芹晚卒一年呢？因爲周汝昌檢查「懋齋詩鈔」的結果，發現這是一部編年詩集，而在「小詩代簡」之前的第三首詩「古刹小憩」題下，注有「癸未」兩字，由此可見「小詩代簡」亦必作於癸未。敦敏既然癸未春天還有詩柬邀雪芹飲宴，則雪芹不可能已先卒於壬午年(這當然假定敦敏確知雪芹其時尚存)，但是由於「壬午除夕」是直接的證據，尤其是除夕是不容易錯記的日子，因此癸未論者仍保留了「除夕」，而以壬午乃由批者日久誤憶所致。

在辯論的過程中，周汝昌又發現敦敏柬邀雪芹於癸未三月初一前來飲宴，是爲了給他的弟弟敦誠過三十歲整壽。但雪芹由於貧病交迫，既無能力也無興緻應酬，所以終於沒有赴席。何以知道雪芹沒有赴席呢？因爲「懋齋詩鈔」在「小詩代簡」之後的第三首詩正是記述那次的宴會，而其中並無雪芹。周汝昌在新版「紅樓夢新證」中說：

> 是詩（即「小詩代簡」）稍後即有因敦誠壽日家宴之作，歷舉座客，而無雪芹，是終未能至，必有故矣。（頁七四五，參看「曹雪芹」，頁一八五——一八六。）

更有趣的是壬午論者也同樣根據上述「懋齋詩鈔」中的兩首詩來加强雪芹卒於壬午除夕之說。茲引友人趙岡和陳鍾毅兩位的說法如下。他們兩位在合著的「紅樓夢新探」中說道：

> 在討論『小詩代簡』的寫作年代以前，讓我們先談一談胡適之先生的看法。很久以前，我們與胡適之先生通信討論此事，胡先生表示已經完全放棄了自己以前的看法，而接受周汝昌的癸未論。我們告訴胡先生，在未能排除其他可能性以前，就放棄壬午論，似乎嫌太早了。譬如說，既令「小詩代簡」是作於癸未二月中旬，上距壬午除夕不過一個多月。會不會是敦氏兄弟尚不知道雪芹已去世？我們不能完全不估計這種可能性。雪芹遷居西郊後，與敦氏兄弟的往還已是很少。有時甚至一年多都未見面。敦誠、敦敏這段時期又經常往來於東皋間。我們同時向胡先生指出，在

「小詩代簡」一詩的後兩首就是「飲集敬亭松堂同墨香叔，汝猷，貽謀，二弟（英時按：此處標點有問題，「二弟」兩字卽汝猷、貽謀兩人，前已有敬亭，不須重出。）暨朱大川，汪易堂卽席以杜句蓬門今始爲君開分韻，得蓬字」之詩。……這次宴會只有七人參加，雪芹並不在內。有東邀而未出席，是否雪芹已前卒？胡先生讀過我們信後，果然就改變了主意，再度改回壬午說。我們提出此點，並不視爲對癸未說的主攻，只是覺得癸未說在這裏又留下一處破綻而已。（頁八二——八三）

由此可見，無論是壬午論派或癸未論派都同樣承認「小詩代簡」和「集飲敬亭松堂」兩首詩是密切相關的，前一首之邀柬卽是爲了後一首中所寫的集飲。

我這一篇短文並不涉及雪芹卒年的問題，對上述兩派更無意作左右袒。本文的目的僅在檢討這兩首詩的性質，及它們之間究竟是不是存在著如兩派所共同肯定的那種首尾相應的關係。

我們先看「小詩代簡寄曹雪芹」。這是一首五言律詩，原詩如下：

東風吹杏雨，又早落花辰。好枉故人駕，來看小院春。詩才憶曹植，酒盞愧陳遵。
上巳前三日，相勞醉碧茵。（「懋齋詩鈔」頁九二，文學古籍刊行社影印本）

此詩有地點和時間兩個問題。先說地點。詩云「好枉故人駕，來看小院春。」可見敦敏邀請雪芹到他家中去飲酒賞春。敦敏的住處名爲「槐園」。敦誠的「四松堂集」（文學古籍刊行社影印本，一九五五）卷一「夜宿槐園步月」詩題在「槐園」下注云：「伯兄子明宅」可證，子明卽敦敏之字也。同卷「山月對酒有懷子明先生」詩末注云：「兄家槐園，在太平湖側。」又同卷「佩刀質酒歌」題下注云：「秋曉遇雪芹於槐園」。（此詩周汝昌新版「新證」定爲壬午年作，頁七四三）更可知曹雪芹大約是敦敏園中的常客。槐園所在地的太平湖是在當時北京內城西南角，乾隆時尚有水，槐園舊址據說在湖的東側，但今天湖水已乾，什麼遺蹟也看不到了。（見吳恩裕「有關曹雪芹十種」，頁五一——五二）所以我們可以斷定，「來看小院春」之「小院」便是太平湖側的槐園。

其次再說時間。年份問題無法判斷。如依癸未論，則此詩必在癸未。但若「懋齋詩鈔」爲編年體之說有問題，則此詩的年份便無從解決，不過下限最遲亦當在壬午，上限則不敢說了。月日比較清楚，卽「上巳前三日」。周氏據「愛新覺羅宗譜」，知敦誠生於雍正十二年甲寅（一七三四）三月初一日，如此詩作於癸未（一七六三），則適當敦誠三十整歲的生日。（見「曹雪芹」，頁一八五註一）唯周氏說「小詩代簡」是敦敏準備於癸未三月初一日爲敦誠作壽，則推斷仍欠精確，（見「新證」，頁七四四）「上巳前三日」只能是初一的前一天，亦卽二月的最後一日。（這一點曾次亮已看到，見「曹雪芹卒年問題的商討」，收入「紅樓夢研究論文集」，頁一六二）故依癸未論，此次宴會也祇是世俗所謂「暖壽」，而不是正式的壽筵。周氏斷定此次柬邀雪芹與敦誠的生日有關，是一個合理的推想。但僅憑此詩，我們並不能說它一定是癸未年的事。因爲依照通常過九不過十的習俗，則此詩也可以是壬午年爲敦誠二十九歲「暖壽」的邀柬。

現在再讓我們看看第二首詩。原詩如下：

飲集敬亭松堂，同墨香叔、汝猷、貽謀二弟、暨朱大川、汪易堂卽席以杜句「蓬門今始爲君開」分韻，得「蓬」字。

人生忽旦暮，聚散如飄蓬。誰能聯同氣，常此酒杯通。阿弟開家宴，樽喜北海融。分盞量酒戶，卽席傳詩筒。墨公講豊韵，咏物格調工。大川重義俠，擊筑悲歌雄。敬亭妙揮洒，肆應才不窮。汝、貽排酒陣，豪飲如長虹。顧我徒老大，小技慚雕蟲。最後易堂至，諧謔生春風。會者此（按：「此」字原作「唯」字，用墨筆塗改。）七人，恰與竹林同。中和連上巳，花柳烟溟濛。三春百年内，幾消此顏紅？卜晝更卜夜，擬宿松堂中。（「懋齋詩鈔」頁九三——九四）

這首詩除涉及地點和時間以外，尚有人物的問題。這次集飲的性質必須把這三個問題都解決了之後，才能得到澄清。

先介紹一下會中的人物。敦敏、敦誠兩人可以不必說了，其餘的人都可以在「四松堂集」卷一的各題詩注中得其姓名。墨香卽額爾赫宜，雖是二敦之叔，年齡却比二敦爲小（據「愛新覺羅宗譜」，他生於乾隆八年，一七四三，見吳恩裕「十種」，頁一三八）。汝猷是二敦的四弟，名敦奇，即「宗譜」中的「敦祺」，他們三人都是瑚玐的兒子。貽謀名宜孫，是二敦的從堂弟，乾隆五年（一七四〇）生。朱大川名淵，又號相崖，善畫。汪易堂名蒼霖，「懋齋詩鈔」「送汪易堂南歸省親」第一首詩中有「西湖有舊廬」之句，敦誠「鷦鷯菴筆麈」稱他是「錢塘汪易堂」（「四松堂集」卷五），可知他是浙江錢塘人。我們關於此七人的背景，所知大體如此。從「懋齋詩鈔」和「四松堂集」來看，他們是常常在一起飲酒賦詩的朋友。（下文再詳）

其次再說地點，詩題爲「飲集敬亭松堂」，詩中又有「阿弟開家宴」之句，可以確定飲集是在敦誠的住處，即四松堂舉行的。敦誠曾撰有「四松堂記」一篇（見「四松堂集」卷三），說四松堂即是「舊日之西園」，但已樓傾池平，僅存臥雲洞、薰風谷、控鶴嶺、魚樂國諸遺跡。他在「宜閒館記」（「四松堂集」卷三）中記四松堂的景緻道：

壬午春構小室於四松之南，榆柳蔭其陽，蕉棠芳其陰。

那麼四松堂究竟坐落何處呢？敦誠在「鷦鷯菴筆麈」中說：

先大人予告後，於城西第築園亭以養疴。有堂曰靜補、亭曰榆蔭、谷曰薰風、臺曰雨舫。

以「筆麈」與兩「記」互證，可知四松堂即其家舊園；因在城西，所以叫做「西園」。（他的過繼的祖父且有「西園詩鈔」，亦見「筆麈」。）

最後我們要考慮一下時間問題。周汝昌定此宴爲癸未三月初一的敦誠壽筵，其說如下：

> 詩中「阿弟開家宴」，正說明是敦誠壽辰。詩中又有「中和（二月初一日）連上巳（三月初三日）」，花柳煙溟濛」句，以見時近上巳節，亦正與「上巳前三日」相銜接。（「曹雪芹」，頁一八六、註三）

這次「家宴」是否爲敦誠壽辰，稍後再論。但周氏把「中和連上巳」和「小詩代簡」中的「上巳前三日」等同了起來顯然是缺乏根據的。他說「時近上巳節」是不錯的，但是對於「中和」節却沒有交代。如果這次宴會的時間是三月初一，它上距二月初一已相去一個月之久，詩中何以還要提及「中和」呢？所以僅從「中和連上巳」一句，我們已可初步斷定它必是在這兩個節日的中間的一天，更準確地說，應當是在二月的中旬。只有這樣一個日子才能把中和與上巳「連」起來。

在我還沒有列舉其他强證之前，僅憑我們對於「小詩代簡」和「飲集敬亭松堂」兩首詩本身的分析，我們已可從地點和時間兩方面判斷此兩詩之間並無相應的關係。敦敏的「小詩代簡」是邀請雪芹到京城西南角的「槐園」去賞春的，而敦誠「家宴」則舉行在城西的四松堂。這兩個地方相距縱不甚遠，恐亦非數步之遙。在交通不便的當時，如何能臨時改換宴會場所，並且主人也從敦敏改成敦誠，這是無論如何也講不通的事。試問照周汝昌的說法，如果雪芹決定前來赴宴，他究竟是去槐園呢？還是去四松堂呢？此其一。以時間而論，敦誠家宴也較敦敏招飲雪芹的日子爲早，這兩首詩所講的集會絕不可能是同一的。此其二。再就「飲集」一詩來看，其中曾記「易堂最後至」，然竟無一字提到雪芹獲邀未至的事。這也可見上述兩詩之間並無關係。此其三。

但是要澈底澄清這次敦誠「家宴」的性質，我們的討論便不能限於上引的兩首詩。我們必須對二敦兄弟的詩集作通盤的檢查，看看其中有沒有和「飲集」一詩性質相近之作。我自己檢查的結果發現另有兩首詩具有無比的重要性。第一首見於「懋齋詩鈔」，題目如下：

二月十五日過松軒，（按：卽松堂，前引「飲集」詩與「松堂」亦鈔作「軒」字，由敦誠用墨筆塗改爲「堂」字。）忽憶去歲亦此日同敬亭、貽謀、大川小集松軒，用阮亭集中韻，各賦七律一首，轉瞬一年矣。因用杜句『花枝欲動春風寒』分韻，余得花字。（頁六十五）

第二首詩則見於「四松堂集」卷一，亦抄其題及注如下：

仲春望日草堂集飲分韻，得枝字，去年此日諸公過草堂，用王阮亭韻紀事，瞬息一載。今年此日諸公復集草堂，追念昔歡，恍如昨日。未卜明春風光人事，更復何如，因以『花枝欲動春風寒』平聲字分韻。

兩詩題注互證，可確知卽是同一詩會。「仲春望日」卽二月十五日，此時合一也。同用杜句「花枝欲動春風寒」，此韵合，二也。「草堂」卽松堂，乃敦誠的謙詞，此地合，三也。敦誠詩題未注明「諸公」爲誰，但必不能異乎敦敏之所舉者，此人合，四也。

把這兩首詩和前引「飲集」詩配合起來看，便立卽可見「飲集」詩的「中元連上巳」一句正是指的二月十五日。這一點弄清楚了，其他一切也都迎刃而解，而用杜句「蓬門今始爲君開」分韻尤其一個很明顯的特色。

由於二敦這一羣詩友至少曾一連三年舉行過二月十五日的松堂分韻詩會，我們可以順便討論一下年份的問題了。文學古籍社影印的「四松堂集」考不出年代先後，我們仍只有從「懋齋詩鈔」著手。但因「古刹小憩」一首下面的「癸未」兩字有過貼補的痕跡，因而成爲聚訟之所在，我暫且撇開「癸未」以下的詩篇，從前面開始檢查，我反覆查對的結果，深信「懋齋詩鈔」中的四季時序大體上確很分明，現在的問題是要找出在年份方面是否也有大體上的次序。「詩鈔」中第一個明顯的線索是「丁丑檢關除夕，同易堂、敬亭和東坡粲字韻詩，回首已三年矣」。（頁二四）丁丑除夕再過三年只能是庚辰（一七六〇）。庚辰一年的篇什中包括了幾首很重要的有關曹雪芹的詩，如「過明君琳養石軒」及「題芹圃畫石」都在內。周氏繫此兩詩在庚辰，並說「由集中年份推之，粲若列眉」（「新證」，頁七三四），的確不錯。

第二個線索是「上元夜同人集子謙瀟洒軒徵歌，回憶丙子上元，同秋園徐先生、妹倩以寧飲瀟洒軒，迄今已五閱歲矣。」（頁四三——四四）丙子再閱五歲，恰是辛巳（一七六一），與上一年庚辰諸詩相銜接。從這一首詩一路數下去，在頁六〇上有「訪曹雪芹不值」，那正是辛巳冬日之作，因起句卽是「野浦凍雲深」也。再翻一葉（頁六二）是「送二弟之羊房」，起句爲「帝京重新歲」，那就進入壬午（一七六二）年了。而「二月十五日過松軒」分韵賦詩一首正緊接在一整葉之後，故可確定爲壬午之作。這首詩確定之後，下一首「飲集敬亭松堂」便非繫於癸未（一七六三）年不可。爲什麼呢？理由如下：「二月十五日過松軒」詩和敦誠「四松堂集」中的「仲春望日」詩都說去年此日同用王漁洋句分韻賦詩，不更前溯，可見辛巳年二月十五日是二敦與諸詩友第一次舉行這樣的詩會。而敦敏在「二月十五日過松軒」詩中有句云：

更期明歲今朝約，竹徑傳杯興倍賒。（頁六六）

可證他們在壬午二月十五日聚會時已預先定下了次年癸未同一日的詩約。這就是「飲集敬亭松堂」的敦誠家宴了。

所以由於敦敏諸人這一連三年的二月十五日詩會，我們現在可以完全斷定「懋齋詩鈔」是一部大體編年的集子，無論「古刹」下「癸未」兩字的貼補是怎樣來的，總之，自「古刹小憩」以下的詩大體上應屬癸未的作品，但是這種大體的編年並不能排除有偶然誤編的可能性。「小詩代簡」既與「飲集敬亭松堂」一詩完全無涉，它當然也有可能是壬午之作而誤編入癸未年之內的。本文的考證雖不免略有助長癸未論的威風之嫌，但並不能由此而斷定曹雪芹卒於癸未。我在開始時便已表示過，考證卒年不是我此文的目的所在。

最後，讓我再回到主題，總結一下何以「小詩代簡」和「飲集敬亭松堂」絕無可能有任何關係。我們已看到，這個詩會在辛巳、壬午兩年舉行的時候只有敦敏、敦誠、貽謀和朱大川四個人，故一句七言詩只用「平聲字分韻」。到了癸未年，與會者則增加到七個人（墨香、汝猷、汪易堂似是新參加的）。這個數字值得注意，因爲「蓬門今始爲君開」七個字只夠七個人分韻，再多一人便要重韻了。所以詩中「作者此七人」的「此」字原文是「唯」字，到編集時始由敦誠改定。不但七人恰可各分一韻，而且又符同「竹林七賢」（「恰與竹林同」）和「論語」中的「作者七人矣」。這個詩會自始便不包括雪芹在內，癸未年也未嘗邀雪芹參加，這是再明白不過的了。因此無論就時間、地點、人物、聚會的性質來說「飲集敬亭松堂」之詩都與「小詩代簡」是風馬牛不相及的。「小詩代簡」也許是敦敏在槐園爲敦誠「暖壽」的請柬，雪芹究竟赴宴了沒有，我們根本不知道。但是把癸未二月十五日的敦誠家宴當作敦敏爲敦誠暖壽的聚會則是十分荒唐的錯誤。別的不說，我們至少也該想想，怎麼哥哥請人「來看小院春」一下子變成了「阿弟開家宴」？胡適之先生如果眞是因爲看了這兩首詩竟從癸未說再改回壬午論，那麼這位紅學考證的開山人物就未免太令人失望了。

「四松堂集」和「懋齋詩鈔」兩集早已被紅學考證家攪翻過無數遍了，想不到其中還存在著這樣嚴重的曲解。我個人一向信任紅學考證家，所以平時只是對他們結論擇善而從，根本就不想再去查勘原始資料。現在因偶然地機緣讀了這兩部集子，發現情況並不像我假定的那麼樂觀。這眞是很使人洩氣的事。我揣測這種錯誤的產生，主要是由於曹雪芹的傳記材料太少，而紅學家求證之心又太切，因此有時便不免將與曹雪芹和紅樓夢無關的材料也都看成相關的了。讓我再舉一個明顯的例子。敦誠「鷦鷯菴雜詩」中曾保留了兩首輓曹雪芹的詩，皆不見於刻本「四松堂集」。這兩首詩的重要性自然是不用說的了。其第二首的第一句「開篋猶存冰雪文」，吳恩裕特加重視，認為「十分可能是指雪芹所撰的紅樓夢稿本」。（見「十種」，頁八）其實這全是無根據的猜想。「四松堂集」卷四「哭復齋文」中說道：

未知先生（指復齋）與寅圃、雪芹諸子相逢於地下作如何言笑？……僕近輯故友之詩文，凡片紙隻字寄宜閒館者，手為錄之，名曰：聞笛集。……從此卽過西州門，亦不痛哭而返也。（並可參看卷三「聞笛集自序」）

讀了這一段文字後，讓我們再看全詩：

開篋猶存冰雪文，故交零落散如雲。三年下第曾憐我，一病無醫竟負君。鄴下人才應有恨，山陽殘笛不堪聞。他時瘦馬西州路，宿草寒煙對落曛。

詩、文互勘，可知卽是一事。「開篋猶存」的「冰雪文」豈不明明白白地指「山陽殘笛不堪聞」的「聞笛集」嗎？「聞笛集」中有雪芹的詩文，輓詩特鄭重及之，這怎麼可能與紅樓夢稿本扯得上關係呢？從這一錯誤的前提發展下去，吳恩裕甚至認為永忠「因墨香得觀紅樓夢小說」也和敦誠篋中所藏的「冰雪文」大有關係。（見「十種」，頁六〇）紅學考證繞了一個大圈子之後，現在竟變得和舊索隱派一樣地在那裏捕風捉影了，這一事實豈不值得我們深深地警惕嗎？

我決無意貶斥近代的紅學考證工作。近五、六十年來紅學考證所取得的巨大成績是無可否認的。但是這種考證主要是建築在材料的基礎之上。在新材料的發現愈來愈困難的情況下，考證派的紅學家便不免要在已有的材料上多打主意，希望從其中逼問出更多的消息。其結果則是有的材料被迫而誇張供證，有的更弄得屈打成招。這樣的情形在研究曹雪芹家世的時候尚不甚顯著，但在企圖指證紅樓夢爲曹家的眞人眞事時便豁露無遺了。尤其是爲了找出脂硯齋與畸笏叟究竟相當於曹雪芹的什麼人，紅學家簡直完全離開了考證學的正常軌道，在那裏大變魔術，正如善博者之能呼盧成盧、喝雉成雉之一般。這就不是「實事求是」、「不知爲不知」的態度了。

我曾說，「新材料的發現是具有高度的偶然性的，而且不可避免地有其極限。一旦新材料不復出現，則整個研究工作勢必陷於停頓。考證派紅學的危機——技術的崩潰，其一部份原因卽在於是。」（「近代紅學的發展與紅學革命」），而「傳記說」的成見則更加深了這一危機。原因很簡單：「傳記說」使得有些紅學家迫不及待地要去塡補曹雪芹生活史上所留下的大片空白；在眞材料過份缺乏的情況下，僞材料和不相干的材料有時竟也乘虛而入。本篇考證「懋齋詩鈔」中有關雪芹生平的兩首詩，便是紅學家以不相干爲相干的一個具體說明。

後記：關於「八旗叢書」清抄本「懋齋詩鈔」

「懋齋詩鈔」是周汝昌最先發現的。但他所見的本子並不是後來文學古籍刊行社在一九五五年影印的稿本。周汝昌記他所見的本子如下：

> 這部詩鈔，不是敦敏的底稿本，而是鈔本，和一些旗人的作品，收在一起，叫做八旗叢書，紙墨還都是很新的，是清末人所錄。敦誠的詩，外面題作懋齋詩鈔，裏面題作東臯集，不知是二者即一，還是後者乃前者的一部分？前面有敦敏一篇自序，說從戊寅年到癸未年，常常來往於東臯，於癸未年夏，把詩編成這個集子，但詩却包括癸未年以後的。……詩是按年編的，有條不紊，這於考證，非常要緊。（「紅樓夢新證」舊版，頁三五）

但據吳恩裕「懋齋詩鈔稿本考」云：

> 紅樓夢新證作者引用「秘笈」懋齋詩鈔，是前燕京大學所藏的一個抄本。……抗日戰爭勝利以後，這個抄本……被人攫取走了。（見「有關曹雪芹十種」，頁二二一）

可見後來許多人討論曹雪芹的卒年問題，所根據的都是影印本，而沒有人再看到過八旗叢書了。而且在一般人的印象中，八旗叢書本祗是照著影印的底本清抄一過。現在底本既已出現，則清抄本已無大價値可言了。

最近我偶然在哈佛大學的哈佛燕京圖書館中見到了這部八旗叢書，是珍藏在善本室中的一部書，其中第二十七册正是「懋齋詩鈔」。取而讀之，原來恰是當年周汝昌所發現的本子，不料三十年後我竟無意中見之，眞是一種意外之喜。今年秋季恰好友人勞延煊兄來哈佛任敎半年，我們兩人費了一兩個小時的時間，用劉向「一人持本，一人讀書，若怨家相對」的辦法校讎了此本與影印本的異同。現在我把這一次校勘的結果簡單地寫在下面，以供治紅學者之參考。

八旗叢書本「懋齋詩鈔」有藏書章兩處，一是「燕京大學圖書館珍藏」，可證卽周汝昌所見之本，一是「富察恩豐席臣藏書印」，當是叢書原收藏人的圖章。富察是滿族的族名，恩豐是名，席臣是字，取席豐履厚之義。據崇彝的恩豐小傳，知他卒於民國十九年庚午，則此抄本的年代是很晚的。

卷首在「東臯集」之後的敦敏小序，起句較影印本多「戊寅夏」三字，中間「癸未夏長日如年」句，「癸未」兩字在影印本係由「庚辰」貼改，這兩處不同的地方早已爲紅學家所注意。値得指出的是影印本起始確無年代，至於跨加「戊寅夏」三字（未印出）則不易斷定是出自何人手筆。（吳恩裕「十種」，頁八八）僅此一點已可見兩本原有出入。換句話說，我們不能簡單地把影印本看成八旗叢書清抄本的祖本。

清抄本與影印本最大不同之處是少收了兩首詩。影印本頁三九「敬亭招飲松軒」和頁八一「八里莊望山」，都不見於清抄本。但影印本在「八里莊望山」一首之上有敦誠眉批「選」字，且加雙圈。如清抄本的祖本即是影印本，則此首無論如何不應漏去。

以編次而言，兩本大體相同，唯一不同之點便是紅學家爭論過的「題畫四首」。這四首詩在影本是緊接在「飲集敬亭松堂」之後，下接「題朱大川畫菊花枝上一雀」。（頁九五—九六）其剪貼移動的跡象尙宛然可覩。在淸抄本中，「題畫四首」則置於「題朱大川畫菊花枝上一雀」一首之後。這四首詩有人據「四松堂集」定爲壬午之詩。但吳恩裕認爲敦敏題詩也未嘗不可能晚一年，在癸未。（「十種」頁八五）另一個可能則是敦敏編年時誤記晚了一年。因爲這種「題畫」詩與紀事詩不同，整理時誤記的可能性比較高。

兩本的異文則甚多，我不能在這裏寫詳細的校記。玆舉「二弟病足詩以慰之」爲例。影印本（頁四九——五〇）共圈刪了六句詩，淸抄本都保存了。第二句「摩挲病脚日陽前」，淸抄本「日陽」作「朝陽」，似較佳，頗疑「日」是筆誤。第五句影印本「自古詩人多此疾」，淸抄本「疾」作「病」字，但與下一句「君今同病應相憐」重複。最不同的是倒數第三句。影印本「贈君一言應怡然」的「應怡然」三字原作「還自憐」，淸抄本則是「君勉旃」。淸抄本似是最早的寫法，「還自憐」則是第二次改稿，但因與「君今同病應相憐」重出，因此最後定爲「應怡然」。這個例子最可以說明淸抄本的祖本比影印本爲早。

有影印本有題無詩而淸抄本則並題亦無之者，如頁一一三之「同敬亭、貽謀、大川載酒遊澼水，時三月五日也。分韻得東字」即其例也。又有影印本有詩無題而淸抄本尙存其題者，如前者頁四三之「入春已十日」五言一首，讀淸抄本始知卽以首二字「入春」爲題，是也。

此外尙有影印本已塗去之句，淸抄本卽不錄入之例。如影印本頁九一之「盡歡及童僕，並許預其筵」，

「始猶隙地覓餘粒，繼皆攄竊逞豪强」，頁一〇二之「此病雖云天之殃，鬼行憑人殊挈攫」，清抄本皆已不見痕跡也。

總之，以上各種例證都祇能說明清抄本絕非以影印本爲祖本而照錄一過。相反地，清抄本所依據者乃在影印本塗改前之一種改本。就這一點說，這個清抄本仍有其獨立的價値，不能因爲我們已得見敦敏的原稿本而棄之不顧也。

這兩個本子既爲獨立的兩個系統，而編詩的次序大體一致，則「懋齋詩鈔」是編年體，其可靠性又增加了一分。

據我的判斷，「懋齋詩鈔」並不是「殘本」，而是敦敏一生中某一階段的詩集，這一階段他自己稱之爲「東臯集」，上限是戊寅（一七五八），下限大約在癸未（一七六三）或甲申（一七六四）左右。其餘各階段諒必以別的稱號名「集」，但現在已失傳了。「欽定熙朝雅頌集」首集卷二十六一共收了敦敏的三十五首詩；其中除極少數外皆不見於今本「懋齋詩鈔」，可見其中必多「東臯集」前後之作。其第一首「懷敦亭時住喜峯口」卽早於戊寅也。又當附及者，「雅頌集」所收第二首詩正是「二弟病足詩以慰之」之作。以「雅頌集」本校之「懋齋詩鈔」影印本，除「多此病」之「病」字異於影印本之「疾」字一處外（可能手民之誤？），其餘影印本所刪六句全已不見。這也是清抄本的祖本早於影印本之一强有力的證據也。

「八旗叢書」清抄本「懋齋詩鈔」的再發現還是很有意義的事。三十年前周汝昌初見此本時，他並沒有想到將來會出現另一個作者再度修改的稿本，也沒有想到「八旗叢書」本會失蹤。因此他對原本沒有作更詳細的記錄，以致後來在「癸未論」與「壬午論」的爭辯時期，他已無法根據兩本的異同來討論「詩鈔」的編年性質。而一般紅學家也都假定清抄本是以影印本爲祖本的，這使清抄本的眞正價值大大地受到了損害。清抄本縱使過錄的時代稍晚，但它的祖本却比影印本爲早，這是不成問題的。

關於「八旗叢書」如何從燕京大學搬到了哈佛大學，我本來也是很不解的。幸而哈佛燕京圖書館原任館長裘開明先生依然記得這段經過。裘先生告訴我，這部書本是哈佛燕京社購買的，存在燕京圖書館，因爲當時這兩個圖書館原是互通有無的機構。大概在一九四八年這部叢書才運到了美國，存放在善本書庫裏。我覺得這本書還有很高的剩餘價值，所以特別寫了這篇「後記」，以備紅學家參考。

一九七六年十二月四日淩晨英時記

附言：「後記」排印後，我才發現友人趙岡兄「懋齋詩鈔的流傳」一文（收入「紅樓夢論集」臺北，一九七五年），原來他在一九七二年已先我發現此本了。他的討論和我頗有異同，讀者可以參看。

一九七七年十一月十一日臺北旅次

江寧織造曹家檔案中的「西花園」考

中國時報十一月二十二日「人間」欄刋出友人趙岡兄的「花香銅臭集」（二），作者利用最近譯出的內務府滿文奏銷檔中有關曹寅修建西花園的三、四個文件，來說明江寧織署的花園曾於康熙三十七年因接駕而大加擴充重修，他並進一步推定紅樓夢中的大觀園是以織署花園爲藍本。趙岡兄的原文說：

江寧織造署本來就是一座明朝留下來的大府邸。府西的花園景物已很可觀，曹寅詩中屢加描寫。不過這座花園的最大變化是發生在康熙三十七年（一六九八）。此年預備康熙皇帝南巡，曹寅爲了接駕，特別把江寧織造署的西花園大加翻修擴充。到此它才具備了書中大觀園的規模。當時翻修的工程很大，增添了許多園景，新栽了松竹玉蘭，除修補園中舊有房屋外，還增建大小房屋四百八十一間，以及聖化寺、眞武廟、永寧觀三所園中寺廟。這些修建費算是接駕費用的一部份，要向內務府報銷的。最近譯出的清代內務府滿文奏銷檔，就記載有曹寅翻修西花園工程情況和各項開支的資料。

我讀了這段文字，不勝駭異，不知道趙岡兄何以把北京西郊皇帝的西花園整個搬到了南京織署中去了。

曹寅死在康熙五十一年（一七一二）的七月，檔案中有三個文件都是同年十一月份奏上的。（最早的一件是同年正月二十五日的）據文件所說內務府查曹寅的修建工程費用，其事始於一七一二年的正月，至曹寅死後尚未完全查淸。（原檔見「關於江寧織造曹家檔案史料」，中華書局，一九七五年，頁九五及一〇六——一〇九）周汝昌在今年（一九七六）新版「紅樓夢新證」中，曾討論到這三個文件，他說：

按此所謂西花園者，當是指郊西之暢春苑，由連敍之六郞莊、聖化寺可以確知。暢春苑必寅在京任郞中時所監造，康熙帝常居，亦卽卒于此園。……「日下尊聞錄」（暢春苑條之後，圓明園條之前）一則云：「西花園在暢春園西，正殿爲討源書屋。……」是西花園爲暢春苑西部。然「尊聞錄」所記乃乾隆時情形，當康熙時此一處園苑初建，西花園一名蓋爲總稱，未必分別如乾隆時也。（頁五二四——五二五）

周汝昌所引「日下尊聞錄」一條已足證明西花園在北京之西郊而有餘。但周氏撰寫之際不可能想到西花園會被人搬到南京織署去，所以考證不詳。對於一般讀者而言，也許說服力尙不足，因爲「西花園」是一個相當普通的名字，北京固有其地，南京也未嘗不能再有一個同名的花園。爲了澈底解決這個問題，我準備在下面提供一些補充性的證據，不但要證明西花園在北京，而且還要證明趙岡兄所指出的三所寺廟——聖化寺、眞武廟、永寧觀——也都在北京的西花園的附近。祇有做到這一點，西花園的坐落問題才再也沒有任何爭辯的餘地。

于敏中（一七一四——一七七九）等人所編的「欽定日下舊聞考」（乾隆四十三年，一七七八，內府刋本）卷七十八「國朝苑囿」之下並列了兩個地方，卽西花園與聖化寺，可見是兩個毗隣的所在。「舊聞考」又屢次分別引「西花園册」和「聖化寺册」，這正是內務府的册子，更可見兩處地方乃是分開管理的。這與檔案中所謂「查曹寅修建西花園、聖化寺各處工程」之語（「檔案史料」，頁一〇八）尤吻合無間。「舊聞考」說：

> 西花園在暢春園西，南垣爲進水閘，水北流注于馬廠諸渠。原注：西花園册（卷七八，頁一a）

同卷又說：

> 出小西廠之南門二里許，爲聖化寺北門，門內西爲河渠，東爲稻田，前臨大河。……
>
> ……原注：聖化寺册。（頁九a）

同治重修「畿輔通志」（一八七二年重修，一八八五年刋本）卷十三「苑囿」門所載亦同，但更詳細、更集中：

> 西花園在暢春園西，南垣爲進水閘，水北流注于馬廠諸渠。……西花園之大北門園前有河池。……出小西廠之南門二里許爲聖化寺北門，內西爲河渠，東爲稻田，前臨大河。（頁十八a—十九a）

懂得了這兩處地方都是臨大河的，我們才明白爲什麼滿文檔案中要不斷提到挖河、堆泊岸種種工程了。最明顯的如「內務府奏曹寅家人呈報修建西花園工程用銀摺」內說：

> 聖化寺造船九隻，連同船桅、篷子、縴繩，用銀三千零四十一兩一錢。（頁一〇六）

這些正是在大河中行駛的船隻，江寧織署卽在乾隆十六年改建之後也不過把舊池重濬；而且織署位於「會城之中」，嘉慶「江寧府志」說織署在利濟巷大街，怎麼可能容納得了這九隻大船呢？（關於江寧織署見周汝昌「新證」，頁一六二——一六六。其中附有「南京行宮圖」，園子甚小。）我們更應注意，這九隻船還是有「縴繩」的，難道南京城中心的一個衙門之內，不但可以行船，而且還需要縴夫來拉縴嗎？

「日下舊聞考」在「聖化寺」條內又說：

> 聖化寺北門有行殿二所，東距行殿二里許爲東門，門內爲永寧觀。原注：聖化寺册。（卷七八，頁十六a—b）

「畿輔通志」在西花園條下則說：

樞光閣內供眞武像。（卷十三，頁二十a）

這大概就是滿文檔中的「眞武廟」了。可證永寧觀和眞武廟也都和西花園、聖化寺相隣，彼此相去最多不過二、三里之遙而已。

關於眞武廟，還有一層曲折。蔡賡年纂「光緒順天府志」「京師志」「寺觀一」有「玉鉢庵」一條云：

玉鉢庵在西華門西南，庵卽明眞武廟也。……康熙五十年重建。殿前有玉鉢，因以名庵。

注引曹日瑛「重修眞武廟碑記」云：

西華門外西南里許，乃前明御用監舊址也。房舍盡爲民居，惟眞武廟存焉。殿前有古玉鉢一口，大可容二十石，山龍海馬，雲容水態，備極雕鏤之巧。且露處庭中，久歷年所，沐日月之精華，經風雨之噓潤，斑斕光彩，奪人心目。以故文人墨士時共訪觀。憶余於保傺之暇，亦曾摩娑數市，徘徊久之，深歎有器如此，而竟散置於禁近之地也。辛丑（一七二一）春僧性福過訪云：「住此二十六年，一瓦一木咸出行乞。至康熙五十年庀材鳩工，重建眞武殿三楹，復建前殿三楹，供康熙像。移玉鉢於座下，疊石爲小山，貯水於玉鉢，以示普陀南海之意。左右增修禪堂，各三楹。雖殿宇不多，而鐘鼓不缺，更喜落成之日，適値今上御極六十年，甲歷初周，

香燈佛火，朝夕諷禮，仰祝我朝寳鼎萬年之盛。敢乞一言記之。」是爲記。（卷十六頁十四b—十五a）

這個眞武廟與上引樞光閣並不在一處。値得注意的是它的重建適在康熙五十年。其全部工程雖遲到康熙六十年始畢，然而五十年重建時似已有眞武殿三楹、前殿三楹。這和滿文檔中「眞武廟配殿六間，和尚住房八間」（頁一〇六）頗有暗合之處。眞武廟雖說是由主持人性福化募而建，但內務府未嘗不可能暗中相助，觀其「供康熙像」一點卽可推知。周汝昌推測修建西花園等工程是曹寅早年在北京任內務府郎中時的事，當然很合理。但是還有一個可能卽曹寅特別得康熙寵愛照顧，故讓他遙領西花園等地工程，以便得些好處。例如曹寅於康熙四十五年二月二十八日的奏摺，末有云「臣寅蒙皇上格外施恩，擧家頂禮，雖粉身碎骨，難報萬一，唯有敬誦訓旨，勉力自愼，仰副皇上生成之至意。」（「檔案史料」，頁三七）不知所指何事。我疑心或許與這類工程有關。如果曹寅自康熙四十五年起遙領西花園、聖化寺等工程，而派他的家人（如檔案中的陳佐）去監工，則自五十一年正月起內務府向他查帳，也是很近情理的。而眞武廟之適重建於康熙五十年，便不是偶合之事了。不過由於史料不足，我並不敢堅持此點。姑記於此，以俟再考。

總之，我們將滿文檔中的西花園和聖化寺、永寧觀、眞武廟等幾處地名結合起來考察，則西花園在北京西郊而不在南京織署可以說是鐵案如山。事實上，我們僅就這三件譯出的檔案本身來研究，不借助於任何旁證，也可知其與南京織署風馬牛不相及。上文所擧九隻大船及縴繩卽是顯證。不但如此，這三、四件檔案都是內務府的正式奏摺，所用西花園一名自然是正式的專名，絕不可能指江寧織署中的一個園亭而竟略去江寧織署的字樣。江寧織署西邊的花園從無「西花園」之名。曹寅詩中偶然稱之爲「西園」，那也祇是私人爲了方便起見所用的一個稱呼。北京內務府的人如何會在正式奏摺中用一個禿頭的「西花園」來指江寧織署中的園子呢？何況江寧織署祇有在乾隆十六年南巡時重修過一次，康熙三十八年前並無動過任何工程的記載。所以在乾隆十六年以前，江寧織造署卽是該衙門的正式名字，其後始兼有江寧行宮之稱。至於西花園作爲內務府文件中的專名，則清代祇有一個，那就是位于北京西郊的皇帝的苑囿之一，其中一切建築物都記載在內務府的「西花園册」中。這個西花園是和紅樓夢中的大觀園扯不上任何關係的，除非我們接受舊索隱派的理論。

紅樓夢中有若干曹雪芹家世的背景，這一點早已解決了。但雪芹寫這部小說則別有藝術創造上的寓意，決非記載他家中的眞實事跡。紅樓夢中的大觀園更不是以十八世紀中國任何一個園林（無論在南、在北）爲藍本的。到現在爲止，我們尙未找到任何一條證據，足以證明大觀園是南京織造署的花園。紅樓夢是曹雪芹的自傳（或家傳）說早已不能成立了。

一九七六年十二月五日

曹雪芹的反傳統思想

曹雪芹並不是一位思想家，但紅樓夢一書在思想史上却具有特殊的意義。

近幾十年來，討論紅樓夢的思想的文字很多，一般地說，大家都肯定它是反「封建」、反儒家的。其中也有人認爲紅樓夢不遲不早地出現在十八世紀，正好說明它是對崩潰前夕的「封建」社會的一種全面批判。這些說法並不是沒有根據，但不免失之過於寬泛和抽象，無法使我們把捉到曹雪芹的思想的具體情況。本文企圖從曹雪芹的社會背景和思想來源兩方面來發掘他的反傳統的本質。

近代紅學研究的主要成就是使我們基本上弄清楚了曹雪芹的家世。我們現在確知曹家雖原爲漢族，但早已投靠滿州人；入關以後並隸屬內務府正白旗。換句話說，曹家在文化上已是滿人而不是漢人了。滿族征服中國本土以後，漢化日益加深，逐漸發展出一種滿漢混合型的文化。這個混合型文化的最顯著的特色之一便是用早已過時的漢族禮法來緣飾流行於滿族間的那種等級森嚴的社會制度。其結果則是使滿人的上層社會（包括宗室和八旗貴族）走向高度的禮教化。所以一般地說，八旗世家之遵守禮法實遠在同時代的漢族高門之上。曹雪芹便出生在這樣一個「詩禮簪纓」的貴族家庭中。

不少研究紅樓夢的人傾向於把賈府當作當時中國上層社會的一種典型來看待。這似乎不很妥當。其實像賈、史、王、薛這種累世同居的大家族只有在八旗世家中才有典型的意義，在漢人上層社會中恐怕反而是例外。這個問題尚有待於史學家深入研究。這裏只能略舉清初至中葉的兩三條當時人的觀察來代替詳細的論證。顧炎武「日知錄」卷十七「分居」條徵引了很多條古代「別財異居」的例子，並加按語：

乃今之江南猶多此俗，人家兒子娶婦，輒求分異。而老成之士有謂二女同居，易生嫌競；式好之道莫如分爨者，豈君子之言與？

又引應劭「風俗通」：「凡兄弟同居、上也；通有無、次也；讓、其下耳。」並加以評語曰：

豈非中庸之行而今人以爲難能者哉！

又舊題「何義門批校精抄本日知錄」此條有眉批云：

> 每見同居者多爭競，視若讎仇，而各爨者互相存恤，不失親親，何也？……………總之，昔人分產則不成其爲人倫；而今日惟分產猶或稍全其人倫也。㊀

批者是否何焯無關重要，總之，是清中葉前後人的見解。由此可知清初以來漢人士大夫社會上早已不能「同居共財」了。

章學誠「文史通義」內篇「同居」條說：

> 九世同居，前人以爲美談……時勢殊異……同居亦有不可終合之勢；與其慕虛名而處實患，則莫如師其意而不襲其跡矣。……自私自利，天真易漓，中人而下，往往不免；則顧家庭之敦孝友，莫如擇人世之易惕而難忘者，君子以爲合則不如分也。

章氏（一七三八—一八〇一）與曹雪芹同時而稍晚，他已明白地主張「合不如分」，這更足以反映紅樓夢成書時代漢人上層社會的一般風氣了。

大族累世同居必須靠一套嚴格的禮法來維持秩序，但其結果則往往流於繁瑣舖張，即成過禮，清代八旗上層社會便恰好是如此。相反地，漢人士大夫因爲趨向分居，禮法日疏，遂成不及禮。蕭奭「永憲錄」卷二下雍正元年冬十一月「祁爾薩條奏喜喪儀制以杜奢侈」條，有一條款云：

㊀見「原抄本日知錄」，臺北明倫出版社，一九七〇年，頁四〇六。

滿州、蒙古遇有喪事，親友饋粥茶弔慰，風俗日下，至有多□猪羊，大設盛饌送飯者，競相效法，過於奢靡，無所止極。……禮言：不飲酒、不食肉、不宿內，爲居喪之實。近漢人居父母喪，纔□□卽變易服色以更宴會。飲酒止磁其杯，食肉止木其箸，宿□器皿忌娘以爲服喪云爾。此官禮者見之而蹴然也。

此文末句有損奪，但大意尚可測知，足見滿漢上層社會居喪，一過禮，一不及禮，適成顯明的對照，這裏所說漢人情況全無誇張。吳敬梓（一七〇一—一七五四）便給我們提供了一個最生動的例證。「儒林外史」第四回記舉人范進在湯知縣處吃酒席，因丁母憂遵制，不肯用銀鑲杯箸。湯知縣發覺後，忙叫換來一個磁杯，一雙象牙箸來。范進還是不肯舉動。最後又換了一雙白竹筷子來，范進才下箸。知縣見他居喪如此盡禮，又怕他不用葷酒。但後來看見他在燕窩碗裏揀了一個大蝦圓子送在嘴裏，方才放心。這一篇絕妙的諷刺文字豈不和「永憲錄」所言「飲酒止磁其杯，食肉止木其箸」完全符合嗎？

八旗世家的禮法最集中地表現在喪祭兩方面。以下我們將證明紅樓夢中所寫的喪禮與祭禮都是流行於八旗社會的制度。十九世紀中葉福格撰「聽雨叢談」十二卷多記八旗風俗禮制，頗翔實可信。卷七「助哭」條云：

八旗喪禮：屬纊、成殮、舉殯，則男婦擗踊咸哭。朝晡夕三祭，亦男女咸哭。男客至，客哭，不哭則否；女客至，婦人如之。直省喪禮：受弔日，主賓皆不舉哀，祭堂寂然；殯日亦俯首，前導惟鼓樂之聲而已。

福格分別八旗喪禮和直隸省之不同，也就是北京城內和外地之不同，這都是作者親見之事，故最可信。（下文尚提到廣東哭喪的特色，也是因爲作者幼時在粵之故。）紅樓夢第十四回寫鳳姐在會芳園登仙閣哭靈，有一段說：

> 鳳姐吩咐得一聲：『供茶燒紙』只聽一棒鑼鳴，諸樂齊奏。早有人端過一張大圓椅來，放在靈前，鳳姐坐了放聲大哭。於是裏外男女上下，見鳳姐出聲，都忙忙接聲豪哭。

這明明是形容「男婦擗踊咸哭」的八旗哭喪法，毫無可疑。「聽雨叢談」卷十一「丹旐」條云：

> 八旗省喪之家，於門外建設丹旐，長及尋丈。貴者用織金朱錦爲之，下者亦用朱繒朱帛爲之，飾以纁錦。

這種「丹旐」也在紅樓夢中找得到痕跡。第十三回記秦可卿停靈時也說：

> 會芳園臨街大門洞開，旋在兩邊起了鼓樂廳，兩班青衣按時奏樂，一對對執事擺的刀斬斧齊。更有兩面硃紅銷金大字大牌豎在門外，上面大書「防護內廷紫禁道御前侍衛龍禁尉。」

曹雪芹爲了表現賈府的喪禮的過情，所以特加渲染（甲戌本「兩面」且作「四面」，更可見作者原意）。兩面「硃紅銷金」的大牌即是「織金朱錦」的「丹旐」變相，一望可知。

「聽雨叢談」卷十一「專道」條云：

> 京師最重喪禮，庶人喪輀皆得專道而行。塗遇王公貴官之輿馬弗避。貴官或停候過，或避於甬路之下旁驅。
>
> 按京師喪輿或舁夫八十人、六十四人、三十二人、十六人各視其位及稱家之有無也。
>
> 又京師有喪之家，殯期前一夕擧家不寐，謂之伴宿，俗稱坐夜，卽古人終夜燎之禮也。

此條共記三事均見於紅樓夢。第十五回可卿出殯，北靜王前來路奠之後賈赦、賈珍等一齊上來請他回輿，北靜王說：「小王雖上叨天恩，虛邀郡襲，豈可越仙輀而進也。」一直到殯過後，他才回輿，這是「專道」之顯證。

第十四回記送殯前夕至次日淸晨情形，說：

> 這日伴宿之夕……一夜中燈明火彩，客送官迎，那百般熱鬧自不用說的。至天明，吉時已到，一班六十四名青衣請靈。」

這裏不但明用「伴宿」的專名，而且舁夫六十四人，亦與福格所記吻合。可卿在賈府輩份最低，但仍用第二等殯禮，所以就「位」而言已大爲逾禮。曹雪芹不寫「八十人」，卽可見他下筆極有分寸，雖暴其短而不流於過度的誇張，並且忠實地保存了八旗禮制的眞相。其寫實手段之高妙，於此可見一斑。

關於祭祀之禮，「聽雨叢談」卷六「以西爲上」條云：

八旗祭祀，位設於西。蓋古人神道向右之義。勝國洪武初，司業宋濂上孔子廟堂議曰：古者主人西向，几筵在西也。漢章帝幸魯祠孔子，帝西向再拜。……按此說，八旗以西爲上之禮，實合於古矣。

紅樓夢第五十三回「寧國府除夕祭宗祠」，特借寶琴新來的眼睛，細細留神打量，以點出宗祠原來是在寧府西邊另一個院子。這已說明是「以西爲上」的八旗禮制了。但作者的精密尚遠有過於此者。請看下面這個特寫鏡頭：

每賈敬捧菜至，傳與賈蓉，賈蓉便付與他妻子，又傳與鳳姐，尤氏諸人；直傳至供桌前，方傳與王夫人，王夫人傳與賈母，賈母方捧放在桌上。邢夫人在供桌之西，東向立，同賈母供放。

獨寫邢夫人在供桌之西，東向立，即說明其餘諸人都是西向；供桌在西邊，邢夫人祇有站在供桌的對面才能幫賈母供放祭品。這種筆法顯從史記「項羽本紀」寫鴻門宴座次變化出來。難怪「有正本」此回脂批要說「除夕祭宗祠……是一篇絕大典制文字」了。我們可以毫不誇張地說，縱使紅樓夢作者的姓名不幸而永遠失傳，但憑其中所寫的喪祭二禮，我們也可

以考出此書必出於清代八旗世家子弟之手。㈡

紅樓夢所寫的八旗世家的生活，但作者因為有所顧忌，始終不肯洩露得太分明。但另一方面，作者又不肯完全埋沒其眞實的背景，因此在關鍵之處往往暗加指點，上述喪祭二禮便是鐵證，我們不妨再舉兩個有趣的例子。第十一回寫鳳姐在天香樓看戲，有一句說：

鳳姐……款步提衣上了樓來。

俞平伯所藏嘉慶甲子（一八〇四）百二十回刻本上有一些嘉道年間的人的評語。在這一句下批道：

上樓提衣是旂裝。㈢

此批與後來索隱派反滿之說不相干，完全是讀者細心悟得的。第五十四回鳳姐囑咐寶玉：

寶玉別喝冷酒，仔細手顫，明兒寫不得字，拉不得弓。

八旗入關以後漸棄舊俗，滿語和騎射日益荒廢，康、雍、乾三朝屢次下諭要八旗子弟熟習弓馬，並規定必須能馬步箭才准作文考試㈣。所以這一句似乎漫不經意的話，其實是作者

㈡奉寬「蘭墅文存與石頭記」一文說：「故老相傳，撰紅樓夢人為旗籍世家子。書中一切排場，非身歷其境不能道隻字。」（見一粟編「紅樓夢卷」第一冊，頁二六）正是從這些地方看出來的。

㈢見俞平伯「讀紅樓夢隨筆」，卅六「記嘉慶甲子本評語」節第四條。

㈣參看周汝昌「紅樓夢新證」（新版，一八七六）第一冊頁三五〇及第二冊頁七一三所引文獻，並可參考昭槤，「嘯亭雜錄」卷一「忘本」條。

有意指出寶玉是八旗世家子弟。曹雪芹祇輕輕地用了「提衣」、「拉弓」四個字，就把鳳姐和寶玉的眞實背景和盤托出了，清初考證大師閻若璩曾說：

古人之事應無不可考者，縱無正文，亦隨在書縫中，要須細心人一搜出耳。

（見「潛邱劄記」卷六）

話是說得過於樂觀了一點，但大體上不失爲經驗之談。紅樓夢有些地方恰好可以印證他的說法。

以上所論足以說明紅樓夢所暴露的絕不是十八世紀中國上層社會的一般情況，而是特別流行於八旗世家之間的禮法或禮教。必須確切地把握到這一層，曹雪芹的反傳統思想的特質才能獲得進一步的澄清。

紅樓夢中到處都透露着世家的禮法，這一點脂批也往往從旁加以戳破。下面是若干比較突出的例子，甲戌本第三回脂批：

此不過略敘榮府家常之禮數，特使黛玉一識階級座次耳，餘則繁。（影印本頁四二下）

同書第十六回脂批：

百忙中又點出大家規範，所謂無不週詳，無不貼切。（頁一六七下）

庚辰本第二十回脂批：

大族規矩原是如此，一系兒不錯。（頁四四九）

同書第二十二回脂批：

寫寶玉如此，非世家曾經嚴父之訓者段（斷）寫不出此一句。

非世家經明訓者段（斷）不知此一句，寫湘雲如此。

瞧他寫寶釵真是又曾經嚴父慈母之明訓，又是世府千金，自己又天性從禮合節。前三人（引按：指寶玉、湘雲、黛玉）之長並歸於一身。前三人向（尚？）有捏作之態故，惟寶釵一人作坦然自若，亦不見踰規踏矩也。㊄

非世家公子斷寫不及此，想近時之家縱其兒女哭笑索飲，長者反以為樂。其〔無〕禮不法何如是耶！

這一句又明補出賈母亦是世家明訓之千金也。不然斷想不及此。

（以上均見第一冊，頁五〇七—五〇八）

同書第二十四回脂批：

好層次、好禮法，誰家故事？（頁五三八）

同書第三十八回脂批：

㊄後來「迷失」了的有關衛若蘭射圃的文字（見甲戌本第二十六回末總批及庚辰本同回眉批）也是此意。納蘭性德「郊園卽事」詩中也有「地應憐射圃，花不礙球場」之句（周冠華「大觀園就是自怡園」臺北，一九七四年，頁一七—一七曾引及此詩。）不過應該指出，「射圃」一詞古已有之，不是清代才出現的。

近之暴發專講理法，竟不知禮法。此似無禮而禮法井井。所謂整瓶不動半瓶搖（搖？），又曰：習慣成自然，真不謬也。（頁八七二）

同書第五十八回脂批：

看他任意鄙俚詼諧之中，必有一個禮字還清，只是大家形景。（第二册，頁一三七二）

必須指出，批者對作者的世家禮法顯然十分讚美，這似乎不可能出自曹家自己人的手筆，更未必符合作者的原意。但批語中所透露出來的歷史背景則十分重要，使我們確知作者在嚴峻的禮法環境中長大的。事實上，也祇有這樣出身的人才能入室操戈，成爲禮法的叛徒。批者所一再稱賞的禮法，不用說，乃是八旗世家的專利品，曹家行之尤篤，批所謂「誰家故事也」。批又以「理法」與「禮法」對揚，也値得注意。當時一般社會上受到理學的影響，好用「理」字來壓人，所以戴震批判的是「理」而非「禮」。

曹雪芹專以「禮」字爲攻擊的對象，這祇有從他的八旗世家的特殊背景才能獲得解釋。紅樓夢全書都是暴露禮法的醜惡的，並不是像脂批所云，是在有意無意之間炫耀作者的門第。這一點我想毋須多說。不過爲了下文說明曹雪芹的反傳統思想的方便，讓我們挑選兩三條最尖銳的實例來顯示作者對禮法的眞實感想。第一個例子自然是第七回借焦大之口所罵的「扒灰、養小叔子」那句名言。關於這一段文字，甲戌本脂批也不得不說：

一段借醉奴口角閒閒補出寧榮往事近故，特爲天下世家一哭（按：疑當作「嘆」或

「哭」。）（頁一一一上）

這可以說是開宗明義點破隱藏在禮法後面的醜行。第二個例子則是借劉姥姥之口來諷刺賈府禮法的虛僞本質。第四十回劉姥姥被鳳姐諸人大加捉弄了一番之後，借故說道：

> 別的罷了，我只愛你們家這行事，怪道說「禮出大家」。

這是一針見血地戳穿賈府的假正經，號稱禮法世家却對她這個「莊家人」十分無禮。最後一個例子是賈敬死後，賈珍、賈蓉父子在熱喪中和尤氏姊妹胡混的一回妙文。第六十三回先寫賈蓉「聽見兩個姨娘來了，便和賈珍一笑。」緊接着寫鐵檻寺謁靈，說道：

> 賈珍下了馬，和賈蓉放聲大哭，從大門外便跪爬進來，至棺前稽顙泣血，直哭到天亮，喉嚨都啞了方住。

這好像十足顯出他們父子二人眞是居喪盡禮的孝子賢孫了。但接着在第六十四回，作者筆下一轉，竟寫道：

> 賈珍、賈蓉此時爲禮法所拘，不免在靈前藉草枕塊，恨苦居喪。人散後，仍乘空尋他小姨廝混。

八旗世家的禮法在這種春秋筆法之下更是原形畢露了。

紅樓夢中反禮法的中心涵義既明，我們就可以進一步從思想史的觀點來分析曹雪芹的反傳統思想特殊性格了。但這種分析必須以最可靠客觀資料爲依據，不可僅憑主觀臆測。首先讓我們提出兩個具體的問題，即在反傳統的思想傳統上，影響曹雪芹最深的古人是誰？影響他最大的古籍又是什麼？全部紅樓夢的思想淵源極為複雜，如果我們不能在這個大關鍵上有確定的瞭解，不能在龐雜的資料中區別主從輕重，則分析工作是根本無從著手的。

對於上面所提出的兩個問題，我們可以毫不遲疑地答道，曹雪芹在反傳統這一問題上最欣賞的古人是阮籍，最愛好的古籍是莊子。關於這兩點，證據都充足。敦誠「贈曹芹圃」有云：

> 步兵白眼向人斜。

敦敏「贈芹圃」亦云：

> 一醉毷白眼斜。

曹雪芹卒後敦誠與荇莊聯句又云：

> 狂于阮步兵。（自註曰：「亦謂芹圃。」）

更重要的是張宜泉「題芹溪居士」題下小注云：

> 姓曹名霑，字夢阮，號芹溪居士。

可見不僅朋輩都以阮籍的「白眼」與「狂」比擬曹雪芹，他自己也是以阮籍自許的。

紅樓夢與莊子關涉甚深，這是大家都知道的。甲戌第一回便有眉批說：

> 開卷第一篇立意真打破歷來小說窠臼。閱其筆則是莊子、離騷之亞。（頁八下）

這祇是就文筆而言，大體自然不錯。紅樓夢第七十八回寶玉撰「芙蓉女兒誄」明言「遠師楚人之言，招魂、離騷、九辯、枯樹、問難、秋水、大人先生傳等法。」足證脂批不謬。就思想影響而言，莊子的份量也遠比其他任何一種古籍爲重。第二十一回寶玉讀「胠篋」篇並續莊子文，第二十二回又引「列禦寇」篇，以及第六十三回妙玉的「畸人」之說，都和紅樓夢的中心思想有關，下文將繼續有所討論。

現在讓我們從思想的內涵方面考察曹雪芹何以特別接近阮籍與莊子。事實上，曹雪芹的反傳統思想基本上屬於魏晉一型，尤其是竹林七賢那種任情不羈的風流。我們記得，在紅樓夢第二回，作者曾借賈雨村之口把歷史上的人物劃分爲三型。其中正邪兩類乃是敷衍世俗之見，不足重視。眞正值得注意的則是所謂「秀氣」所生的第三類人物。其中除了藝術家和奇女子之外，首先就列舉了許由、陶潛、阮籍、嵇康、劉伶諸人。竹林七賢已佔了三位之多。

魏晉思想經歷了好幾個發展階段，這裏不能詳論。但以反周孔名敎而言，則竹林七賢最爲激烈，其中尤以阮籍與嵇康是不妥協的典範。嵇康在「與山巨源絕交書」中說：

又縱逸已久，情意傲散，簡與禮相背，嬾與慢相成，而爲儕類見寬，不攻其過，又讀老莊，重增其放。

又「難自然好學論」云：

六經以抑引爲主，人性以從欲爲歡；抑引則違其願，從欲則得自然。然則自然之得，不由抑引之六經；全性之本，不須犯情之禮律。

可見他正是從老莊自然的立場上來痛斥儒家禮法的。阮籍的意態有時比「非湯武而薄周孔」的嵇康還要激越。他在「達莊論」中痛斥「名分之施……殘生害性」；在「大人先生傳」更說：

> 汝君子之禮法，誠天下殘賤、亂危、死亡之術耳。

「世說新語」「任誕」篇（亦見「晉書」卷四十九本傳）說：

> 籍嫂嘗歸寧，籍相見與別。或譏之。籍曰：禮豈爲我輩設耶！

曹雪芹在思想上與嵇、阮相契之處，無疑正在他們反禮法這一方面。而阮籍「禮豈爲我輩設」之語尤深得曹雪芹的同情。阮籍不能忍受魏晉高門的僞禮法，曹雪芹也不能忍受八旗世家的僞禮法；所以兩人雖遙遙千載而精神相通。「夢阮」之「夢」即孔子夢周公之夢，絕不可等閒視之。

曹雪芹那篇至情至性的「芙蓉女兒誄」不但在文字上師法莊子「秋水」和阮籍的「大人先生傳」，在精神上更是發揮了魏晉反禮法的傳統。這篇「別開生面」的祭文便是要和賈珍父子的僞禮法作一鮮明的對照。因此寶玉說：

> 如今若學世俗之奠禮，斷然不可；竟也還別開生面，另立排場，風流奇異，於世無涉，方不負我二人之爲人。

又說：

寧使文不足悲有餘，萬不可尚文藻而反失悲切。

這正是所謂「禮豈爲我輩設」的最好註解。所以文中「風流」一詞也必須從「魏晉風流」的角度求之，始能得其確詁。

曹雪芹這篇文字不但如他所供，曾參考了阮籍的「大人先生傳」，並且還在暗中襲用了「達莊論」。誄文開始說：

太平不易之元，蓉桂競芳之月，無可奈何之日。

庚辰本在每句之下都特加批語，認爲是「奇之又奇」。其實這完全是從「達莊論」的起首變化出來的，「達莊論」說：

伊單閼之辰，執徐之歲，萬物權輿之時，季秋遙夜之月。

曹雪芹顯然是從末二句得到啓發的。以我的淺陋，實未見阮籍以外尚有誄、賦之體作此格調者。潘安仁「西征賦」的「歲次玄枵，月旅蕤賓，丙丁統日，乙未御辰」也與此誄不同科。「大人先生傳」與「達莊論」是阮籍發揮莊子自然之旨以攻擊周孔名教的基本作品，曹雪芹對這兩篇文字精熟如此，則其思想上受阮籍影響之深可以想見。

紅樓夢中所表現的莊子精神也是通過魏晉人的觀點而偏重在反名教、反禮法的一面，第二十一回特引「胠篋」篇「殫殘天下之聖法，而民始可與論議」之語；這恰好是「大人先生傳」中「坐制禮法、束縛下民」的觀念之淵源所自。「畸人」之說尤其重要，第六十三回邢岫煙說妙玉：

又常贊文是莊子的好，故又或稱爲畸人。他若帖子上自稱畸人的你就還他個世人。畸人者，他自稱是畸零之人；你謙自己乃世中擾擾之人，他便喜了。

莊子「大宗師」：「敢問畸人」，「經典釋文」引司馬彪注云：

不耦也，不耦于人，謂闕於禮教也。

可見畸人正是不遵禮教之人，畸人與世人之不同也就是「大宗師」篇中「遊方之內」與「遊方之外」的分別之所在；前者守世俗禮法，後者則任情廢禮。「世說新語」「任誕」篇言：

阮步兵喪母，裴令公（楷）往弔之。阮方醉，散髮坐牀，箕踞不哭，裴至，下席於地，哭弔唁畢，便去。或問裴：凡弔，主人哭，客乃爲禮；阮既不哭，君何爲哭？裴曰：阮，方外之人，故不崇禮制；我輩俗中人，故以儀軌自居。時人歎爲兩得其中。

曹雪芹特別以「畸人」與「世人」對擧，其心目中必有阮、裴這一故事在，那是毫無可疑的。

上面我們分析了曹雪芹的社會背景和思想淵源，同時也指出這兩者之間的內在關聯。八旗世家及其高度的虛僞化是直接激起曹雪芹「反叛」的社會造因。在這一反叛過程中，曹雪芹自然而然地接觸到了中國反禮法思想的源頭，那便是阮籍、嵇康等人持以打擊周孔名教的莊老自然之說。掌握了紅樓夢的創作在社會史和思想史上的主要線索之後，我們對這部小說的理解也會隨之而加深。我們現在可以說明，何以這部偉大的作品必須以「情」的觀念爲其最後的歸宿了。

說紅樓夢是以「情」的觀念爲中心的作品，常常會引起誤解，容易使人聯想到張問陶「艷情人自說紅樓」的詩句。但是另一方面，討論紅樓夢却又無法完全撇開「情」字不理。紅樓夢本文和脂批到處都涉及「情」字，書名之一也是「情僧錄」，而且更重要的，全書歸結於「情榜」。甲戌本第一回在「有命無運，累及爹娘」一句之上有眉批說：

> 看他所寫開卷之第一個女子便用此二語以訂（定？）終身，則知託言寓意之旨。誰謂獨寄興于一情字耶！」（頁十二下）

批者顯然是在抗議讀者單獨用一個「情」字來概括整個作品的豐富內容。這無疑代表一種較爲健全的觀點。但是這一批語同時也透露了「情」之一字在全書中所佔據的份量之重，以致在紅樓夢尚未廣泛流傳之前，圈內的讀者已基本上把它當作一部「情」書來看待了。其實關鍵在於我們怎樣理解這個「情」字在本書中的涵義。

從上面所指出的曹雪芹反傳統思想的特性來看，紅樓夢中的「情」字無疑正是「禮」字的對面。「情」出自然，「禮」由名敎；所以魏晉時代哲學上的自然與名敎之爭落到社會範疇之內便恰好是「情」與「禮」的對立。阮籍說「禮豈爲我輩設」，嵇康說「不須犯情之禮律」，竹林七賢的另一位——王戎——更有「聖人忘情，最下不及情；情之所鍾，正在我輩」名言，尤足與阮語互相補充。從此以後，「情」便成爲中國反傳統思想中的一個中心觀念了。明清時代反理學的思潮，雖與魏晉反禮法的思想流派不同，也往往立足於「情」字之上。試以曹雪芹所最爲傾倒的湯顯祖爲例，他在「牡丹亭記題詞」中便說：

自非通人，恆以理相格耳。第云理之所必無，安知情之所必有耶！

朱彝尊「靜志居詩話」卷十五「湯顯祖」條云：

人或勸之講學，笑答曰：諸公所講者性，僕所言者情也。

他顯然是把「情」放在「性」或「理」的對立面了㈥。

與曹雪芹同時的戴震（一七二四——一七七七）也是一個有趣的例證。他在「孟子字義

㈥「情有理無，理有情無」這種對立觀念是湯顯祖受了紫柏真可（達觀）的影響而發展出來的。見湯氏詩文集卷四十五「尺牘之二」「寄達觀」一書。（徐朔方箋校「湯顯祖集」第二冊，頁一二六八）達觀是佛門中的異端，一六〇四年繫獄自殺，遭際極似李贄。所可注意者，庚辰本紅樓夢第三十二回前有一批曰：

「前明顯祖湯先生有懷人詩一截，請之堪合此回。故錄之以待知音：無情無盡却情多，情到無多得盡麼，解到多情情盡處，月中無樹影無波。」（影印本頁七三五）

這首詩恰巧又是湯顯祖贈給達觀的，原題為「江中見月懷達公」（詩文集卷十四「詩之九」，「湯顯祖集」第一冊，頁五三三）引詩除首句「却」字原作「恰」外，悉同。曹雪芹關於「情」的觀念自然也受了湯顯祖的影響。

疏證」卷上「理」字條說：

理也者，情之不爽失也；未有情不得而理得者也。……天理云者，言乎自然之分理也；自然之分理，以我之情絜人之情，而無不得其平是也。

又說：

情與理之名何以異？曰：在己與人皆謂之情，无過情无不及情之謂理。

這更是用「情」和「自然」的觀念正面來打擊理學傳統中那個絕對化的形而上的「理」了。曹雪芹和戴震在思想上毫無牽涉，但立足於「情」則彼此不謀而合。這正足說明「情」已成爲一切反傳統的思想流派的共同武器了。然而由於曹、戴兩人的社會背景與思想淵源都不相同，因此雖同生在一個時代，並且同反傳統，而攻擊的具體對象終有「禮」與「理」之異趣。這是思想史上頗堪玩味的現象。

紅樓夢中的「情」雖然具體地表現爲兒女之情，其更深一層的社會涵義則在於對「禮」的否定。這一點，脂批也已隱約地點出。庚辰本第二十一回批語說：

寶玉重情不重禮，此是第二大病也。（頁四七一）

所以換一個角度來看，紅樓夢中的兩個對立的世界其實也就是「情」世界與「禮」世界的分野。前者出於自然，因而是「眞」的、「乾淨」的；後者乃由人爲，因而是「假」的、「骯髒」的。我曾指出，寶玉對稻香村的批評卽是對李紈的已婚身份表示一種「微詞」㊆。這個看法似無大誤，不過現在看來，尚有未盡之處。第十七回寶玉關於稻香村那一段很有力的議論值得全引在這裏：

> 此處置一田莊，分明見得人力穿鑿扭捏而成。遠無鄰村，近不負郭，背山山無脈，臨水水無源，高無隱寺之塔，下無通市之橋，峭然孤出，似非大觀。爭似先處有自然之理，得自然之氣，雖種竹引泉，亦不傷於穿鑿。古人云：「天然圖畫」四字，正畏非其地而強爲地，非其山而強爲山，雖百般精而終不相宜。

平時寶玉在賈政面前，連大氣也不敢透，何以爲了稻香村竟敢如此地慷慨激昂，情見乎詞？足見這是作者的特筆，其實祇要我們拿握住守節的李紈是大觀園中唯一的「禮法」的象徵這一事實，就會懂得寶玉這番話句句都是從「自然」的觀點來攻擊「名教」的。而全篇旨意也豁然貫通，更無疑義了。園名「大觀」，評語偏要說「峭然孤立，似非大觀」，這豈不是明白表示在以「情」爲中心的大觀園中不能容納這唯一的「禮法」的象徵嗎？但是寫實主義大師曹雪芹當然深刻地了解，他所嚮往的「情」的世界「禮」的世界的重重包圍之中，在眞實的人間是絕不可能存在的。所以在紅樓夢最初構想的階段，大觀園之終歸於太虛幻境便早已是一個預定了的必然結局。

總結地說，曹雪芹的反傳統思想，基本上是屬於魏晉反禮法的一型。這一型的思想家在

㊆見「紅樓夢的兩個世界」，頁五三——五四。

理論上持老莊自然與周孔名教相對抗；在實踐中則常表現爲任情而廢禮。這些特色在曹雪芹身上都可以獲得印證。敦氏兄弟一再以阮籍的「白眼」和「狂」來形容他，所指的都是反禮法的一面。阮籍對禮法之士才施以白眼，對於嵇康却是以青眼相向的。這和從顧炎武到戴震這一系統的思想是截然有別的，後者則是從儒學內部起來批判理學正統的。就我們今天所能掌握的資料來判斷，曹雪芹的生活圈子大體不出八旗社會的範圍。他和當時中國學術思想的主流似乎沒有接觸，和一般的漢人社會的接觸也是有限度的。清廷提倡程朱理學則主要是對付漢人的，要他們守君臣上下之「理」，因此戴震才提出「以理殺人」的控訴。但是對於曹雪芹而言，「理」的壓力則遠不及「禮」來得直接而沉重。他當然也不會喜歡理學，然而他的反傳統的重點畢竟在「禮」而不在「理」。在這一方面，他的特殊的八旗背景是不容忽視的，換句話說，曹雪芹的反傳統思想主要是滿漢文化混合之下的一種特殊的歷史產物。

最後必須指出，本文所分析的僅限於曹雪芹思想中有關反傳統的一方面，而不是它的全部。而且發掘出他這一部份思想的社會和歷史的根源並不是對它的意義與價值有所限定。曹雪芹反禮法的涵義已超越了魏晉觀點的籠罩，其光芒更突破了八旗社會的樊籬，這些都是有目共睹的事實，用不着多說。祇要這種思想探源的工作多少可以加深我們對於紅樓夢的理解，則本文所做的初步嘗試也許尚不失爲一種值得我們繼續努力的方向。

附錄:「紅樓夢的兩個世界」英譯

The Two Worlds of" Hung-lou meng"*

By Ying-shih Yu

Translated by Diana Yu

Ying-shih Yu, Professor of Chinese History at Harvard University, is now on leave to serve as President of his alma mater, New Asia College, the Chinese University of Hong Kong. He has also been appointed Pro-Vice-Chancellor of the University for a term of two years, beginning 1973. This article is translated from a lecture delivered by Dr. Yu as one of a series of lectures celebrating the tenth anniversary of the CUHK. In a related study, Chin-tai hung-hsueh te fa-chan yu hung-hsueh ke-ming 近代紅學的發展與紅學革命 *to be published in the Journal of the CUHK, Volume II, 1974, Dr. Yu has analyzed the "inner logic" of the past fifty years of "Red-ology"*

---

*From *The Renditions,* A Chinese——English Translation Magazine, No.2, Spring, 1974 *and possible new departures for future scholarship in this classic novel by Ts'ao Hsueh-ch'in* (曹雪芹 *1716?-1763*)

TWO WORLDS in sharp contrast to each other are created by Ts'ao Hsueh-ch'in in his novel *Hung-lou meng* (*The Red Chamber Dream*), two worlds which, for the sake for distinction, I shall call the "Utopian world" and the "world of reality." These two worlds, as embodied in the novel, are the world of Takuanyuan (大觀園)[1] and the world that existed outside it. The difference between these two worlds is indicated by a variety of opposing symbols, such as "purity" and "impurity", "love" and "lust", "falsity" and "truth", and the two sides of the Precious Mirror of Romance. Throughout the book mention of these two worlds constitutes a most important clue which, if grasped intelligently, will enable us to understand the significance that lies behind the author's creative intentions.

---

1 Variously rendered Broad Vista Garden (H. Bencraft Joly), Takuanyuan (Chi-Chen Wang), Garden of Spectacular Sights (George Kao), Park of Delightful Vision (Kuhn McHugh), Grand View Garden (Wu Shih-ch'ang), Magnarama Garden (Lin Yutang), and Prospect Garden (David Hawkes).——ED.

These two worlds are so vividly portrayed and so sharply contrasted that all readers of the novel must, in one way or another, to a greater or lesser degree, be sensitive to their existence. However, in the past fifty years the nature of "Red-ology" (紅學)[2] was such that its chief efforts were devoted to research on the historical aspect of the novel. Our Red-ologists, being mostly historians or adherents to the historical method, had naturally focussed their attention on the world of reality which the novel described, so much so that the other world in the novel——the ideal world, the castle in the air which the author had "laboured ten years" to create——was utterly neglected. In fact, the chief concern of these scholars had been to demolish this castle in the air and restore it to the bricks and stones that belonged to the world of reality.

---

2 Cf. Lin Yutang, *My Country and My People*, 1935: "……the Chinese, men and women, have most of them read the novel seven or eight times over, and a science has developed which is called 'redology' (*hunghsueh*, from *Red Chamber Dream*), comparable in dignity and volume to the Shakespeare or Goethe commentaries." Liu Wu-chi, in Foreword to *The Dream of the Red Chamber: A Critical Study* by Jeanne Knoerle, S.P., 1972: "The study of *The Dream of the Red Chamber* (*Hung-lou meng*), which continues to attract critical attention today in China and abroad, has acquired a designation of its own: *Hung-hsueh*, or 'Red-ology'." The term is said to have been coined around 1875.——ED.

Under the influence of the "autobiographical approach", restoration efforts went even further with a shifting of emphasis from the world of reality in the novel to the world of reality in which the author once lived. In fact, what has been called for half a century Red-ology, or *Hung-lou meng* scholarship, was none other than Ts'ao Hsueh-ch'in scholarship, or the study of the man Ts'ao Hsueh-ch'in and his family history. This substitution of Ts'ao Hsueh-ch'in scholarship for *Hung-lou meng* scholarship necessarily involved certain sacrifices, one of the greatest of which, as I see it is the obscuring of the line of division between the two worlds of the novel. The climax of historical research came in the years 1961-1963 when scholars in mainland China conducted an enthusiastic search for the "whereabouts of Takuanyuan inside the Capital". By this people are given the distinct impression that Ts'ao Hsueh-ch'in's garden exists in the world of reality and is part of it. The ideal world in the book is blanked out and, if one may borrow the words of the author, "It is a world wiped clean; only a sheet of white remains!"

Still, it would be unfair to say that during the past few decades no particular notice has been paid to the portraiture of the ideal world in the novel. As early as 1953 or 1954, Yu P'ing-po had emphasised on the idealistic element of Takuanyuan and observed that, judging from the level of vision on which it was imagined, the garden could well be a creation out of nowhere. He quoted from Chapter 18 Chia Yuan-ch'un's words, "Now are assembled all beautiful features of Heaven and Earth", to illustrate that Takuanyuan was nothing but a paradisiacal mirage conjured up by the author's pen. In the history of Red-ology the point which he made had the significance of what Thomas S. Kuhn called a "paradigm",[3] and it is certainly lamentable that circumstances had forbidden him to give full assertion to this revolutionary viewpoint. In 1972 appeared the first piece of writing that devoted a full discussion to the ideal world in the novel, a paper entitled "On Takuanyuan", written by Stephen C. Soong. It argued that the garden definitely did not exist in the real world, that it was in truth an unreal creation born of the author's imagination to suit his creative intentions. Soong even went as far as to say:

> Takuanyuan is a garden that isolates the girls from the outside world, whereby it is hoped that the girls would lead carefree and leisurely lives

---

3 *The Structure of Scientific Revolutions*, University of Chicago Press, 1970, *passim*.

> and avoid being polluted by the filthy influences of the other sex. It would be best if the girls could preserve their youth forever, and not marry away. In this sense, Takuanyuan can be said to be a protective fortress for the girls which exists only in the ideal realm but has no foundation in reality.[4]

This statement, with its unpretentious and apt observation, will be the starting point of my discussion on the two worlds of *The Red Chamber Dream.*

TO SAY THAT Takuanyuan was an ideal world created out of Ts'ao Hsueh-ch'in's imagination automatically brings up an important question: if Takuanyuan was a "fairyland" where "no mortal is allowed to tread", then what would be the position in relation to the whole book of the "Land of Illusion" (太虛幻境) mentioned in Chapter 5? Certainly we can call this Land of Illusion a dream within a dream and an illusion among illusions, but having established this will we not be obliged to follow up by saying that in the novel there are three worlds altogether? On this point the commentator Chih-yen Chai (脂硯齋) made the following observation:

---

4 Stephen C. Soong (宋淇), "On Takuanyuan", *Ming Pao Monthly,* Hong Kong, September 1972.

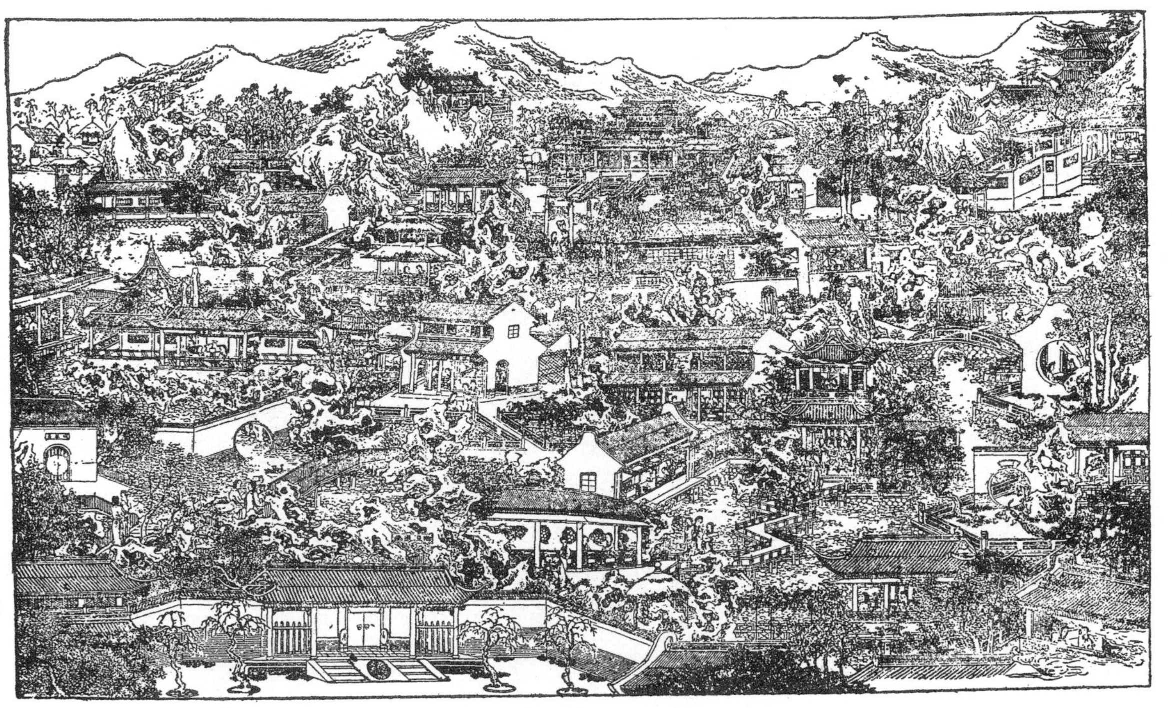

TAKUANYUAN: A dream world that ends in sordid reality.

From an engraving first printed in an edition of the Shih-t'ou chi (增評補圖石頭記), *published during the reign of Kuang-hsu by the Kuang Pai Sung Chai, Shanghai.*

Takuanyuan is the Land of Illusion for Pao-yu and the twelve golden maidens——how can this fact be treated casually?"[5]

As Chih-yen Chai saw it, Takuanyuan was the shadow of the Land of Illusion projected onto the world of man, and originally these two worlds were one and the same and their images fitted each other exactly. There being no doubt that Chih-yen Chai, incognito though he (or she) is, was intimately acquainted with the author and his creative intentions, we should feel safe to count his commentaries as the strongest side evidence if at the same time there is found in the novel itself sufficient internal evidence. On this point the novel does supply the following direct evidence: in Chapter 5, Pao-yu followed Ch'in K'o-ch'ing "to a place where vermilion railings and white stones, green trees and clear streams came into sight, unvisited by man and unpolluted by dust. In his dream Pao-yu was enraptured and thought, 'This place is really interesting. I am willing to spend the rest of my life here, even if I have to forsake my family for it.'" The place described here was in fact the Takuanyuan which appeared

5 Yu P'ing-po (俞平伯), ed., *Chih-yen Chai Hung-lou meng chi-p'ing*(脂硯齋紅樓夢輯評).

later on in the novel, for in Chapter 17 the same line "vermilion railings and white stones, green trees and clear streams" was magnified into a description of the landscape near Hsin-fang Yuan (沁芳園) before whicg Chia Cheng and Pao-yu passed on their tour of the garden. Also, in Chapter 33, the novel tells us that "having moved into the garden, Pao-yu felt completely satisfied, and could find nothing more to be unhappy about." A close comparison between the passages that come before and after these lines will enable us to see the kind of relationship that existed between the Land of Illusion and Takuanyuan.

If this piece of evidence seems a little oblique, a more straight-forward and explicit one çan be quoted from Chapter 17 which tells us how, departing from Heng-wu Yuan (蘅蕪苑), Chia Cheng, Pao-yu and others came before a jade-stone plaque. "Here Chia Cheng raised the question, 'What words should we inscribe here?' The crowd said, 'Only P'eng-lai, Land of Fairies, seems fitting', but Chia Cheng shook his head and said nothing. At the sight of this place, Pao-yu was suddenly reminded of something, and searching his memory, it seemed to him that he had seen this place somewhere before, and yet he could not remember on what day or month or year. Chia Cheng then told Pao-yu to suggest a title, but Pao-yu, with his heart set on recapturing that fleeting scene, could not gather his thoughts to perform this assignment." Then Chia Cheng specially added the remark, "This place is strategic, so you had better come up with a good one." Now where actually had Pao-yu seen this jade-stone plaque before? Maybe he could not recall it himself, but readers will remember that in Chapter 5, while touring the Land of Illusion, Pao-yu had "followed the fairy maiden to a place where they saw a stone plaque, placed sideways, on which were written the words 'Land of Illusion'." Was not this the very place Pao-yu was trying to dig up in his memory? As Chia Cheng had emphatically said, "This place is strategic." Certainly it is, for what place in the novel can be more important than the Land of Illusion? The same jade-stone plaque was later named "Precious Mirror of the Heavenly Fairies" by Pao-yu, and Liu Lao-lao, mistaking the name for "Precious Temple of the Jade Emperor", kowtowed enthusiastically to it. Thus, by alternately using the names "P'eng-lai, Land of Fairies", "Precious Mirror of the Heavenly Fairies" and "Precious Temple of the Jade Emperor", the author was reminding us time and again that Takuanyuan does not exist on earth, but is in heaven, and that it is not an aspect of reality, but an aspect of the ideal. To put it more precisely, Takuanyuan and the Land of Illusion are indeed one and the same.

Now that we see that Takuanyuan was actually no less than the Land of Illusion for Pao-yu and his female companions, it becomes understandable why the plan for building it must have a pretext as weighty as the home-visit of Yuan-ch'un, the Royal Concubine. One comment in Chapter 16 of the Chih-yen Chai edition says,

> Takuanyuan was built to fit the occasion of the home-visit——this key factor reveals the purpose of the author's grand design.

In addition to this significant design, an interesting piece of narrative in the opening pages of Chapter 17 tells us that, after the garden was completed, Chia Chen offered to lead Chia Cheng on a tour of it to see if changes should be made anywhere, adding that Chia Sheh had already made his tour——which seemed to imply that Chia Sheh was the first man to have gone into the garden. This, however, was purposely misleading, for later on it was said, "Because Ch'in Chung occupied Pao-yu's thoughts, causing him unending grief, Grandma Chia gave orders for Pao-yu to be taken into the garden so that he could amuse himself there", and right after this we are told that Pao-yu stumbled upon Chia Cheng unawares, and was ordered to follow him back into the garden to write inscriptions for the tablets. The latter part of this narrative implies at least two things: first, that Pao-yu was the very first person to enter Takuanyuan to admire the scenery——he had been there more than once before Chia Cheng, Chia Sheh and others went in to examine the completed works; and second, since Takuanyuan had for Pao-yu and the girls the significance of a Utopia or a Pure Land, it is imperative that they themselves, rather than anyone else, should perform the task of naming the various pieces of architecture there. The fairyland where "no mortal is allowed to tread" would not permit of pollution by outsiders. Thus Chih-yen Chai in his summing-up comment for Chapter 17 said,

> Pao-yu is the beauty of all beauties, and for this reason he must take up the task of inscribing the tablets in Takuanyuan.

and another comment of his also said,

> The accidental nature of the encounter is precisely what intrigues us. If Pao-yu was specially summoned to inscribe the tablets, the passage would lose all the literary merits that it now has.

At such points these commentaries help us penetrate the author's intentions and to understand the full meaning of many of his statements. And there is seldom an idle word in the *Hung-lou* narrative.

We all know that Pao-yu did not compose inscriptions for all the tablets in Ta-kuanyuan that day. As a matter of fact, there were so many pieces of architecture in Takuanyuan that Pao-yu could not possibly have coined names for them all. Who else had contributed to this task? The answer came in Chapter 76, when Tai-yu and Shih Hsiang-yun were spending the Mid-Autumn Festival evening together, admiring the moon and writing poetry. Shih Hsiang-yun started praising the names "Convex Blue Hall" (凸碧堂) and "Concave Crystal House" (凹晶館) as being fresh and unconventional, whereupon Tai-yu said, "To tell you the truth, these names were coined by me. You remember that year when Pao-yu was put to the test——he thought up names for several place, some were used, some were changed, but there were places he didn't cover. Afterwards all of us worked together and fixed up names for those places that still didn't have any. We noted the source of those names as well as the location of each place, and handed them in together for Elder Sister to see, then she brought the list out for Uncle to have a look. To our surprise, Uncle liked our suggestions, and even said, 'If I only knew I would have asked the girls to do it together that day. It would have been such fun.' So, every one of the names suggested by me was adopted, without so much as changing one single character."

So finally, in this passage, we are given to know whatever was left unsaid previously about that day's inscription of tablets in Takuanyuan. The truth comes out that, apart from Pao-yu, it was the girls, especially Tai-yu, who performed the task of naming the various spots in the garden. Once again we are impressed by the author's grand design, for there is a span of sixty chapters between the previous mention of the episode, in Chapter 17, and this passage from Chapter 76, which for the author meant nearly the end of his portion of the novel, and yet, despite this long interval, he was able to link the beginning and end of the narrative together meaningfully.

TAKUANYUAN, being the embodiment of the ideal world, was an unreal world which the author had lavished great imagination to create. To Pao-yu, the protagonist of the book, it was the only world that had any significance. Pao-yu and the girls around him practically treated the world outside Takuanyuan as non-existent, or, if they took note of it at all, saw in it only negative meaning. For this outside world stands for squalor and degradation. Most readers are also inclined to neglect this outside world of reality and instead fix their gaze on the attractions of the Utopian garden. But Ts'ao Hsueh-ch'in himself was not guilty of this negligence, for to the portrayal of the unclean and degraded world of reality he had attached equal importance and devoted an equal amount of care. It becomes obvious, therefore, that a difference in viewpoint separates the author, the protagonist and the reader. It is the inability to settle this important question of viewpoint that impedes the establishment of the "autobiographical approach", which wishfully lumps Pao-yu and the author together as one person.

Successful as he was in creating a Pure Land that existed in the realm of the ideal, Ts'ao Hsueh-ch'in was deeply aware of the impossibility to disconnect this Pure Land from the filthy world of reality. Not only is such disconnection impossible, but actually the two worlds are forever closely integrated, and any attempt to view them as separate entities and to interpret each of them in isolation must result in failure to grasp the novel's internal coherence. To understand this, it is necessary for us to examine the realistic foundations of Takuanyuan.

The construction of Takuanyuan is clearly related in Chapter 16: the site "Begins on the east side, rising from the garden of the East Mansion, and extends to the north, covering a distance which, if exactly measured, amounts to three-and-a-half *li*." This is followed by a more detailed account: "Orders were first given to the workmen to pull down the walls and buildings in the Ning Mansion's Hui-fang Yuan (會芳園), so that it can open straight into the east court of the Jung Mansion...... As there is already running water coming into Hui-fang Yuan from under the north corner of the wall, there is no need to look elsewhere for water. Not enough rocks and plants can be taken from the spot for the present purpose, but bamboos, trees, rocks, pavilions and even railings can be borrowed from the old garden of the Jung Mansion, where Chia Sheh lived." It is a pity that so far scholars influenced by the "autobiographical approach" have not probed further into these lines which are pregnant with meaning.[6]

---

6 Chou Ju-ch'ang (周汝昌), in his *Hung-lou meng hsin-cheng* (紅樓夢新證), p. 156, cited the passage about dismantling the structures in Hui-fang Yuan, but his purpose was to press the search in Peking of the original site of Takuanyuan. In his *Tu Hung-lou meng sui-pi* (讀紅樓夢隨筆), Yu P'ing-po, discussing "the question of Takuanyuan's locality", also referred to the fact of the old Ning Mansion garden being merged into Takuanyuan. Yu was mainly concerned with the impossibility of verifying its true locale, conceding it as another instance of the author's "nonsensical talk". Unfortunately, he failed to probe further into why the author had invented this "nonsensical talk".

We have already seen that, as the author and critics have repeatedly pointed out, the birth of Takuanyuan was an event of first importance in the novel. Judging from this, the author's detailed account of the realistic origin of the garden cannot be without motivation. Of course, all our doubts would be cleared if the adherents of the autobiographical approach could establish that Takuanyuan was erected from the old residence of the Ts'ao family, but, this being impossible, we have to look for explanations elsewhere.

According to the above-quoted passage, the site of Takuanyuan was a combination of the sites of two older gardens——the Ning Mansion's Hui-fang Yuan and the old garden of the Jung Mansion, where Chia Sheh lived. In Chapter 17, with reference to the text, "On it mosses grew in patches, and creepers peeped out from the shadows", Chih-yen Chai made the following comment:

> (Takuanyuan) being reconstructed from the two older gardens, it is essential to describe it in such a way——this description reveals an extremely fine perception.

From this we can see that both author and critic, explicitly or implicitly, took pains to remind the reader that important information was concealed in these two older gardens. But what exactly was concealed? Answer to this must begin with an examination into the character of Chia Sheh, who was one of the dirtiest people in the novel. Chia Sheh's character was not presented with the restraint which the author usually observed when exposing the sins of the older generation, a restraint perhaps we can best understand by remembering the saying, "One should cover up for one's seniors". Conversely, the ugly deeds given full treatment in the book are largely attributed to the likes of Chia Chen, Chia Lien and Hsueh P'an, who belonged to the same generation as Pao-yu——a point that certinly carried "autobiographical" significance.[7] Nevertheless, the usual restraint on the part of the author did not spare Chia Sheh his lashings. The whole of Chapter 46 was devoted to an account, plus condemnation, of his outrageous efforts to make the maid Yuan-yang his concubine. The author opined

7 I do not completely reject the "autobiographical approach"; I am only opposed to substituting "autobiography" for the novel. Cf. my essay, *Chin-tai hung-hsueh te fa-chan yu hung-hsueh ke-ming* (近代紅學的發展與紅學革命).

t hrough the mouth of Hsi-jen, "Really——we shouldn't be saying this——but this Elder Master is a real sex-maniac. He just wouldn't keep his hands off anyone with a halfway decent face." We suspect, too, that the abundant descriptions of adulterous conduct on the part of Chia Lien were meant to reflect the old proverb "Like father, like son". What this adds up to is that the garden Chia Sheh once inhabited, and the bamboos, the trees, the rocks and stones, as well as the pavilions, the groves and the railings which had been associated with his presence, must likewise be contamianted.

An examination of the garden of the East Mansion reveals even more sordid secrets. As Liu Hsiang-lien's famous remark gces, "Apart from these two stone lions, I'm afraid nothing in your East Mansion is clean——nothing, not even your cats and dogs." Still, this is a general statement and the true character of this place called Hui-fang Yuan requires further analysis. In the chapters preceding Chapter 16, before Takuanyuan came into being, Hui-fang Yuan was in fact the stage on which many of the novel's important episodes had been enacted. Parts of this garden still identifiable tcday include T'ien-hsiang Lou (天香樓), Ning-hsi Hsuan (凝曦軒), Tenghsien Ko (登仙閣), etc. Of these, T'ie-hsiang Lou was of course well known for being a den of iniquity, for Chapter 13 was originally entitled, "The adulterous Ch'in K'o-ch'ing met her

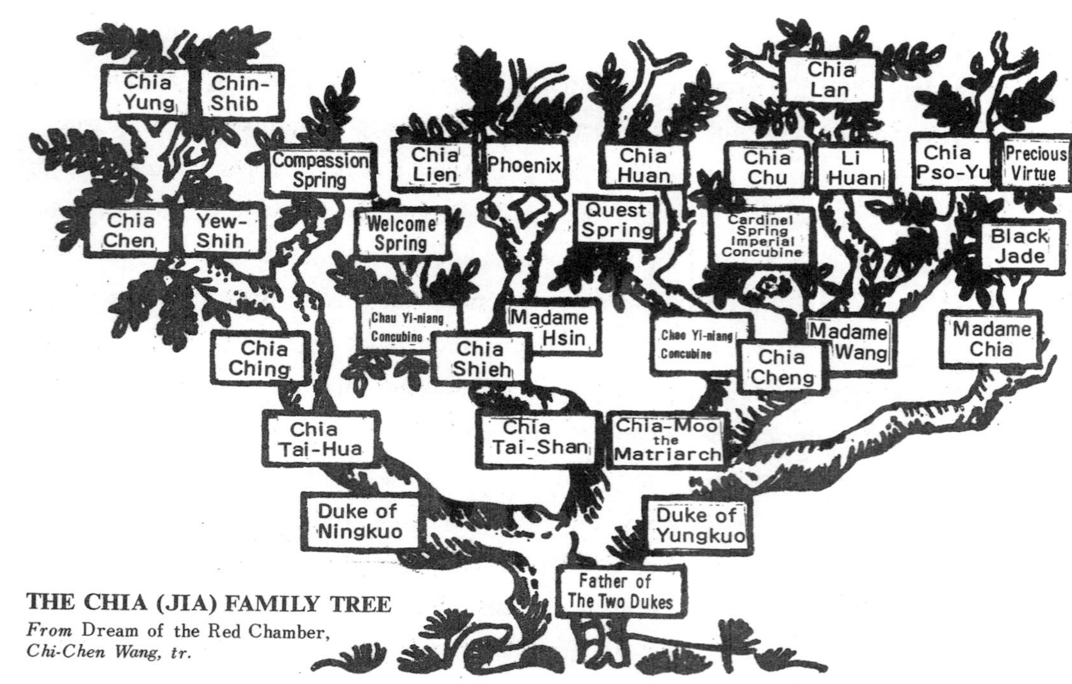

THE CHIA (JIA) FAMILY TREE
From Dream of the Red Chamber,
Chi-Chen Wang, tr.

death in T'ien-hsiang Lou". Nor did the other two places carry cleaner reputations. Ning-hsi Hsuan was the place where the gentlemen, young and old, gathered for drinking and merrymaking, a place where they went "to do Heaven-knows-what", in Feng-chieh's words, What they did we can easily imagine if we look up Chapter 75,[8] where it tells us that what kept Chia Chen and others at T'ine-hsiang Lou were the gambling, the dirty talk and the young boys who were there to satisfy the men's lustful pleasures. As for Teng-hsien Ko, it was the place where Ch'in K'o-ch'ing's and the the maid Jui-chu's coffins were temporarily placed after the two had killed themselves, the one by hanging and the other by striking her head against a pillar. And Chapter 11 gives us one more scandal about Hui-fang Yuan——"On seeing Feng-chieh,

---

8 The reappearance of T'ien Hsîang Lou is admittedly an unexplained inconsistency in popular editions of the novel. But the recent discovery of a Ch'ien Lung hand-copied edition known as *Ch'ing-pen* (靖本) has revealed to us that T'ien Hsiang Lou was originally named "Hsi Fan Lou" (西帆樓), and was only later changed to T'ien Hsiang Lou by the author at the suggestion of a commentator. My guess is, the slip-up occurred when the author forgot to make the necessary emendation in Chapter 75. See Chou Juch'ang *Hung-lou meng chi Ts'ao Hsueh-ch'in yu-kuan wen-wu i-shu* (紅樓夢及曹雪芹有關文物一束), in the magazine *Wen Wu*, Peking, 1973, No. 2

Chia Jui lusted after her". It was in fact in that garden that the two had first enountered each other.

We can now draw the conclusion that the old garden where Chia Sheh had lived and Hui-fang Yuan of the East Mansion were in reality two of the dirtiest places in the world, and yet they formed the site and foundation on which Takuanyuan was erected——that ideal world and cleanest of all human abodes. Can such an arrangement be accidental? Even the cleanest element in Takuanyuan——water——had to be obtained from the aqueducts of Hui-fang Yuan. On this point Chih-yen Chai made the following comment:

> Water is the feature that matters most in the garden, hence it must be given explicit treatment in the writing.

Thus we become aware of the author's desire to inform us at all times that the ideal world in the novel was actually erected on the foundation of a real world that harboured the greatest vice. He wanted us to bear in mind that in fact the greatest purity was born of the greatest impurity. If the novel were completed by Tsao Hsueh-ch'in, or if a complete version were handed down to us intact, we would certainly be told that the ultimate fate of that great purity is to return to impurity. "She wanted to be clean, but clean she never was; She said her life was a Void, but was it really so?" In these two lines are embodied not only Miao-yu's fate, but also the fate of the whole Takuanyuan, for among the inhabitants of Takuanyuan was not Miao-yu the one who was most addicted to cleanliness? On the one hand, Ts'ao Hsueh-ch'in had devoted wholehearted efforts to the creation of an ideal world, a world he wished could last forever in the realm of man. On the other hand, his pen had mercilessly carved out a world of reality, the exact foil to that ideal world. All the forces of this world o- reality will continuously batter at the ideal world until the latter is completely desf troyed. The two worlds of *The Red Chamber Dream* are interwoven in an inseparable relationship. Not only so, but the inner dynamics of this relationship is pushing the novel towards a definite direction. It is when this dynamic relationship develops to its utmost that the tragic consciousness of the novel will rise to its greatest height.

IN THE NEXT part of this essay, we shall go a step further to substantiate our two-world theory with an examination of how the people of Takuanyuan themselves looked upon the contrast of squalor and cleanliness. Especially important here are Tai-yu's thoughts as revealed in the famous flower-burial episode, a deeply significant scene that occurs in Chapter 23, when Pao-yu and his female companions were just starting their ideal life in Takuanyuan. The story tells us that:

> It was in the middle of the Third Month. That day, after the morning meal, Pao-yu took his copy of the *Hui-chen chi* (會眞記) to the bridge at Hsin-fang Gate (沁芳閘), and sat down on a stone under the peach blossoms. He opened his book and read it carefully from the beginning. As he came to a place where it told of 'fallen blossoms forming a pattern', a wind swept past, and tore down more than half of the flowers from the peach tree, covering his book as well as the ground with petals. He wanted to shake them off, but fearing they might be trampled upon, he held the petals and went to the edge of the pond, and shook them into the water; and the petals, floating on the surface, drifted away out of Hsin-fang Gate. Going back to the original spot, he saw that there were still a lot of peach blossoms scattered on the ground. Just when he was hesitating, he heard somebody speak

behind him, 'What are you doing here?' Turning around, he saw it was Lin Tai-yu, carrying a flower-hoe on her shoulder, from which was suspended a chiffon sack, and holding a flower-broom in her hand. Pao-yu laughed and said, 'Good, good, come and sweep up these flowers and dump them on the water, will you? I've just dumped quite a few over there.' Lin Tai-yu answered, 'It isn't good to leave them on the water. Look, the water here is clean, but once it flows out, it gets mixed up with the dirty and stinking water that people pour from their homes, and the flowers would still be spoilt. In that corner I have a tomb for flowers. Let's sweep these up and put them in this silk bag, and cover it up with soil. As the days pass they will simply dissolve in the soil. Isn't that much cleaner?"

Way back in the last years of the Ch'ing dynasty, Peking opera had dramatized this well-known scene, and the famous actors, Mei Lan-fang and Ou-yang Yu-ch'ien, had made it popular with their adaptations in the early years of the Republic. Because public interest had converged on Pao-yu and Tai-yu's romance, especially the sentimentalism of "Over the flower-tomb Tai-yu shed tears for the fallen petals" in Chapter

27, while Red-ologists too often concentrated on the source of the term "flower-burial",[9] no one has yet given serious thought to the implications behind Tai-yu's act of burying flowers.

Let me state here that Tai-yu's flower-burial episode is the author's first explicit indication of the difference that lies between the two worlds in the novel. I say first because the episode is the first incident that occurred after Pao-yu and his companions had moved into Takuanynan. Tai-yu's thoughts were obvious enough——everything in Takuanyuan was clean while everything outside was dirty and smelt of decay, so that burying the fallen blossoms inside the garden and letting them dissolve in the soil would enable them to remain clean forever. Here, of course, the flowers symbolize the female inhabitants of the garden. Tai-yu's Flower-burying Poem manifests this by saying:

Better sweet remains in silken purse be saved

---

9 For instance, Wang Kuo-wei (王國維) pointed out that the term "flower-burial" was first used in Nalan Hsing-teh's *tz'u* poetry, in the *Yin-shui chi* (飲水集)

And cupp'd in a mound of earth so pure.
That which arrived clean, clean it must go,
Lest in muddy waters it be soiled.

A particular flower was claimed by each young lady during the Feast of the Flowers described in Chapter 63, and Feng-chieh exclaimed in Chapter 42, "Isn't that the Flower Fairy in the garden!" Likewise, the Chapter 78 story of Ching-wen's transfomation into a flower fairy after she died must be interpreted in the same light. Following this flower-symbolism, the only way for the inhabitants of Takuanyuan to preserve their cleanliness and chastity would be to anchor themselves permanently in the ideal realm and not to venture beyond it. I have said previously that Pao-yu and the girls practically viewed the outside world as non-existent, but this is only to point out how ardently these people wished that their ideal world could last forever, and how they onged for cleanliness of the soul; it does not imply that they were entirely ignorant of realities outside the garden. As the author said, the girls in Takuanyuan were "innocent and naive", but not childish or stupid. On the one hand, they distinguished sharply between the two different worlds, and on the other, they were well aware of the great harm the world of reality could wreak on the ideal world. Whese two levels of significance are ingeniously conveyed to us through the use of concrete imagery in the flower-burial episode.

The novel sometimes also depicts the hostility of the outside world in explicit and penetrating language. In Chapter 49, when the wonderful life in Takuanyuan was just beginning to unfold with the arrival of such important persons as Hsueh Pao-ch'in, Hsing Hsiu-yen, Li Wen, Li Ch'i, etc., Shih Hsiang-yun gave Pao-ch'in this frank warning: "You can play and laugh and eat as much as you want to in front of Grandmother or when you're in the garden. When you're in Auntie's chamber, and Auntie happens to be in, you can chat with her and stay awhile. But when Auntie is not there, don't you go in. All of those people in that house are bad——they want to harm us." On hearing this, Pao-ch'ai laughed and said, "Talk of you being naive——well, you're not entirely naive; but though you're not naive your mouth is far too honest." Here Shih Hsiang-yun was being quite outspoken, and even betrayed a mistrust for Madam Wang. It seemed that when the residents of Takuanyuan ventured outside their Utopia, the only spot they could tread safely was in the presence of Grandma Chia, while everyone else set out to harm them. Grandma Chia was accepted as a kindred spirit chiefly because of her former status as one of the twelve maidens of Chen-hsia Ko (枕霞閣) and thus, in the eyes of the Takuanyuan crowd, may be accepted as "one of us". This strong in-group feeling——"we" vs. "they"——that bound the inhabitants of Takuanyuan so closely together must have risen from their awareness of the vast differences between the two worlds.

HOWEVER, in the in-group society of Takuanyuan, not everyone was equal, for the ideal world operates according to a distinct order of its own. Wang An-shih had observed that in the Peach-Blossom Fount, the first utopia ever created in Chinese literature, "there were neither king nor subject, only fathers and sons", meaning that in the Peach-Blossom Fount though no political order existed there yet prevailed an ethical order. In Takuanyuan, order was established chiefly on the principle of "love", and quite logically the novel concludes with The Celestial Roster of Lovers. However, this Roster being now inaccessible to us, we have no means of finding out exactly what kind of order the author had in mind to establish in his ideal world, and all we can say is that, because apart from "love" other factors also affect the ranking on the Roster, we should not forget to take into account such attributes as beauty, talent, behaviour and even status as well. Here I shall only mention one vital clue which scholars have more or less neglected——the question of Pao-yu's relationship with the girls. On this point, the 1760 version of the novel gives an important comment by Chih-yen Chai in Chapter 46:

> All girls that appear in this Record of Love must register with Brother Stone (Pao-yu) first.

The term "love" here is the same as that in the Roster of Love. Judging from this, it seems certain that each character's position on the Celestial Roster must be greatly affected by the degree of intimacy which she shared with Pao-yu, and a study of how each person registered with Brother Stone becomes essential to our understanding of Takuanyuan's inner structure.

This brings us to the question of architectural design in the garden, which I think is highly relevant to the novel's internal structure and which Stephen C. Soong has, quite correctly, from the point of view of literary criticism, associated with the author's method of characterization. True to the statement, "A man's house is an extension of himself",[10] the hero's character is often revealed by the way his house is arranged. In his design of Takuanyuan's setting, Ts'ao Hsueh-ch'in went even further than this for he made use of the variations in size and fineness, and the distances between the buildings in the garden to describe the order that prevailed in the ideal world. Some examples illustrating this can be quoted from Chapter 17 which told of how Pao-yu made his rounds to inscribe the tablets for the various buildings in the garden. In this chapter, the narrative dwelt emphatically on four places——Hsiao-hsiang Kuan (瀟湘館), Tao-hsiang Ts'un (稻香村), Heng-wu Yuan (蘅蕪苑) and Yi-hung Yuan (怡紅院), in each case letting the reader in on certain symbolically significant information. As everyone who saw it had enthusiastically exclaimed, Hsiao-hsiang Kuan was a "marvellous place", and Pao-yu gave it the title "Phoenix's Abode", signifying its importance as the first stop on the tour of the Imperial Concubine. In the words of Chih-yen Chai, this "marvellous place" was "the only fitting residence for Tai-yu". Chapter 23 also reported Tai-yu as saying to Pao-yu, "As for myself, I prefer Hsiao-hsiang Kuan", at which Pao-yu clapped his hands and said, laughing, "You feel exactly as I do, for I

---

10 René Wellek and Austin Warren, *Theory of Literature*, a Harvest Book, 1956, p. 210.

was about to ask you to pick this place too. I'll live in Yi-hung Yuan. We two will be close together, quiet and undisturbed." A fine example of how distance and setting are utilized to reflect the special relationship that existed between Pao-yu and Tai-yu.

When Chia Cheng asked Pao-yu how he liked Tao-hsiang Ts'un, Pao-yu immediately replied that it was "far inferior to the 'Phoenix's Abode'", and then criticized it for its artificiality and lack of natural flavour, much to Chia Cheng's displeasure. Later, Pao-yu failed to produce a poem using Tao-hsiang Ts'un as subject matter, a task which Tai-yu completed for him. All this shows that Li Wan, who was the occupant of Tao-hsiang Ts'un, stood quite low in Pao-yu's opinion, she being the only woman in Ta-kuanyuan who had had a husband and he, as we all know, one who held definite views toward married women. But it is fit that Pao-yu's critical attitude should be limited to this oblique way of expression for after all Li Wan was his sister-in-law and had an excellent character. The point which is particularly interesting here is the distinction between "artificiality" and "naturalness". It is indeed not without reason that Li Wan is placed next to last, just above Ch'in K'o-ch'ing, in the "Main Register of the Twelve Golden Maidens of Chinling".

Chia Cheng's remark on Heng-wu Yuan was "What a boring place!"——again betraying the author's deprecation, but delivered from the mouth of the father so that Pao-yu's opinion could be reserved. In this way the author ingeniously avoided the problem, pointed out by Yu P'ing-po, of having to state explicitly which girl——Tai-yu or Pao-ch'ai——was considered superior. Here Chih-yen Chai gave a comment that is quite perceptive of the author's intention: "This treatment makes the later story all the more colourful——before getting any praise, Heng-wu Yuan is criticized first. Otherwise, the balance of power between Pao-ch'ai and Tai-yu is a really difficult subject to treat." And, later in Chapter 56, a remark from T'an-ch'un—— "What a pity that two big establishments like Heng-wu Yuan and Yi-hung Yuan should produce nothing profitable!"——reveals almost casually that the two were rivals in size among the residences in Takuanyuan. Thus we see clearly the "balance of power" between Pao-ch'ali and Tai-yu——for although Tai-yu and Pao-yu lived in close proximity, Pao-ch'ai's and Pao-yu's residences were the equals in size.

Where architectural design was concerned, the significance of Yi-hung Yuan can be seen from three features: first, the fact that Pao-yu wanted to give the place the name "Red Fragrance and Green Jade" for its double implication——a thought that was echced later when he composed poetry on the order of Yuan-ch'un; second, the fact that Yi-

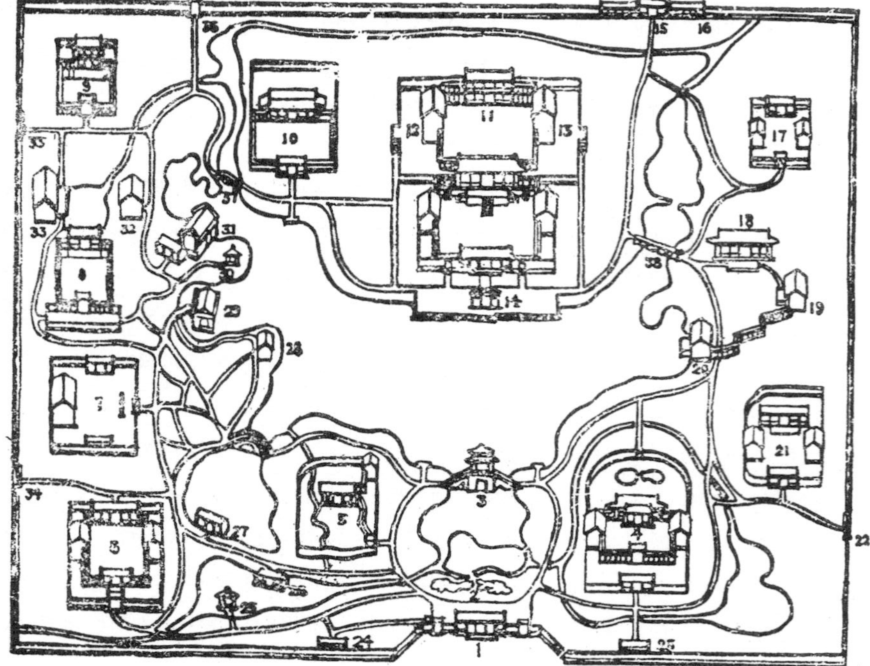

TAKUANYUAN: An architect's concept

Some of the places mentioned in this article: (3) Hsin-fang T'ing, (4) Yi-hung Yuan, (5) Hsiao-hsiang Kuan, (7) Tao-hsiang Ts'un, (10) Heng-wu Yuan, (19) Convex Blue Hall, (20) Concave Crystal House, (38) Hsin-fang Gate Bridge.

hung Yuan was the only house in Takuanyuan furnished with a full-size mirror——symbol of the Precious Mirror of Romance; and third, the fact that all the water in Takuanyuan "collects at this place and then flows out from under that wall." Chih-yen Chai was indeed right in saying that:

> Yi-hung Yuan was the confluence of all Takuanyuan——this represents a major theme of the book.

for the author is using the garden's architectural design to show how Pao-yu related with each of the girls, and through this to offer an explanation for the inner structure of the ideal world. It is in this light that we should comprehend Chih-yen Chai's statement about everyone who appeared in the Record of Love must register with "Brother Stone" first. What is more, the fact that all the water, after collecting at Yi-hung Yuan, flowed outside from under the wall, exactly echoes what Tai-yu said when she was burying the flowers—— "The water here is clean, but once it flows out, it becomes dirty and stinks."

SO FAR IN THIS essay we have emphasized the concept that the two worlds in *The Red Chamber Dream* were a direct contrast between cleanliness and uncleanliness, and numerous examples have been quoted to support the argument. However, there is one concrete and empirical question which we still have to face——whether, after all, life in Takuanyuan was all that clean. It is imperative that we answer this question, for if the truth came out that Takuanyuan wat actually just as dirty as the world of reality outside, then the point which we are forcing, that the two worlds are exact foils to each other, will fall short of solid proof.

To test this vital point in our argument, we can no longer adopt our hitherto method of proof by example, because there cannot be any evidence of what is non-existent in Takuanyuan——namely, smut. What we can say is that, in principle, within the realm of Takuanyuan, Ts'ao Hsueh-ch'in wrote only about love and not lust. Rather, he had given the most vivid descriptions of the lasciviousness of the outside world so that it could serve as a sharp contrast to the life of rarefied emotions that was led by those who dwelt in the garden.

As every reader knows, Takuanyuan was basically a girls' world, a world in which no male had ever lived, except Pao-yu. Once we made sure that Pao-yu led a clean life there, the chasteness of this ideal world would be initially guaranteed. In Chapter 31 the author gave us an important clue to this question by telling us that when Pao-yu asked Ch'ing-wen to bathe with him, Ch'ing-wen had laughed and said, "That time Pi-hen sent you off to your bath, you took fully two or three hours. Not knowing what you were up to, we didn't dare go in. After you finished, I went in to take a look, and there were puddles of water around the legs of the bed, and even the mattress was dripping wet. Heaven knows how you washed yourself." A lot seems to be implied in these words, for Ch'ing-wen was the maid who shared Pao-yu's room and looked after him at night, after Hsi-jen had found favour with Madam Wang and, in order to appear proper, stayed aloof from him. If Pao-yu did anything amiss Ch'ing-wen would be the one most likely to blame, and she was finally banished for this reason. But in fact we know that nothing improper had ever occurred between Pao-yu and Ch'ing-wen and that was why, on her deathbed, Ch'ing-wen said she had "borne that (ill) name in vain." To prove that the relationship between the two was a clean one, that author had dragged in Teng Ku-niang, the most notorious whore in the book, to bear witness, and these were her words: "I've been in here for awhile and listened carefully outside the window. There were only the two of you in the house. If there were anything fishy between you, surely you would have brought it up. Who would have guessed that you two had actually left each other alone? Well, this is not the first time in this word that people have been wrongly accused!"

As a matter of fact, Teng Ku-niang's testimony not only acquits Pao-yu and Ch'ing-wen of the charges against them, but also brings out the truth about life in the garden. Even when Pao-yu was left alone with Ch'ing-wen, his closest maid and the one most open to suspicion, the two had "left each other alone". It is not hard to deduce from this the truth about everything else in the garden.[11]

---

11 Here we must take a look at Ts'ao Hsueh-ch'in's concept of "love" versus "lust". It is that the two are at once sharply differentiated and mutually related, even as we have repeatedly pointed out to be the case with the two worlds of the *Hung-lou meng*. Not being an ascetic, Ts'ao never regarded lust as an unqualified sin. Nor did he follow some kind of dualism and treat love and lust as distinctly separate entities. In Chapter 5 of the novel he early proclaimed the doctrine that "to be attracted by feminine beauty is itself lust; even more so, to experience the feelings of love is to lust" and took his stand against the kind of hypocritical talk which held that "attraction for beauty" and "feelings of love" can exist independently of lust. In general, he believed that love can, and indeed must, embrace lust. When love leads to lust, then lust is essentially love, which is why love is also called "lust of the mind".

Lust, on the other hand, does not have in its makeup the element of love, and this "lust" in the narrow sense of the word he castigated as "skin-deep and promiscuous".

Again, Ts'ao Hsueh-ch'in's concept of ch'ing (情) is not to be equated with the Platonic love of the West. Witness the phrase, "Those who know love must lust all the more", as inscribed in the Register for Ch'in K'e-ch'ing. To recognize this is to understand why the Fairy Disenchantment should instruct Pao-yu secretly in the art of love and why, subsequently, Pao-yu should want to re-enact it with his maid Hsi-jen. This is what the author meant to tell us: that Pao-yu was a man fully capable of love and lust, but that what distinguished him was that in his case lust was ever at the service of love. From this point of view, we need not insist that Pao-yu was entirely innocent of carnal knowledge with the other maids in his apartment.

In sum, Ts'ao Hsueh-ch'in created in Pao-yu a character in whom love and lust, purity and pollution, are equally represented. It is a character to mirror and bridge over the two worlds of his creation. The significance of the author's putting in Chapter 6 the incident of Pao-yu's sexual experiment with Hsi-jen lies, to my way of thinking, in his desire to show that Pao-yu's leaving those pure maidens in Takuanyuan alone from now on was due to an unwillingness rather than an incapability. Were it not for this one explicit incident in Chapter 6, there is no telling where the reader's speculation on this score might lead him to!

Finally, a thorny point that needs straightening out is the story, told in Chapter 73, of how the maid nicknamed Sha Ta-chieh (Sister Simpleton) by mistake picked up a purse on which was embroidered an obscene picture, something which appeared to be a downright contradiction of what we called the pure Utopian nature of Takuanyuan. However, an analysis of this episode will show that it precisely confirms our theory of the novel's two-world structure. This obscene purse must have been dropped by the maid Ssu-ch'i and her younger cousin P'an Yu-an while they were philandering in the garden back in Chapter 71. However, the narrative at the beginning of Chapter 72 tells us that their love-making was interrupted by Yuan-yang's intrusion, which means that the pure world of Takuanyuan was on the verge of falling apart but had not yet entered the stage of complete collapse. Chapter 74 tells us that after Ssu-ch'i had been pinned down as the suspect in adultery, she only bowed her head in silence but did not show any sign of fear or shame. This attitude can only be explained in terms of our analysis of "love" and "lust" (see Note 11). Ssu-ch'i must be deeply in love with her younger cousin. What the world looked upon as unforgivable "adultery" may not be a sin to the author, for he was known to have said, "Those who know love must lust all the more" and "When two people met in love, they must end in lust." Indeed, compared with what the outside world knew as "dirty T'ang and stinking Han", this kind of adultery was really nothing at all.

If we change our angle and think of the author as having intentionally presented this case as a scandalous affair, then we must acknowledge that this internal occurrence was an inevitable development in the course of the novel's unfolding tragedy. We have already pointed out that in the end the ideal world must be destroyed under the constant attacks launched by the forces of the world of reality. The appearance of the obscene purse in Takuanyuan was precisely the result of this invasin from without. But obviously one internal factor had permitted the invasion——the factor of "love" in the ideal world. "Love" in the ideal world was certainly pure and chaste, but, like the water in Takuanyuan, it was not static, and must eventually flow away into the oustide world. In this sense, the tragic character of the novel was determined from the start. As we have maintained, a dynamic relationship existed between the two worlds of the author's creation; we can now add to the statement and say that this dynamic relationship was rooted in the concept "when two people met in love, they mut end in lust."

A number of signs indicate that from Chapter 71 to Chapter 80 Ts'ao Hsueh-ch'in was already actively planning the final annihilation of the ideal world of Takuanyuan. The most noticeable of these signs is found in Chapter 76, when Tai-yu and Shih Hsiang-yun amused themselves with poetry-writing on the night of the Mid-Autumn Festival. It turned out that the last line completed by Tai-yu was:

And the cold moon buries the souls of the flowers.

They were interrupted by Miao-yu who came forward and said, "You had a good line in the one I just heard, only it sounded much too ominous. It may have something to do with one's destiny, so I tell you: don't go on." As we know, flowers and plants are symbols for the female denizens of the garden, so if the "souls of the flowers were buried", as Tai-yu sang in her dirge, it must mean that Takuanyuan's destiny was about to end. We see, therefore, that it was no coincidence that the obscene purse should make its appearance in the pure world at such a time. In fact, C. T. Hsia has compared the appearance of this purse to the appearance of the Serpent in the Garden of Eden which made Adam and Eve fall from Paradise into the world of Man, a comparison cited by Stephen Soong as having hit the nail right on the head.[12]

---

12 "On Takuanyuan", *op. cit.*

IT IS GENERALLY accepted that the present 120-chapter novel came from the hands of more than one person. We have no way of knowing how Ts'ao Hsueh-ch'in, whe had written the first eighty chapters, wanted to depict the fall of Takuanyuan, as the garden was superficially still enjoying "splendid prosperity" at the end of those eighty chapters. As far as we can guess, the author might make use of strong contrasts to emphasize a sad ending. Thus, while commenting on Chapter 42, Chih-yen Chai revealed. "Portions after [the 80th Chapter] are so disturbing that one finds it unbearable to finish reading them". In the judgment of Chou Ju-ch'ang, "In the second half of the novel the original statuses and positions of all characters are to undergo a 'complete reversal'",[13] a remark to which every scholar who studies the novel will assent. Perhaps the reversal would not be limited to the characters alone; following them, the ideal world of Takuanyuan, clean and unmolested though it was, could not but undergo a reversal too, perhaps in the nature of a fall from prosperity to ruin. As for the people in the novel, reversal would not stop at the level of status and position——our two-world theory suggests that it must to a certain extent involve also a reversal of cleanliness

13 In his article in *Wen Wu*, Peking, 1973, No. 2.

and uncleanliness.

All the residents of Takuanyuan had a love for cleanliness, but it seems that those with the cleanest habits always attracted the most dirt, a fact best seen in Chapters 4o and 41. These two chapters described how Grandma Chia led a group that included Liu Lao-lao to look at T'an-ch'un's house. The old lady was reported as saying laughingly, "Don't let's stay here. The girls don't like people to come in to sit, they fear it might dirty the house." After T'an-ch'un, all smiles, pressed them to stay, the old lady laughed and added, "This third lassie of mine——she's good, but the two jades (Pao-yu and Tai-yu) are nasty. In a while, when we've gotten drunk, we'll pick on their places to make a row." These lines paved the way for the next chapter entitled "Liu Lao-lao lies drunken in Yi-hung Yuan" in which Pao-yu, who hated most the filthiness of old married women, suffered Liu Lao-lao's having taken the liberty of lying flat on his bed in Yi-hung Yuan and making the whole room stink with "her drunken smells". Obviously the author had done it on purpose——he had stained the ideal world's beauty and cleanliness with ugliness and squalor form the world of reality. In the same chapter Liu Lao-lao also had tea in Lung-tsui An (櫳翠庵) ——again highlighting the contrast to Miao-yu's making a fetish out of being clean. This is why after Chapter 80 the worst of fates befell Miao-yu. The Album of the Twelve Golden Maidens said of her,:

She wanted to be clean, but clean she never was;
She said her life was a Void, but was it really so?
Alas, that this quality of gold and jade
Should end up mired in mud!

The song which Pao-yu heard in his dream in Chapter 5 also said, "She ended up dirt-laden and filthy, much against her own wishes, like a piece of white jade mired in the mud; no use for princes and knights to sigh for lack of chance to approach her"——concrete proof that Miao-yu after Chapter 80 had completely fallen down in the world and met with a fate worse than death. She was the cleanest person in the ideal world of the novel, and yet, after that ideal world had broken up, she had dribbled into the dirtiest corner in the world of reality. This one example is enough to show how violent is the contrast between the two worlds as the author depicted them.

As cleanliness originally came from squalor, so in the end to squalor it must ineluctably return. I feel this is the central significance of the tragedy of *The Red Chamber Dream,* and, to Ts'ao Hsueh-ch'in, it must have been the greatest tragedy known to man.

余英時文集2

紅樓夢的兩個世界

2023年1月三版

定價：平裝新臺幣400元
精裝新臺幣600元

著　　者　余英時
總策劃　林載爵
總編輯　涂豐恩
副總編輯　陳逸華
封面設計　莊謹銘

出版者　聯經出版事業股份有限公司
地址　新北市汐止區大同路一段369號1樓
叢書主編電話　(02)86925588轉5310
台北聯經書房　台北市新生南路三段94號
電話　(02)23620308
台中辦事處　(04)22312023
台中電子信箱　e-mail:linking2@ms42.hinet.net
郵政劃撥帳戶第0100559-3號
郵撥電話　(02)23620308
印刷者　世和印製企業有限公司
總經銷　聯合發行股份有限公司
發行所　新北市新店區寶橋路235巷6弄6號
電話　(02)29178022

總經理　陳芝宇
社　長　羅國俊
發行人　林載爵

行政院新聞局出版事業登記證局版臺業字第0130號

本書如有缺頁，破損，倒裝請寄回台北聯經書房更換。
聯經網址 http://www.linkingbooks.com.tw
電子信箱 e-mail:linking@udngroup.com

ISBN　978-957-08-6701-5 (平裝)
ISBN　978-957-08-6702-2 (精裝)

國家圖書館出版品預行編目資料

紅樓夢的兩個世界 / 余英時著．三版．新北市．
聯經．2023.01．320面．14.8×21公分．
ISBN 978-957-08-6701-5 (平裝)
ISBN 978-957-08-6702-2 (精裝)
[2023年1月三版]

1. CST:紅學 2. CST:研究考訂

857.49 111021598